Franz Fühmann

PROMETHEUS

Die Titanenschlacht

Franz Fühmann

PROMETHEUS
Die Titanenschlacht

Mit 26 farbigen Abbildungen
der Künstlerin Angela Hampel

Büchergilde Gutenberg

NACH AISCHYLOS, HESIOD, HOMER, APOLLODOROS
UND ANDEREN QUELLEN

INHALT

I DAS REICH DER TITANEN

Kronos

Vor vielen, vielen Jahren, als es noch keine Menschen gab und die Blumen ungesehen im Dickicht verblühten, herrschten über Weltall, Land und Meer sieben gewaltige Fürsten, die sich selbst die Titanen nannten. Sie waren sieben Brüder, und ihre Frauen waren sieben Schwestern; das Erddunkel war ihre Mutter und das Himmelslicht ihr Vater, und sie waren so riesenhaft von Gestalt, daß, wenn sie über die Erde gingen, ihnen sogar die Palmenwälder nur bis zu den Knöcheln reichten. Mit ihrer Ferse zermalmten sie Berge; ihr Durst trank Meere leer; ihr Atem zerblies die dichtesten Wolken, und sie hätten Löwen und Krokodile und Elefanten fangen können wie Käfer, wenn ihre Augen und Hände für derlei winziges Krabbelzeug nicht viel zu groß gewesen wären.

So gewaltig wie ihre Größe und Kraft war auch ihre Strenge. Sie wachten über die Gesetze der unbelebten Natur, und dieses Wächteramt hatte ihr Gemüt so kalt wie das Eis und so spröd wie das Erz gemacht. Sie kannten nicht Spaß noch Freude; sie schritten in ihren Mänteln aus Metallen und Steinen ernst und gemessen um die Kontinente herum oder ließen sich von Kometen durch den Weltraum tragen und sahen die Sterne in ihren Bahnen steigen und fallen und fühlten das Strömen des Lichts und des Schalls und der Schwere und nickten mit ihren granitgekrönten Häuptern und sagten feierlich: »So ist es gut! So soll es bleiben in alle Ewigkeit!«

Solcherart herrschten sie viele Millionen Jahre. Sie hatten die Zeit unter sich aufgeteilt: Jedes Titanenpaar regierte einen Tag lang und ruhte den Rest der Woche in tiefen, dämmrigen Grottenpalästen der Milchstraße aus. Die Herrscher über den Sonntag hießen Hyperion und Theia; die Herrscher über den Montag Atlas und Phoibe; die Herrscher über den Dienstag

Krios und Dione; die Herrscher über den Mittwoch Koios und Mnemosyne; die Herrscher über den Donnerstag Japetos und Themis; die Herrscher über den Freitag Okeanos und Tethys und die Herrscher über den Sonnabend Kronos und Rhea. Manche dieser Paare, so Atlas und Phoibe, hatten Kinder, manche lebten nur zu zweit, Okeanos und Tethys aber hatten tausend mal tausend Kinder, das waren die Seelen aller Ströme und Flüsse und Bäche und Quellen. Sie waren die einzigen dieser Sippe, die lachten und sangen und fröhlich waren, denn Mutter Tethys machte ihnen, wenn sie freitags durch die Lüfte fuhr, immer die Freude, die Wolken auszupressen und glitzernden Regen auf die Erde zu rieseln, in den dann Vater Okeanos aus Sonnenstrahlen die buntesten Bogen baute. Da jauchzten die Kinder, und das gefiel auch den anderen Fürstinnen so, daß sie lächelten. Dem jüngsten und strengsten der Titanen aber, dem Kronos, mißfiel das.

»Wir Titanen brauchen nicht Freude, und wir brauchen nicht Leid«, so sprach er tadelnd zu Tethys. »Gefühle bringen nur Unordnung in die Welt, und das wäre der Untergang. Eure Kinder sind dazu da, das Strömen der Wässer zu überwachen und sie im Winter einzueisen und im Frühling aufzutauen, wie die ewigen Gesetze es verlangen. Was soll dabei das Lachen und Lärmen? Das kann doch nur pflichtvergessen machen. Ich verbiete es hiermit für alle Zeiten! Denkt an die Hundertarmigen!«

Da erschraken Okeanos und Tethys und verwehrten ihren Kindern das Lachen und Singen.

»Denkt an die Hundertarmigen und ihre schreckliche Strafe«, so sagten sie, und da erschraken auch ihre Kinder und hörten auf, fröhlich zu sein. Kein Jauchzen klang mehr über die Erde, nur die Ströme rollten und die Meere rauschten, und drüberhin hallten und heulten die Winde und dröhnten die Donner und klirrten die Sterne, und über alldem schwieg das eiskalte All.

»So ist es gut, und so soll es bleiben«, sprach Kronos, »und damit es so bleibe, will ich fortan allein der Gebieter sein! Weh dem, der sich meinem Willen widersetzt! Denkt an die Hundertarmigen und ihre Strafe!«

Da erschauerten die Titanen und beugten vor ihrem Bruder das Knie. Der Wille des Alleinherrschers war fortan ihr oberstes Gebot. Sie zogen sich in ihre Grotten zurück, wo sie statt sechs nun sieben Tage der Woche im Dämmerschlaf hausten. Allmählich wurden sie grau wie die Schattenöde ihres Daseins, und sie wären schließlich mit den Wänden ihrer Paläste verwachsen, hätte Kronos ihnen nicht geboten, sich jeden Sonnabend zu einem Festmahl in der Himmelsburg einzufinden. Für diese Stunde putzten und schmückten sich die Frauen sorgfältig und lange, und die Männer legten ihre leuchtendsten Gesteine an.

So lebten sie abermals Millionen Jahre.

Prometheus und Gaia

Nicht nur Okeanos und Tethys, auch das Titanenpaar Iapetos und Themis hatte Kinder. Es waren zwei Söhne. Sie hießen Prometheus und Epimetheus, und wenn sie einander im Aussehen auch wie Brüder ähnelten, war Prometheus doch grundverschieden von seines Bruders und aller Anverwandten Charakter und Art. Während Epimetheus es liebte, zufrieden und satt im fahlen Tag der Milchstraßengrotte zu liegen und in der Erinnerung das jüngste Festmahl bei Kronos noch einmal zu durchstaunen, mochte Prometheus dies träge Dasein gar nicht leiden. Wann immer er konnte, stahl er sich deshalb zur Erde hinunter, um dort durch die sonnenheißen Steppen des Südens oder die schneeglitzernden Tundren des Nordens mit den Winden um die Wette zu stürmen und dabei aus voller Kehle zu jauchzen und lachen und schreien. Er wußte, daß Kronos dies alles verboten hatte, allein er konnte einfach nicht anders. Sein Bruder Epimetheus schüttelte deshalb nur den Kopf über ihn.

»Warum treibst du so törichte, unnütze Dinge, mein Bruder?« sprach er mißbilligend.

»Ich weiß nicht, mein Bruder«, erwiderte Prometheus, »ich halte dieses Herumdösen einfach nicht aus.«

Eines Tages, als Kronos wie immer auf einem eisernen Stern durch die Lüfte fuhr und die anderen Titanen in ihren Palästen dahindämmerten, lag Prometheus, der sich im warmen Meer vor Afrika müde geschwommen

hatte, im Wald der Insel Kreta wie in einem ungeheuren Bett von Grün. Er war erschöpft und dachte an nichts und wollte schlafen. Er drehte sich auf die Seite, da sah er, als seine Augen sich zutaten, dicht vor sich in der grünen Unendlichkeit ein winziges rotes Sternchen und daneben ein zweites und daneben ein drittes. So etwas Wundersames hatte er noch nie geschaut, und er lag ganz still, um diese Sternchen nicht zu zerdrücken.

»Was ist das«, rief er entzückt, »ich habe noch nie so etwas Schönes gesehen!« Dieser Ausruf war noch nicht verklungen, da hörte Prometheus eine leise Stimme an seinem Ohr.

»Ich danke dir, liebes Kind, für diese Worte«, raunte die Stimme. Es war ganz seltsam: Die Stimme war jung und uralt zugleich, und sie klang, als rede sie direkt vor des Prometheus Gehör und käme dabei doch aus der dunkelsten Ferne.

»Wer bist du, der da spricht?« fragte Prometheus erstaunt.

»Ich bin Gaia, die Erde, euer aller Mutter«, sagte die Stimme, »und du bist Prometheus, der Themis und des Iapetos ältester Sohn. Sie alle haben mich vergessen; du aber bist oft bei mir, und ich mag dich drum leiden.«

»Warum zeigst du dich mir dann nicht, Großmütterchen?« fragte Prometheus.

»Ich habe viele Gestalten«, erwiderte Gaia, »du siehst mich in meinen Steppen und Wäldern, und nun auch in meinen liebsten Geschöpfen, den Blumen. Schau nur, wie zahlreich und bunt sie sind!«

»Ich sehe nur drei, und sie sind alle rot wie der Abendhimmel«, erwiderte Prometheus, »andere Farben erblicke ich nicht.«

»Ach, deine Augen sind stumpf, du Titanenkind«, seufzte Gaia, »sie sind nur die riesigen Flächen der Meere und Sonnen gewohnt und verstehen nicht, das Kleine und Feine zu erfassen. Wie ist es dir überhaupt möglich gewesen, diese drei Rosen zu entdecken?«

Prometheus hob hilflos die Hände.

»Ich weiß es nicht, Großmütterchen«, entgegnete er. »Ich wollte gerade einschlafen und schloß die Augen, da sah ich dies Wunder, das du Rosen nennst.«

»Du tatest die Augen zu, und da wurden sie klein«, sagte Mutter Erde,

»aber nicht klein genug, um das tausendfach Bunte aufzunehmen, das ich durch diesen Wald gewirkt habe: Moosblumen, Maßliebchen, Ehrenpreis, Thymian, Minze, Salbei, Aurikel, Eisenhut, Storchschnabel, Seidelbast, Safran und Quendel, um nur die leuchtendsten zu nennen. Mein Teppich, von dem du nur das Grün siehst, ist in Wirklichkeit viel bunter, als des guten Onkels Okeanos Regenbogen es je gewesen sind.«

»O wenn ich doch diese Herrlichkeiten sehen könnte!« rief Prometheus.

»Begehre das nicht«, erwiderte Gaia, »du müßtest auch furchtbare Dinge schauen.«

»Kannst du mir solche Augen geben, so soll mich das Furchtbarste nicht schrecken, Großmütterchen«, sagte Prometheus voll Eifer. Da war es ihm, als streiche der Hauch einer Hand über seine Lider, und aus dem unendlichen Grün brach plötzlich ein tausendfach duftender Reigen von blauen, gelben, orangen, violetten, weißen, braunen und roten Sternen und Sonnen, und gleichzeitig schwirrte durch das ragende Grün der Stämme und Kronen ein Wirbel aus Farben, der stürzend und steigend und kreisend im Sonnenglanz noch funkelnder war als der Teppich des Bodens und den ein schmetternder Chor von Gezwitscher, Getriller, Geflöte und Tirilieren durchwob. Mit den Blumen hatte Prometheus die Vögel gewahrt, und er glaubte im Rausch dieses nie noch gekannten Schauens und Lauschens, sein Herz sei so bunt und so schallerfüllt wie der Wald geworden.

»Wie herrlich deine Welt doch ist, Mutter Erde!« jauchzte er.

Er hatte dies aber kaum ausgerufen, da sah er aus dem Geäst ein graues Silber auf ein hüpfendes Blau niederstürzen; das Singen verstummte; ein pfeifender, schauerlich dünner Schrei erscholl, und das Blau zerflatterte zu einem roten Fleck, der im Grün verrann. Die Vögel schwiegen. Das Silber – es war ein Marder, der eine Blaumeise geschlagen hatte – huschte hinter die Stämme.

Das Rot wurde schwarz.

Die Vögel schwiegen noch immer.

Prometheus ahnte, daß etwas Furchtbares geschehen sein mußte.

»Was war das?« fragte er verstört. Er hatte noch nie den Tod gesehen, denn die Titanen waren unsterblich wie die leblose Welt.

»Es war nur ein Traum. Vergiß ihn, mein Kind«, sagte die leise, uralte Stimme, und nun klang sie nur noch leise und alt. Zugleich fühlte Prometheus wieder das sanfte Hauchen über seinem Gesicht, und alle Farben verschwanden im ebenmäßigen Schwellen des Grüns von Moos und Laub. Auch die drei Rosen waren verschwunden. Da begriff Prometheus, daß Mutter Erde ihm die Gabe des feinen Sehens wieder nehmen wollte, und da schrie er: »Laß mich sehen, Mutter Erde, o laß mich sehen! Laß mich sehen, was ich noch nie geschaut! Den gräßlichsten Anblick will ich ertragen, nur raube mir nicht die Freude der Blumen und Vögel!«

»Trotziges Kind«, raunte Mutter Erde warnend, »denk an das Schicksal der Hundertarmigen!«

»Wo sind sie?« rief Prometheus. »Ich habe sie noch nie gesehen. Der Herrscher Kronos spricht oft von ihnen, und ihr Name erschreckt all die mächtigen Fürsten. Selbst die Sonne, die Hyperion früher lenkte, erbleicht bei diesem Wort. Wer sind sie? Zeige sie mir! Verwehr mir's nicht; ich weiß, daß du dies vermagst!«

»Du weißt nicht, was du verlangst«, sagte Gaia entsetzt. »Niemand darf sich den Hundertarmigen nahen. Sie sind in der tiefsten Tiefe verschlossen, und schon der Wunsch, nach ihnen zu forschen, ist Ungehorsam und Verrat.«

»Du kennst ihr Gefängnis?« rief Prometheus.

»Schweig still«, raunte Mutter Erde, »wenn Kronos diese Rede erfährt, verschlingt er dich!«

»Wer sollte es ihm denn erzählen?« erwiderte Prometheus hartnäckig. »Wir beide werden schweigen, und ein dritter hört uns ja nicht.«

Und er bat seine Großmutter, die Erde, so innig, daß sie schließlich sagte: »Nun gut, da du es so sehr wünschest, will ich dich an einen Ort in ihrer Nähe führen. Aber bedenke: Allein ihre Stimmen sind furchtbar.«

»Furchtbarer als das, was ich eben gesehen?« fragte Prometheus.

»Furchtbarer als der Tod«, erwiderte Gaia.

»Es schreckt mich nicht«, sagte Prometheus ohne Bedenken. »Gehen wir, Großmütterchen!«

»So komm!« sprach Gaia, und da brachen wieder die Blumen aus dem

Moos und die Stimmen der Vögel aus den Wipfeln, aber Prometheus achtete nicht mehr darauf. Mit einem Ruck sprang er auf die Füße. Vor ihm stand, in einem Gewand aus Licht und Dunkel, lächelnd und ernst eine junge Frau.

Die Hundertarmigen

»So komm!« wiederholte die Erschienene.

»Du bist Gaia, unser aller Mutter?« fragte Prometheus benommen. Die junge Frau nickte stumm und schritt in den Wald hinein. Sie ging so schnell, daß Prometheus Mühe hatte, nicht zurückzubleiben. Sie wanderten lange. Schließlich stießen sie auf eine öde Lichtung, deren Mitte gespalten war. Aus der klaffenden Öffnung stieg gelber Rauch.

Mutter Erde wandte sich um und blickte ihren Enkel prüfend an.

»Hier müssen wir hinunter«, sagte sie. Der Rauch quoll wolkig aus der Dunkelheit. Prometheus fühlte zum ersten Mal jenes Flackern des Herzens, das Angst heißt, allein er nickte tapfer.

»So komm!« sprach Mutter Erde zum dritten Mal und verschwand im Rauch. Prometheus folgte ihr zögernd. Er hatte gefürchtet, der Rauch werde ihm den Atem nehmen, doch als er die ersten Schritte getan hatte, weitete sich der Spalt zu einem Stollen, der schräg in die Tiefe führte, und der Rauch verlor sich. Prometheus sah wieder Mutter Erde vor sich den Stollen hinabgehen, doch nun schien sie selbst ein Gebilde aus Dunst zu sein. Sie wehte vor ihm wie ein Nebel; das Licht wurde glasig und glitt ins Dämmern, und da hörte Prometheus ein seltsames Geräusch. Es war ein dumpfes Ächzen, als stöhne im Innern des Erdballs ein Berg oder seufze ein Wald, und mit jedem Schritt in den sich immer mehr verengenden Stollen hinein gesellten sich neue Schreckenslaute hinzu. Ein Röcheln kam auf, und nun ein Gurgeln, und nun auch Brüllen und Wimmern und schließlich Keuchen und Kreischen und Röhren und Blöken und Bläffen und Kläffen und Heulen, aber alles dies wie aus Kehlen von Eis oder Horn; ein rasselndes Fauchen erscholl, als ob riesige Blasebälge sich dehnten und zusam-

menzogen, und schließlich schwoll der Chor so ungeheuer zusammen, daß er das Ohr des jungen Titanen wie mit Fäusten schlug. Auch wurde der Stollen immer niedriger und enger und die Dämmerung immer dichter; Mutter Erde war kaum noch zu sehen, und als Prometheus ihr in seiner Angst zurief, sie möge doch warten, nahm er entsetzt wahr, daß seine Lippen sich zwar bewegten, seine Stimme jedoch nicht einmal von ihm mehr zuhören war. Das Geheul war nun so heftig, daß der Boden des Stollens zu beben begann.

»Mutter Erde!« schrie Prometheus, aber Mutter Erde entschwand in die Dunkelheit. Prometheus war allein. Seine Angst wurde Grauen. »Mutter Erde«, schrie er verzweifelt und hörte sein Wort nicht, »hilf mir, Mutter Erde, ich fürchte mich!«

Aus dem schauerlichen Lärm kam keine Antwort. Da wollte Prometheus fliehen, doch als er sich umblickte, sah er in eine solche Finsternis, daß er zurückprallte.

Er wandte sich wieder gradaus und sah ins Dämmern.

Wie kommt das nur? dachte er. Wenn ich dahin zurückschaue, wo doch das Tageslicht sein muß, sehe ich tiefste Finsternis. Wenn ich hingegen ins Erddunkel blicke, sehe ich wenigstens einen Dämmerschein. Das ist doch gegen alle Gesetze!

Da fiel ihm ein, daß der Dämmerschein aus dem Kerker der Hundertarmigen kommen könnte.

Ich werde hier auf Mutter Erde warten, dachte er und lehnte sich gegen die zitternde Stollenwand.

Das Nachdenken hatte ihm Mut gemacht. Nun bin ich so nahe an den Hundertarmigen, sagte er sich, und da sollte ich umkehren? Nein, ich will Onkel Kronos' Geheimnis schauen!

Er stieß sich von der Wand ab und ging weiter. Der Stollen wurde rasch so niedrig, daß Prometheus sich bücken, dann kriechen und schließlich sich auf dem Bauch dahinschlängeln mußte. Er fürchtete schon steckenzubleiben, allein da es ihm vorkam, die Düsternis sei lichter geworden, bezwang er abermals seine Angst. Wenn Mutter Gaia hier heil durchgekommen ist, werde auch ich heil durchkommen, dachte er und rutschte weiter voran.

Der Stollen wurde noch enger, die Dunkelheit jedoch erhellte sich tatsächlich, und zwar dermaßen, daß Prometheus so etwas wie einen Schleier zu sehen glaubte.

Was ist das? dachte er, da stieß er auch schon mit dem Kopf gegen ein Hindernis, das flirrend war wie erhitzte Luft, leuchtend wie der Mond hinter Wolken und zugleich härter als Stein, denn so arg hatte noch kein Zusammenprall weh getan. In diesem Augenblick war auch das Lärmen jählings abgebrochen, der Stollen jedoch schwankte und zitterte wie zuvor.

Die plötzliche Stille war grauenhafter als alles Geheule.

»Mutter Erde!« schrie Prometheus, und diesmal hörte er seine Worte. Sie klangen so kläglich und angstvoll, daß er zu weinen begann. Da aber vernahm er Gaias Stimme.

»Sei ruhig, mein Kind, und fürchte dich nicht«, sprach Gaia begütigend, »ich bin ja bei dir.«

»Wo bist du denn?« flüsterte Prometheus, der sich im engen Stollen nicht umdrehen konnte.

»Bei dir, liebes Kind«, sprach ihm Gaia ins Ohr. »Spürst du nicht, wie ich dich in meinen Armen halte?« Da war es Prometheus, als ob die Wände des Stollens ihn sachte wiegten. Er schluckte die Tränen hinunter und faßte Mut.

»Wo sind die Hundertarmigen?« flüsterte er.

»Wir sind ihnen ganz nahe«, erwiderte Mutter Erde, »so nahe, daß wir sie schon nicht mehr hören, so wie du den Wirbelsturm nicht wahrnimmst, wenn du in seiner Mitte stehst. Woran du gestoßen bist, war die Wand ihres Kerkers. Näher können wir nicht mehr heran.«

»Und ich soll sie nicht sehen?« stammelte Prometheus fassungslos. Die Enttäuschung, nun wieder umkehren zu müssen, schien ihm schrecklicher als jede Begegnung.

»Wie könntest du das?« erwiderte Gaia. »Sie hausen in einem Kerker aus Diamant, denn jeden anderen Stoff würden sie durchbrechen. Dieser Stein ist so hell, daß er die Finsternis hier unten fahl macht, allein er ist auch so hart, daß deine Blicke davon abprallen wie die Blicke der Hundertarmigen auch.«

Prometheus tastete mit der Hand die Wand ab. Sie war glatt und kalt und fugenlos, und sosehr er auch die Augen spannte, seine Blicke konnten sie nicht durchdringen.

Da begann er zu bitten.

»Wenn du nicht einen Rat wüßtest, Großmütterchen«, so bettelte er, »hättest du mich gewiß nicht hierhergeführt! Du hast mir Augen gegeben, die Blumen und Vögel zu erblicken, du kannst mir auch Augen geben, die das Unsichtbare sehen.«

Da seufzte Mutter Erde und sprach: »Verlange das nicht, mein liebes Kind! Ich kann deine Augen wohl schärfen, doch dann wird dein Blick jede Schranke durchschneiden, selbst die der Zeit. Du wirst in die Zukunft schauen, und du wirst dort sehen, was der Welt und dir bevorsteht, und danach verlange nicht! Denn ich kann dir diese Kraft niemals mehr nehmen. Du müßtest diese Augen dann tragen durch alle Ewigkeit.«

Prometheus hämmerte mit der Faust an den Diamanten.

»Ich will sehen, Mutter Erde«, rief er wild, »ich will alles sehen! Gib mir deine Kraft, und ich werde vor nichts erschrecken! Ich gehe nicht eher von hier, als bis du mich sehend gemacht hast!«

Da schwieg Gaia.

Der Stollen zitterte.

Gaia schwieg.

Die Stille war so drückend, daß Prometheus nicht weiterzureden wagte. Schließlich, als die Antwort immer noch ausblieb, schob er sich wortlos, so weit er nur konnte, zurück und schnellte dann den Kopf gegen die Wand vor und tat dies, obwohl ihn die Erschütterung fast betäubte, ein zweites und dann noch ein drittes Mal. Er wollte gerade den Kerker ein viertes Mal rammen, da schlossen sich die Stollenwände so fest um ihn, daß er sich nicht mehr rühren konnte.

»Du wirst dir den Schädel spalten«, warnte Mutter Erde.

»Das ist mir gleich«, entgegnete Prometheus, »ich lasse nicht ab!« Mit rasendem Trotz begann er die Schultern und Arme zu rühren, um freizukommen. Da war ihm wieder, als streiche der Hauch einer Hand über seine Lider, und in diesem Augenblick schoß eine so strahlende Helle in seine

Augen, daß er glaubte, zwei Blitze brennten sie aus. Einen Herzschlag lang lag er blind und von Schmerz durchstochen, dann aber sah er vor sich ein Gewölbe mit Wänden aus glitzerndem Licht, und an diese Wände waren drei Ungeheuer von so grauenvollem Aussehn gekettet, daß Prometheus die Augen sofort wieder schloß.

Er hatte die Hundertarmigen erblickt.

Es waren drei Riesen, größer als die Titanen, und jeder von ihnen hatte hundert Arme und hundert Beine und fünfzig Rümpfe und fünfzig Köpfe, und jedes der dreihundert Beine war vom andern verschieden, und jeder Arm vom andern, und jeder Rumpf vom andern, und erst recht jeder Kopf! Der eine Kopf war ein einziges lippenloses Maul mit riesigen schwarzen Zähnen, die unentwegt aufeinanderkrachten und die Luft zerbissen; der zweite war eine schlabbernde gelbe Zunge, die über den Boden glitt und nach Flüssigem lechzte; der dritte war nur ein Auge mit einer roten Pupille, der vierte ein einziges gieriges Ohr, der fünfte eine viellöchrige schnüffelnde Nase, der sechste ein heulender Schlund, der siebte vielhundert plappernde Lippen, der achte eine gewölbte, von tiefen Furchen durchschnittene Stirn, der neunte ein Doppelstrom von Tränen aus zwei stachelwimprigen schlaffen Lidern, der zehnte ein zottiger Klumpen schneeweißes Haar, der elfte ein einziger Quader Kinn, der zwölfte ein Knäuel dünner gespaltener Zungen in einem Strahl aus zischendem Dampf. Dies waren die Köpfe, die Prometheus erblicken konnte; die andern im Hintergrund wurden von den vorderen verdeckt, doch manchmal schossen aus ihnen Funken empor oder schnellten Nattern zur Höhe oder schwollen und schrumpften graue, von roten Netzen durchzogene Wolken oder wehten Haare wie brennendes Gras. So vielgestaltig grauenvoll wie die Köpfe waren aber auch die Arme und daran die Hände: Eine Kralle die eine, eine Tatze die zweite, ein Saugnapf die dritte, Spinnfäden die vierte, Dornen die fünfte, eine Platte die sechste, Glut die siebte, quallig die achte, neblig die neunte, schwammig die zehnte, ein Huf die elfte, ein Stachel die zwölfte, und alle schwangen und kreisten und hieben und griffen durcheinander auf ihren Armen, die schlangenhaft waren und klotzig und sehnig und wulstig und dünn wie Ranken und gewaltig wie Keulen, und sie wuchsen aus Rümpfen von Eisen, von Kupfer, von Silber, von Gold, von Fels, von Sand, von Lehm, von Asche, von Schuppen, von Fell und von Teig und von Salz und von Grind und von Eis, von Dünsten und Feuer, und die Rümpfe standen wieder auf Beinen, die Stämme waren, Stelzen, Knorren, Halme, Stümpfe, Stiele aus Fleisch und Stubben aus Gallert, und um die Füße dieser dreihundert Beine war das Kristall des Bodens gegossen, so daß die Ungeheuer darin wurzeln mußten, und sie wollten doch heraus mit der Kraft von drei mal hundert verzweifelten Mühn! So zerrten sie also und zogen und rissen und dehnten und reckten und stemmten sie sich, aus allen ihren Rachen und Schlünden und Kehlen und Mündern unhörbar brüllend und tobend und mit den dreihundert Armen und Händen schleudernd und greifend und krallend, der ersehnten Freiheit zu, da plötzlich wurden sie von einer unsichtbaren Kraft so jäh an die Wand gerissen, daß sie einen Augenblick aus allen ihren Mündern schwiegen.

»Es ist Kronos«, flüsterte Mutter Erde, »er ahnt uns, nur fort, nur fort!« Prometheus fühlte sich von ihren Armen zusammengepreßt und fortgetragen; der Kerker entschwand, das Gelärm schwoll auf und verscholl, wie wenn Wind vorbeisaust, dann war es Prometheus noch, als dampfe gelber Rauch und flute plötzlich die Sonne, dann lag er wieder im Wald, und Grün umgab ihn, und Vögel sangen.

Gaia war verschwunden.

Ich habe geträumt, dachte Prometheus und rieb sich die Augen. Ich habe geträumt, und es war ein grauenvoller Traum!

Prometheus sieht durch die Zeit

Es war ein Traum, dachte Prometheus und sprang auf die Beine. Er war noch ein Kind, und doch ragte er über den Wald wie heute ein Kind über Sträucher und Buschwerk. Als er den klaren Himmel erblickte, reckte er sich und dachte frohgemut noch einmal: Es war ein furchtbarer Traum! Da hörte er in den Lüften ein entsetzliches Krachen. Aus dem heiteren Blau raste Feuer, und eine Donnerstimme schrie Worte des Zorns. Erschrocken duckte sich Prometheus in den Wald zurück. Es war kein anderer als Kronos, der oberste Herr der Titanen, der zürnend zur Erde niederfuhr.

Gaia trat ihm entgegen. Prometheus erkannte sie anfangs nicht, denn nun zeigte sie sich als uraltes Wesen. Ihr Gesicht war schwarz, ebenso ihre Hände und ihre Füße; ihr Gewand war aus grauem Sandstein, ihr Haar war wie das Silber, das morgens im Herbst auf den Wiesen liegt, und ihre Stimme klang wie das langsame Rauschen des Regens, als sie nun fragte: »Was begehrst du von mir, Kronos, mein jüngstes Kind? Es freut mich, daß du wieder einmal deine Mutter besuchst!«

Sie hob den Arm, ihn zum Gruß um die Schulter des Sohnes zu legen, allein Kronos stieß sie zur Seite. Er war schrecklich anzusehen: Über seine Stirn liefen blaue Flammenschauer, aus seinen Haaren sprühten Funken, und von der Mitte seines Leibes zuckte ein seltsames Flimmern in die Tiefen des Erdballs hinab. »Wer war bei den Hundertarmigen?« fragte Kronos. Seine Worte klangen, als ob Felsen sie schrien.

»Willst du deine Mutter nicht grüßen?« antwortete Gaia mit tonloser Stimme.

»Ich bin auch für dich nichts anderes als der Herrscher«, entgegnete Kronos. »Wer war bei den Hundertarmigen? Mein Gürtel hat gezuckt. Mich wirst du nicht betrügen!«

Prometheus begann vor Angst zu zittern.

»Auch sie sind meine Kinder«, sagte Gaia leise, »auch sie wollen leben und sich satt schauen und satt hören und satt essen und satt trinken –«

»Und uns alle vernichten!« warf Kronos ein. Wütend riß er am Gurt, und das Geheul der Hundertarmigen quoll aus den Tiefen der Erde wie Blasen auf. »Hörst du sie?« sprach Kronos. »Sie heulen nach der Stunde, da sie loskommen und über uns herfallen. Furchtbare Geschöpfe hast du hervorgebracht, Gaia!«

Da Kronos das sagte, wurde das Gesicht der Erde grau.

»Sie sind meine Kinder wie du und deine Geschwister«, sprach sie und brauchte Stunden für jedes Wort. Prometheus wagte sich nicht zu rühren. Er hatte die Augen geschlossen, damit Kronos ihr Funkeln nicht sähe. Solch einen Streit hatte er noch nie gehört. Er fürchtete, der Herrscher werde ihn, den frechen Belauscher dieses Gesprächs, zu den Hundertarmigen in die Unterwelt sperren, und Kronos, hätte er Prometheus gewahrt, würde gewiß so gehandelt haben. Doch er glaubte nicht, daß ihn jemand höre. Er wähnte alle Titanen in den dämmrigen Milchstraßengrotten, und bis dorthin wäre nicht einmal das Heulen der Hundertarmigen gedrungen. Darum schalt Kronos die Uralte, die doch seine Mutter war, ohne Maß und Beherrschung.

»Du wagst es, dich solcher Mißgestalten zu rühmen«, schrie er; »du wagst es, dich zu Kindern zu bekennen, die man einkerkern muß, damit sie nicht die eigene Mutter zerstückeln!« Wieder riß er am Gürtel, und wieder heulten die Hundertarmigen, und ihr Geheul war so schrecklich, daß die Bäume vor Mitleid seufzten.

»Quäl meine wehrlosen Kinder nicht, du Ungeheuer!« rief Gaia. »Sie schreien nach ihrer Mutter, und ihre Mutter kann ihnen nicht beistehn!«

Da packte Kronos mit beiden Händen die Schultern der Alten und fragte drohend: »Du bist also unten gewesen? Sag die Wahrheit, sonst reiße ich deine Brut in Stücke!«

»Ja, ich war bei meinen lieben Söhnchen«, erwiderte Gaia. »Sie leiden unsäglich in ihrem Kerker, wie sollte da ihre Mutter sie nicht zu trösten suchen?«

»Warst du allein?« fragte Kronos lauernd.

»Nein«, sagte Gaia, und Prometheus stockte das Herz.

»Die Furcht war mit mir und das Grauen«, fuhr Mutter Erde fort, »und das Mitleid auch.« Sie hob unendlich langsam ihr Gesicht dem Gesicht des Kronos entgegen, und ihre Augen waren zwei eisige Monde, und die Augen des Herrschers waren zwei tosende Sonnen.

»Wer sollte schon mit mir hinabgestiegen sein!« sagte Gaia. »Glaubst du, dein Weib oder deine Geschwister wagten diese Reise? Was hätten sie wohl davon?«

Die Vögel schwiegen. Kronos schlug Gaia ins Gesicht.

»Ich habe verboten hinunterzugehen«, schrie er, »das gilt auch für dich, du Uralte! Wenn du dich noch einmal widersetzt, so sperre ich dich zu ihnen, dann magst du sie trösten in alle Ewigkeit! Zur Strafe für deinen Ungehorsam aber sollst du fortan aus dem Kreis der Titanen verbannt sein und nie mehr die Himmelsburg betreten! Hüte dich vor meinem Groll, ich rate dir gut!« Mit diesen Worten rüttelte Kronos wieder an seinem Gürtel, und wieder scholl der Schmerz der Hundertarmigen aus dem finstren Schlund, und die Wälder krümmten sich.

Gaia aber, die den Schlag ihres Sohnes stumm hingenommen hatte, richtete sich hoch auf und rief, in die Wolken wachsend: »O Kronos, Kronos, hüte *du* dich! Auch deine Herrschaft, du Grausamer, währt nicht ewig, das sage ich dir, deine Mutter, die du geschlagen hast und die du verstößt.«

»Wer wollte es wagen, Hand an mich zu legen?« erwiderte Kronos. »Von meinen Brüdern und Schwestern gewißlich keiner, und die Hundertarmigen sind verschlossen. Du selbst bist machtlos, Gaia, wenn du dich auch noch so sehr aufblähst, und deine winzigen Geschöpfe, die Tiere und Pflanzen, die du Leben nennst, sie können mir allesamt kein Haar krümmen. Wer also sollte sich gegen mich auflehnen?«

Da lachte Gaia schauerlich und hob die schwarzen Arme über den Kopf und redete feierlich wie die Nacht: »Deine Kinder werden dich stürzen, Kronos.«

»Ich habe keine Kinder«, rief Kronos rasch, doch während er dies noch rief, fiel ihm ein, daß seine Gemahlin Rhea ein Kind unter dem Herzen trug und es bald zur Welt bringen mußte.

»Noch habe ich keine Kinder«, sagte er. »Und ich werde auch nie welche haben«, fügte er nach einer Pause hinzu.

In diesem Augenblick war es Prometheus, als zerspringe sein Auge. Er hatte die Lider noch geschlossen, doch das Dunkel dahinter wurde heller als der Sommer, und er sah, ohne daß er die Augen öffnete, Kronos hochaufgerichtet über den Wäldern und Bergen stehen, Gewitter in seinem Haar und Granit um die Schultern und das seltsame Flimmern am Gürtel aus Erz, und er sah Kronos also stehen und reden, da plötzlich sprangen aus des Herrschers offenem Mund Jünglinge und junge Frauen und hielten starre rote Blitze in ihren Händen und drangen kämpfend auf Kronos ein. Der hüllte sich in den Fels seines Mantels und wehrte die Angreifer ab, doch die schlugen so heftig zu, daß der Herrscher wankte. Da schrie Kronos um

Beistand, und da öffnete sich die Milchstraße über seinem Haupt, und die Titanen eilten dem Gebieter zu Hilfe. Prometheus erkannte sie alle: Hyperion und Atlas und Krios und auch Vater Iapetos und alle anderen, doch da wurde der Druck in den Augäpfeln so stark und schmerzhaft, daß Prometheus die Lider aufreißen mußte. Im Nu waren die Bilder verschwunden! Seine Augen schmerzten nicht mehr; sie sahen das ruhige Grün des Waldes, der ihn umfing, und sie sahen Kronos auf einem prasselnden Blitz die Luft durchfahren und gleichzeitig Mutter Gaia im Boden versinken, und dann blieb nur der bunte Reigen der schwirrenden Vögel und blühenden Blumen im Blick. Da wußte Prometheus, daß er nicht geträumt hatte, und er wußte, daß er nun einer Kraft mächtig war, über die keiner der Titanen verfügte. Mit Augen, so fein, daß sie das Leben sehen konnten, waren auch Hyperion und Kronos begabt; Augen jedoch, die durch die Zeit in die Zukunft blicken konnten, besaß nur er.

Wie wird der Kampf ausgehen? dachte er neugierig und schloß wieder die Lider, und sogleich sah er wieder Kronos stehen und reden und sah die gewaffneten Jünglinge und Jungfrauen aus seinem Mund springen und sah sie mit starren Blitzen auf Kronos sich stürzen, und wieder sah er den Fürsten wanken und schreien und die Titanen heraneilen, da war die Fülle der Bilder wieder so strotzend geworden, daß Prometheus sie nicht mehr ertragen konnte. Seine Lider flogen von selbst auf, so wie sich der Mund von selbst auftut, wenn man den Atem über Gebühr anhalten will.

Die Bilder waren verschwunden.

Staunend lag Prometheus im Grün.

Das alles sollte wirklich geschehen? dachte er. Das ist doch nicht möglich! Wo sollten die Jünglinge und Jungfrauen wohl herkommen? Und warum hüpfen sie aus dem Maul des Herrschers, und warum kämpfen sie mit ihm? Das ist alles so seltsam. Soll sich das tatsächlich einmal ereignen?

Plötzlich fiel ihm die Tötung der Blaumeise durch den Marder ein. Er wußte nicht, warum er in diesem Augenblick gerade an jenen Vorfall denken mußte, allein da er daran dachte, wurde ihm bang.

Die Unbekannten werden den Herrscher besiegen und uns alle einkerkern, dachte er erschreckt. Ihm graute bei der Vorstellung, irgendwo im finstern Erdball oder Mars in Fesseln zu liegen und nie mehr durch die Wellen zu schwimmen und nie mehr die Blumen zu sehn und die Vögel zu hören.

Man muß Kronos beistehen, dachte er eifrig. Alle müssen an seiner Seite kämpfen! Wohl, Atlas ist ihm zu Hilfe gekommen, dann auch Hyperion und Koios und Vater Iapetos und auch Krios, den Onkel Okeanos aber habe ich nicht erblickt und mein Brüderchen Epimetheus auch nicht. Nun, bei dem wundert mich das nicht, der hat's verschlafen. Wo aber bin ich denn selbst gewesen?

Er versuchte angestrengt, sich zu erinnern. Ja doch, wo war ich nur selbst in diesem Kampf? so grübelte er.

Da war es ihm, als habe er sich wie einen Schatten am Rand des Kampfgetümmels stehen sehn. Ich muß das genau wissen, dachte er und wollte seine Augen ein drittes Mal schließen, da gellte das kupferne Becken des Saturns durch den Weltraum. Es war dies das Zeichen, das alle Titanen zur Ratsversammlung in die Himmelsburg lud.

Das Gelöbnis des Kronos

Es war seit Tausenden von Jahren – länger, als Prometheus zurückdenken konnte – nicht vorgekommen, daß Kronos die Titanen zum Rat zusammenrief. Verwundert hörten sie das Becken des Saturns in ihren Dämmerschlaf hallen, doch dann, als sie das Zeichen erkannten, beeilten sie sich, der Aufforderung ihres Fürsten Folge zu leisten. Auch Prometheus machte sich rasch auf den Weg. Er hatte es nicht weit: Die Himmelsburg lag zwischen der Erde und dem roten Stern Mars, und solche kurzen Strecken konnte Prometheus mühelos durchfliegen, dazu brauchte er keinen Kometen oder Meteor. So kam er gleichzeitig mit den Titanen vor dem Tor der Himmelsburg an und gesellte sich zu seinem noch im Halbtraum wandelnden Bruder.

»Wir haben dich gesucht, Brüderchen«, sagte Epimetheus, »bist du wieder unten im Reich Gaias gewesen?«

Prometheus knurrte etwas, das Ja wie Nein heißen konnte. Er suchte nach einer glaubhaften Ausrede, die nicht gerade eine Lüge war, allein sein

Bruder grübelte schon wieder dem Sinn der ungewöhnlichen Zusammenkunft nach.

»Was meinst du, warum will uns der Gebieter außer der Reihe bewirten?« fragte er.

»Ich weiß es nicht«, erwiderte Prometheus. Seine Stimme klang unsicher, doch Epimetheus achtete nicht darauf.

»Wir werden es ja gleich von ihm hören«, sagte Epimetheus, »dann wissen wir's. Auf jeden Fall ist es schön, in der Himmelsburg zu sein.«

Verzückt ging er durch das gezackte, sonnenfunkelnde Tor. Die Himmelsburg lag auf einem heute verschollenen Planeten aus purem Gold, und sie war eigentlich nichts andres als ein goldener Berg mit Höhlen und Schluchten. Goldschimmer gab Licht, Goldquader dienten als Tische und Bänke und rohe Edelsteindrusen als Schüsseln und Krüge und Becher, in denen die Nahrung der Titanen, ein farblos glitzernder Trank und eine bläuliche Speise, aufgetragen wurde. Der Trank hieß Nektar und die Speise Ambrosia. Sie stammten beide aus den kochenden Kratern des Sirius, und ein Schluck oder Bissen von ihnen stillte jeglichen Durst und Hunger. Mit diesen Speisen aufzuwarten war Pflicht der Kinder, darum wurden auch sie zur Ratsversammlung herangezogen.

Kronos war von der Erde gradweg zum Saturn und dann sofort wieder zur Burg gefahren. Er wartete in seinem Gemach, bis die Fürsten mit ihren Frauen und Kindern sich längs der goldenen Wände aufgestellt hatten, wie es sich zum Empfang gebührte. Als der Herrscher erschien, kreuzten die Titanen zum Gruß ihre Arme über der Brust und neigten das Haupt. Die Kinder verbeugten sich bis zur Erde. Kronos erwiderte ihren Gruß, ohne jedoch den Kopf zu senken, und während er die Hände auf die Brust legte, überflog sein Blick die erwartungsvoll ergebene Runde.

Ungehalten fragte er: »Wo ist Rhea?«

Phoibe, die Frau des Atlas, trat vor Kronos und sagte: »Eine Stunde zu früh bist du zurückgekehrt, Bruder und Herrscher. Rhea ist im Begriff, dir ein Kind zu gebären.«

Da brüllte Kronos: »Schafft sie her!«

»Sie bringt ein Kind zur Welt, Gebieter«, wiederholte Phoibe.

»Schafft sie samt dem Kind her«, schrie Kronos, »oder wollt ihr mir Widerstand leisten wie die Angeketteten da drunten und Gaia, diese wahnsinnige schwarze Alte?«

Da verneigte sich Phoibe und eilte, von Theia, der Frau des Hyperion, begleitet, zur Milchstraße zurück. Nach einer Weile, indes die Titanen in Schweigen verharrten, kehrten sie mit Rhea wieder. Rhea trug ein Kissen aus Licht, und darauf lag ein Knäblein.

»Ich bringe dir unsern Sohn, mein Gemahl«, sprach Rhea. Und sie fügte hinzu: »Du bist sehr grausam, Herr, daß du eine Mutter in dieser Stunde nicht schonst.«

»Gib mir das Kind!« verlangte Kronos. Rhea trat vor ihn hin und reichte ihm das Knäblein, das still auf den weichen Lichtstrahlen lag.

»Hier, nimm dein Erstgeborenes, lieber Gemahl und Fürst«, sprach Rhea. »Welchen Namen willst du ihm geben?«

Kronos riß das Kind aus Rheas Händen und hob es stumm vor seine Augen. Das hätte jeder Vater nicht anders getan, aber auf dem Gesicht des Kronos lag solcher Grimm, daß es Rhea schauerte.

»Einen Namen – ja, er soll seinen Namen haben!« erwiderte Kronos. Prometheus wußte, daß sich jetzt etwas Furchtbares ereignen würde. Er wollte die Augen schließen, um es nicht zu sehen. In diesem Augenblick aber, da er die Lider senkte, sah er wieder die Gewaffneten aus dem Munde des Herrschers springen, und da tat er die Augen schnell wieder auf. Ich muß sehen, was *jetzt* geschieht, dachte er, sonst kann ich das Kommende nicht begreifen.

Kronos hielt noch immer das stille Knäblein in seinen Händen. »Ja, einen Namen soll er haben«, wiederholte er langsam, »er soll Hades heißen, das ist Der, der im Dunkeln wohnt. Denn in die Dunkelheit soll Hades jetzt gehen!«

Er hatte das noch nicht zu Ende gesprochen, da stopfte er sich den Knaben in den Schlund und schlang ihn hinunter. Rhea schrie vor Entsetzen auf. Die Titanen standen wie Traumbilder vor den goldenen Wänden. Sie rührten sich nicht; sie hatten in Jahrmillionen gelernt, ihrem Herrscher gehorsam zu sein.

Kronos aber sprach: »Ich habe euch zusammengerufen, hohe Fürsten und Fürstinnen, um euch meinen Ratschluß kundzutun. Gaia hat mir gedroht, sie werde meine Kinder gegen mich aufwiegeln. Gaia ist auf immer verbannt; es ist ihr in alle Ewigkeit versagt, die Burg zu betreten, und jedem von euch rate ich ab, in ihre Nähe zu gehn! Meine Kinder aber will ich in meinem Herzen bergen. Wen immer mir Rhea auch gebären wird, er soll stets mit seinem Vater und Fürsten vereint sein. Denn wisset: Ich habe meine Herrschaft errichtet für immerdar, und wie es ist, so soll es auch bleiben! Ewig werden die Sterne ihren Gang gehen, ewig werden die Wasser der Meere rollen, ewig wird die Schwere das Weltall binden, und ewig wird Kronos herrschen über euch, über die Elemente, über alles, was war und ist und so dauern wird! Dies ist mein Schwur. Wehe dem, der sich meinem Willen widersetzt: Ich werde ihn in die Finsternis sperren, in den Hunger, den Durst, in die Starre und Stille! Das habe ich euch kundzutun.«

Schweigend standen die Titanen an den Wänden. Der Trank und die Speise in den goldenen Becken und Bechern blieben unberührt. Rhea war auf die Knie gesunken. Kronos umfaßte sie und richtete sie auf.

»Knie nicht vor deinem Gemahl, teure Rhea«, so sprach er, »ich weiß, daß du meine Entscheidung billigst. Wo könnten deine Kinder es auch besser haben als ewig in ihres Vaters Brust! Komm nun mit mir, wir wollen unser Reich durchmessen und uns an seiner ungestörten Ordnung erfreuen.«

Mit diesen Worten führte Kronos sein Weib aus der Burg, und die Fürsten und Fürstinnen folgten ihnen. Prometheus aber schloß, da er hinausging, die Augen, und da sah er Kronos stehen und sah Rhea sich ihm nahen und ihm auf Kissen aus Licht ein Kind um das andere reichen, und er sah, wie Kronos eines ums andre verschlang, und er hörte ihn auch Namen sagen: Hestia, Poseidon, Hera, Demeter, Zeus, doch da Prometheus so blind einherschritt, stolperte er über das Kissen, das Kronos zu Boden hatte fallen lassen. Epimetheus fing den stürzenden Bruder auf.

»Was hast du?« fragte Epimetheus. »Kannst du nicht sehen?«

»Doch«, antwortete Prometheus, »ich sehe, Brüderchen, ich sehe.«

II DER STURZ DER TITANEN

Die Geburt des Zeus

Viele tausend Jahre waren vergangen, Prometheus war wie sein Bruder Epimetheus zu einem jungen Titanen herangewachsen, und in deren Welt schien sich nichts verändert zu haben. Die Elemente kreisten noch immer nach alter Weise; Fürst Kronos herrschte noch immer über Himmel, Lande und Meer; die Hundertarmigen stöhnten und heulten noch immer in der unterirdischen Finsternis; Gaia war noch immer verbannt, und die Titanen dämmerten immer noch in ihren Milchstraßengrotten durch den schlaffen Tag, da faßte Rhea, des Kronos Weib, einen unerhörten Entschluß. Nach Hades hatte sie ihrem fürchterlichen Gemahl noch vier Kinder geboren, drei Töchter und einen Sohn, und jedesmal war sie der Hoffnung verfallen, der Anblick der unschuldigen kleinen Wesen auf ihren Kissen aus Licht werde den harten Sinn des Gebieters erweichen, allein er hatte ihr jedes Neugeborene aus den Armen gerissen und in seinen unersättlichen Schlund gestopft. Nun fühlte Rhea das sechste Kind in sich wachsen, und da gelobte sie, es Kronos nicht auszuliefern. Sie konnte das Schweigen der Eingeschlossenen nicht länger ertragen.

Denn die Kinder waren nicht etwa umgekommen! Wenn Kronos sie hätte töten können, hätte er sich nicht die Mühe gemacht, sie in seinem eigenen Leib einzusargen. Aber sie waren ja unsterblich, und so hockten sie in einer der fahlen Kammern seines steinernen Herzens, und hatten sie anfangs noch Pläne geschmiedet, sich zu befreien, so taten sie dies schon lange nicht mehr. Denn Kronos konnte sie ja hören, und damit war jeder Plan schon verraten, wenn sie ihn über die Lippen brachten. Sie hatten zwar versucht, sich mit Zeichen zu verständigen, allein diese stumme Sprache reichte nicht aus, und wenn sie die Zeichen erklären wollten, ver-

rieten sie sich wiederum. So blieb ihnen nichts, als schweigend auf ein Wunder zu warten, und schließlich war in ihrer Brust keine Hoffnung mehr.

Eines Tages – wir könnten auch sagen: zu einer Nacht, denn es war ja ewige Düsternis im Herzen des Kronos –, zu irgendeiner unentschiedenen Stunde also wurden die fünf wieder Ohrenzeugen, wie Mutter Rhea ihrem schrecklichen Gemahl ein Neugeborenes übergab, denn sie hörten sie flehen: »Erbarme dich dieses Jüngsten, o gewaltiger Fürst, und verschlinge ihn nicht! Siehe, er ist so zart und gebrechlich, daß ich ihn von Kopf bis Fuß in Goldblätter habe packen müssen. Wie sollte er dir da jemals gefährlich werden, du Mächtiger!«

Derart inständig hatten die Eingeschlossenen Rhea noch niemals bitten hören, und sie glaubten zuversichtlich, Kronos werde den Neugeborenen diesmal verschonen, doch da hörten sie den Herrscher schon grimmig auflachen und reden: »Gewiß, gewiß, gute Rhea, er ist klein und hilflos, doch sieh nur, wie drohend und schreckerregend sein Auge noch durch die Hüllen strahlt! Ich will ihn darum Zeus nennen, das heißt Der Strahlende und Der Schreckliche, und ich will ihn in meinem Herzen bergen wie die andern Geschwister auch.«

Diese Worte waren kaum ausgesprochen, da vernahmen die fünf auch schon einen Aufschrei und wieder ein Lachen und gleich darauf ein hilfloses Weinen, und da wußten sie, daß der schreckliche Kronos auch dieses Kind verschlungen hatte. Sie starrten auf den Strom in den steinernen Kanälen, der durch die Herzkammer floß, und es dauerte nicht lange, da wurde vor ihre Füße ein Wesen gespült, dermaßen in Gold gewickelt, daß nicht einmal ein Härchen hervorlugte. Neugierig wickelte Hera es aus, da erblickte sie statt eines Bruders oder einer Schwester einen schwarzen Stein. Überrascht wollte sie aufschreien, allein Poseidon begriff, daß Mutter Rhea eine List gebraucht haben mußte, ihr Jüngstes zu retten, und er preßte der Schwester die Hand auf den Mund. Hera verstand diese Mahnung sofort, und die anderen verstanden sie auch. Sie wußten, daß sie ihrer Mutter jetzt helfen und auf ihre List eingehen mußten. So stellten sie sich, als sei tatsächlich ein Geschwisterchen angekommen.

»O du mein armes Brüderchen Zeus«, rief Hestia darum rasch, »hat dich der furchtbare Fürst also auch verschlungen!«

Poseidon wimmerte zur Antwort wie ein Neugeborenes.

»Füge dich in dein Los, armes Brüderchen«, rief Demeter, »Kronos ist ein gewaltiger Herrscher, und niemand entgeht seinem Willen.«

Nun ließ sich auch Hades vernehmen. »Schüttle nicht den Kopf, du Kleiner«, so redete er zum Stein, »gegen Väterchen Kronos bist du doch machtlos. Ergib dich in dein Geschick und trag es wie wir ohne Groll und Haß.«

Da schmunzelte Kronos selbstgefällig, und er sprach zu den Gefangenen seines Herzens: »Ihr scheint ja gelernt zu haben, meine lieben Kinder. Es ist klug, daß ihr euch fügt. Tragt mit Geduld, was ihr doch niemals ändern könnt, und ihr werdet es bald mit Genugtuung tragen. Bedenket, ihr ruht in der Brust des allmächtigen Herrschers, könnte es einen besseren Platz für euch geben?«

»Dein Wille ist auch unser Wille, erhabener Fürst!« redeten die fünf im Chor.

»So ist es gut«, sprach Kronos, »und so wird es bleiben in alle Ewigkeit!«

Indes war es genau so, wie die Gefangenen vermutet hatten. Rhea hatte eine List gebraucht. Von den Fürstinnen Themis und Tethys war sie ihres Kindes entbunden worden, dem Kronos aber hatte sie statt ihres Söhnleins einen umwickelten Stein gereicht. Zwar hatte Rhea gefürchtet, die Eingeschlossenen könnten in ihrer Überraschung die List verraten und Kronos würde die Täuscherin dann zu den Hundertarmigen sperren, aber sie hatte gedacht: Von niemandem kann Rettung kommen als von meinen Kindern. Wenn ich jetzt nicht handle, handle ich nie! So war sie mutig ans Werk gegangen, und ihr Plan schien fürs erste gelungen: Kronos hatte nichtsahnend den Stein geschluckt, und die Eingeschlossenen hatten nichts verraten. Was aber sollte mit dem neugeborenen Zeus geschehen?

Prometheus schwört den Titaneneid

In der Himmelsburg konnte Rhea ihr Knäblein natürlich nicht verstecken, doch auch in der Grotte der Milchstraße hätte Kronos es sicherlich bald entdeckt. Das Kindlein war ja noch unverständig, es strampelte und schrie, und wenn Kronos auch selten die Titanenpaläste besuchte, seine Brüder hätten ihm gewiß berichtet, daß Rhea heimlich einen Sohn aufziehe. Denn die Titanen, vor allem Atlas und Hyperion, waren stolz auf Kronos und sein Regiment.

»Er ist, obwohl der jüngste, doch unser Bester«, so sagten sie, »er hält das Weltall gut in Ordnung. Er ist überall und schaut unermüdlich nach dem Rechten. Ohne ihn würde der Himmel zusammenstürzen und das Meer die Milchstraße überschwemmen. Wir dürfen nicht zulassen, daß ihm Gefahr droht.«

So redeten sie, und so wachten sie über Kronos, und auch seine anderen Geschwister waren ihm ergeben und treu. Sogar Rhea hatte Kronos nur schweren Herzens hintergangen. Es war nicht die Furcht vor der Strafe allein, die sie so lange abhielt, sein grausames Gebot zu brechen. Er ist der Herr und Gebieter, so sagte sie sich, wie dürften wir es da wagen, seinem Befehl zuwiderzuhandeln? Das wäre doch gegen alle Gesetze. Das Eis ist das Eis und kann nicht brennen; der Stein ist der Stein und kann nicht tauen, und des Herrschers Wille ist des Herrschers Wille, und man kann ihm nicht trotzen. Unübersehbares Unheil müßte daraus entstehen.

So hatte sie denn gehorcht und ihrem Gemahl ein Kind ums andre geopfert; nachts aber fuhr sie oft aus dem Schlaf, da sie glaubte, ihre Kinder hätten nach ihr gerufen. Wenn sie sich dann aufrichtete und auf Kronos schaute, so mußte sie denken: In seinem Leib sind meine lieben Kinder gefangen! Und wieder war es ihr, als ob ihre Töchter und Söhne riefen: »Befreie uns, liebste Mutter, befreie uns!«

Dann weinte Rhea manchmal, und dann wurde Kronos wach und fragte: »Warum weinst du, Rhea? Woran denkst du? Ich wundre mich über dein Benehmen. Es ist nicht Titanenart, zu weinen.«

Da schluckte Rhea die Tränen hinunter und versuchte zu lächeln und sagte: »Ich hatte geträumt, mein teurer Gemahl, daß dir ein Leid widerfuhr, und da mußte ich weinen. Sieh, so sehr sorge ich mich um dich.«

Nach solchen Worten schüttelte Kronos stets tadelnd den Kopf, denn er hielt nichts von Träumen, und schon gar nichts von Tränen, dann aber nickte er großmütig und küßte seine ängstliche Frau. Vor diesen Küssen graute es Rhea. Schließlich konnte sie es nicht mehr ertragen, neben dem Vernichter ihrer Kinder zu liegen. Sie saß oft die Nacht hindurch unterm goldenen Burgtor und schaute dem langsamen Wandern der Sterne zu und fühlte die Empörung in ihrem Herzen wachsen wie in ihrem Leib einen neuen Sproß. Und dennoch: Als sie dem Kronos dann den umwickelten Stein reichte, weinte sie nicht nur, weil es ihr Plan verlangte, ihm das Leid einer Mutter vorzuspielen. Sie weinte auch vor Schmerz, ihren Mann betrügen und ihren Herrscher hintergehen zu müssen. Doch da konnte sie schon nicht mehr zurück.

Wo aber sollte Rhea ihren geretteten Zeus nun verbergen? Weiter als bis zur Täuschung des Herrschers hatte sie nicht gedacht, denn auch die Kraft des Denkens war den Titanen in ihrem Dämmerschlaf fast verlorengegangen. Darum sagte sie sich: Ich werde zu Gaia hinuntergehen. Sie ist doch meine Mutter und muß einen Rat für mich haben! Sie schämte sich zwar, daß sie erst in der Not ihrer Mutter gedachte, doch sie sah keinen anderen Ausweg.

So bettete sie denn ihr Söhnlein in eine Moosmulde ihres Quarzgewandes und stahl sich mit ihm zur Mutter Erde hinab.

»Ich habe es gewußt, ich habe es gewußt«, murmelte die Uralte, »das Gesetz der Mutterliebe ist stärker als jedes andre.« Sie stand am Saum des lichtdurchflossenen kretischen Waldes, und der Schwall von Hunderten Stimmen des Tiervolks hüllte sie ein. Lange blieb die Alte so stehen und schien im Lärm ihrer Welt die Bitte der Tochter vergessen zu haben, doch plötzlich, da Rhea schon zweifelte, daß ihr noch eine Antwort zuteil würde, seufzte Gaia tief auf und sagte ganz leise: »Was rede ich da von den Gesetzen der Mutterliebe und vergesse, daß auch der schreckliche Kronos mein Sohn ist. In welche Verstrickung bin ich doch geraten! Du verlangst einen

Rat von mir, Töchterlein, allein wer rät mir? Darf ich das eine Kind hintergehn, um dem andern zu helfen?«

Da fiel Rhea vor ihr auf die Knie.

»Die Mutter sollte dem Kinde beistehen, das in Not ist«, drängte sie. »Der mächtige Kronos braucht dich nicht; aber Zeus und ich sind ohne deine Hilfe verloren. Der Grausame würde uns zu den Hundertarmigen sperren, die doch auch deine Kinder sind. Hilf den vielen gegen den einen!«

Da weinte Gaia.

Plötzlich bebten die Lüfte, und die Sonne bäumte sich auf.

»Du mußt dich entscheiden, Mutter!« rief Rhea. »Der Schreckliche kehrt aus dem Weltall zurück. Er ist auf Hyperions Wagen gestiegen. Wenn er uns entdeckt, reißt er uns in Stücke.«

»Gib mir dein Kind und sei ohne Sorge«, sprach Gaia, und die Fürstin legte das schlummernde Knäblein in die schwarzen Arme der Uralten. »Nun geh in deinen Palast, mein Töchterlein«, sagte Gaia, »und fürchte dich nicht! Mutter Erde wird deinen Erretteten bergen. Hab nur Vertrauen und schweige und meide meine Nähe.« Da küßte Rhea das Knäblein und schwang sich auf der Schwinge eines Sturmwinds zum Himmel. Kronos aber, der auf Hyperions Feuerwagen die Planeten umkreiste, entdeckte sie.

Sie war bei Gaia, der alten Ränkeschmiedin, dachte er, das bedeutet nichts Gutes!

Er hielt den Sonnenwagen an und sprang auf den Erdball, dorthin, wo er Rhea hatte aufsteigen sehen. Der Planet, da der Gewaltige auf ihn niederfuhr, torkelte zitternd aus seiner Bahn, und alles Getier im Walde verstummte.

Kronos stand wartend vor dem schweigenden Grün.

Nichts rührte sich, nur das afrikanische Meer brandete an die bebende Küste.

»Gaia«, schrie Kronos schließlich erbost, »wo versteckst du dich? Du mußt doch gemerkt haben, wer zu Besuch kam. Steige herauf, deinen Fürsten zu grüßen!«

Da teilte sich der Boden unter den Pinien, schwefelgelber Rauch wallte auf, und Gaia erschien. Sie war älter als je und stützte sich, wie ein Hügel gekrümmt, auf einen Eichenstamm.

»Es ist löblich, daß du deiner verbannten Mutter gedenkst, mein Sohn«, so redete sie, allein Kronos unterbrach sie ungehalten.

»Mein Weib ist bei dir gewesen«, sprach er, »was hat sie gewollt?«

»Der Mutter ihr Leid klagen«, antwortete Gaia leise, »was hätte sie sonst wohl herabgeführt? Du hast ihr das sechste Kind geraubt, furchtbarer Kronos, und so kam sie zu mir, um sich auszuweinen.«

»Sie weint also immer noch um ihre Kinder?« fragte Kronos mißtrauisch.

»Was könnte sie anderes tun?« erwiderte Gaia. »Das Gesetz der Mutter befiehlt ihr zu weinen, und das Gesetz der Ehrfurcht vor dir befiehlt ihr, die Tränen zurückzuhalten. Also kommt sie in diesem Zwiespalt zu mir. Das müßtest du doch verstehen, du Hüter der Gesetze.«

Kronos runzelte die Stirn.

»Das Gesetz des Gehorsams steht über allen andern«, entgegnete er finster, »und mir gefällt nicht, daß man es teilen will. Mein Weib soll nie wieder mit dir Rat halten, vorwitzige Alte.«

Er wandte sich grußlos ab, um zum Sonnenwagen zurückzukehren, da scholl aus dem Wald ein kindhaftes Plärren.

Kronos horchte auf.

Das Gesicht der Uralten, das Stein war, schien vor Schreck zu verwittern. Wieder erklang das Plärren, dann brach es jäh ab.

»Was war das?« fragte Kronos. »Da hat doch ein Kind geschrien?«

Gaia stützte sich schwer auf den Eichstamm. Zur Last der Sorge, daß Kronos den Säugling entdecken könne, kam nun noch die Angst, es sei ihm ein Leid geschehen.

»Es sind die Kinder meiner Geschöpfe, der Tiere«, erwiderte sie schließlich und versuchte, ihre Worte in Gleichmut zu kleiden. »Es sind die Kitzlein und Lämmer und Kälber, die so blöken.«

Der Wald schwieg.

»Das ist nicht wahr«, entgegnete Kronos langsam. »So schreit keine Ziege. Das war die Stimme eines Titanensäuglings! Rhea hat Zwillinge in die Welt gesetzt und mir einen davon vorenthalten, und du versteckst ihn! Doch jetzt ist euer Verrat enthüllt!«

Seine Augen kochten, seine Stimme hallte wie ein Eissturm.

»Gib ihn heraus, Alte«, schrie er, »gib ihn heraus, sonst rufe ich Hyperion, daß er den Sonnenwagen herablenkt und deine Wälder verbrennt mit diesen Blumen und Ziegen und Löwen und Elefanten und wie all das Geschmeiß noch heißen mag!«

Da warf Gaia den Eichstamm weg und richtete sich auf.

»Du frevelst gegen die Ordnung, Fürst Kronos«, erwiderte sie und wuchs mit der Gewalt ihrer Rede über die Berge. »Die Sonne darf ihre Bahn nicht verlassen.«

Kronos aber streckte den Arm aus und streckte ihn bis zum Sonnenwagen und griff in die Zügel der feuerhufigen Pferde.

»Gib das Kind heraus«, schrie er, »oder ich reiße die Sonne vom Himmel! Ich bin der Herrscher und darf tun, was ich will!«

Da wurde Gaia bleich wie der Schnee auf den Gipfeln, zu denen sie ragte. Sie wußte, daß Kronos so handeln würde, wie er gedroht hatte. In diesem Augenblick ertönte das Plärren in nächster Nähe, und zugleich schlenderte Prometheus aus dem Wald.

Da Prometheus den furchtbaren Fürsten erblickte, stieß er einen Schrekkenslaut aus, der ganz wie das Schreien eines Säuglings klang.

»Was soll das?« herrschte ihn Kronos an. »Was treibst du da für Unfug? Seit wann plärrst du denn wie ein kleines Kind?«

»Zürne mir nicht, Erhabener«, bat Prometheus; »ich spiele hier im Wald mit den Zicklein und will immer ihre Sprache lernen, aber die dummen Dinger verstehen mich nicht. Dabei spreche ich doch genauso schön meckrig wie sie. Höre nur!« Und er ließ ein Plärren gleich jenem vernehmen, das Kronos so stutzig gemacht hatte. Es war ein ganz unleidliches Gezeter, allein Gaia war es, als habe sie nie etwas Lieblicheres gehört. In diesem Augenblick begann auch wieder der Wald zu tönen.

»Hast du eben auch so gejault?« fragte der Herrscher.

Prometheus nickte und plärrte aufs neue, und wieder klang es wie vordem.

Das beruhigte Kronos ein wenig.

»Du bist kein Kind mehr, Prometheus«, sprach er darum unerwartet milde, »du bist kein Kind, und es ziemt sich nicht, daß du dich hier mit Ziegen und Hasen herumbalgst. Das ist gegen die Ordnung. Du wirst diesen Planeten nie wieder betreten, sonst schließe ich dich tausend Jahre ins Nordeis ein.«

»Ich gehorche dir, Oheim und Fürst«, rief Prometheus und kreuzte die Hände über der Brust, »ich wußte ja nicht, daß du die Ziegensprache nicht magst.« Er verbeugte sich bis ins Moos vor Kronos und wollte danach das Weite suchen, allein der Fürst packte ihn an der Schulter.

»Bleib noch«, gebot Kronos, »und antworte mir! Hast du in diesem grünen Schmutz hier, den Gaia Wald nennt, ein Kind gesehen?«

Prometheus nickte und strahlte dabei.

»Gewiß, Herr«, berichtete er mit einem Eifer, der Gaias Herz stocken machte, »Kinder von Amalthea, der Ziege, und junge Bären und Schlänglein und ein ganz herziges kleines Rhinozeros.«

»Ich frage nach einem Titanenkind, du Dummkopf«, fuhr Kronos ihn an, »und ich frage so dringend, daß du mir mit dem Schwur der Titanen antworten wirst. Du weißt doch: Wer bei diesem Eid lügt, versinkt auf der Stelle zu den Hundertarmigen, und nicht einmal ich könnte ihn vor diesem Schicksal bewahren. Der Schwur ist mächtiger als wir alle. So knie denn nieder, wie dieser Eid es verlangt, und zeige mit der Rechten hinauf in den Himmel und mit der Linken hinab zum finsteren Kerker und antworte mit der reinen Wahrheit: Hast du hier unten im kretischen Wald oder sonst irgendwo im Reiche Gaias ein Titanenkind gesehen?«

Prometheus ließ sich mühsam aufs Knie nieder, und Gaia las aus dem Zögern seiner Bewegung und der angestrengten Hilflosigkeit seiner Miene, wie bang er nach einem Ausweg suchte. Sie hatte schon auf eine wundersame Rettung gehofft, doch nun sah sie mit dem Kind auch ihren Liebling verloren. Natürlich hat Prometheus das Knäblein bei der Ziege Amalthea gesehen, und nun muß er es melden, so dachte die Alte, sonst reißt der Blitz ihn in den Abgrund. Beim Eid wird die Wahrheit stets offenbar, das ist keine leere Drohung des Herrschers! So dachte sie und wollte gerade erklären, daß sie an allem schuld sei, da war Prometheus niedergekniet und hatte die Rechte zum Himmel und die Linke gegen die Tiefe des Erdballs gerichtet und sagte nun feierlich: »Erhabener Herr, ich leiste den Schwur der Titanen: Ich habe im kretischen Wald gespielt, doch nicht auf der Erde dorten und unter ihr auch nicht und auch nicht im Wasser und nicht in den Wolken befindet sich ein Titanenkind. Ich schwöre, daß dies die Wahrheit ist.«

So sprach Prometheus, und Gaia verhüllte ihr Angesicht, um das Schreckliche, das jetzt geschehen mußte, nicht zu erblicken, allein kein Blitz fuhr hernieder und kein Schwefeldampf wallte, und der Boden unter des Prometheus Füßen spaltete sich nicht. Gaia begriff nicht, wie das möglich war.

Kronos indes nickte zufrieden. »Der Eid macht immer die Wahrheit kund«, sprach er, »du hast mich also nicht belogen, und daran hast du gut getan. Deine dummen Ziegenstreiche will ich dir noch einmal nachsehen; mein Verbot aber gilt: Nie wieder sollst du Gaia besuchen!«

»Ich gehorche, erhabener Fürst«, rief Prometheus und sprang auf die Füße. »Darf ich Großmütterchen zum Abschied noch einmal umarmen?« fragte er.

»Das magst du tun, doch dann geh zu den Deinen«, entschied Kronos und schwang sich auf den Sonnenwagen, dessen Zügel er noch immer mit der Linken festhielt. Die Rosse, die schon ungeduldig schnaubten, schossen jählings davon, geradewegs dem Saturn zu. Die Lüfte rauschten, ein Feuerschweif wehte, dann standen die Verschonten vor dem Wald allein.

Gaia konnte noch immer nicht fassen, was geschehen war.

»Du hast Zeus und Rhea und mich gerettet, herzliebstes Söhnchen«, flüsterte sie ihrem Enkel, der sie umarmt hielt, ins Ohr. »Niemals werde ich dir das vergessen. Doch wie hast du das alles nur fertiggebracht? Woher wußtest du überhaupt, daß ich in Gefahr war?«

»Aber Großmütterchen«, sprach Prometheus, »ich habe doch vorausgesehen, daß du Rheas Jüngstgeborenen hier im kretischen Wald verstecken wirst und daß dann Kronos herunterkommt und mit dir zankt und Zeus dann zu plärren anfängt – doch dann ist das Bild stehengeblieben, wie immer, wenn's am spannendsten ist, und da bin ich hinterhergekrochen. Ich wollte Rhea gar nicht helfen; ich war einfach neugierig, ob alles wirklich so eintreffen wird, wie mir's in der Milchstraße erschienen ist. Doch als das Kindlein dann schrie, da fürchtete ich, daß der Herrscher alles entdecken könnte, und da tat mir das Kleine auf einmal so leid. Es hat so fröhlich an Amaltheas Euter gesaugt, und da wollte ich nicht, daß es wie die fünf andern verschlungen wird und ewig im kalten Herzen des Herrschers hocken muß statt im warmen Wald. Da habe ich das Dummchen rasch beruhigt und dann sein Plärren nachgeahmt. Es war gegen die Ordnung, ich weiß, und ich habe auch schreckliche Angst deswegen gehabt. Aber nun ist ja alles vorüber.«

Gaia drückte den jungen Titanen wortlos an ihre Brust. Ein Weilchen vermochte sie nur zu weinen. Schließlich fragte sie: »Eines fasse ich immer noch nicht, du mein Herzenssöhnchen: Wie hast du den Schwur nur straflos ablegen können? Du hattest den kleinen Zeus doch im Wald bemerkt. Wie konntest du da beschwören, im Wald sei kein Titanenkind? Wahrhaftig, ich begreife es nicht.«

Prometheus lachte und sagte: »So komm und sieh!« Er nahm die Großmutter an der Hand und führte sie in den Wald. Da lag das Kindlein in einer hängenden Rankenwiege, und der Westwind schaukelte es. Unter ihm, am Fuße einer Esche, aber weidete eine Ziege mit ihren Geißlein.

»Du hattest ihn zu Amalthea gelegt, Großmütterchen«, erklärte Prometheus, »sie hat ihn auch angenommen und saugen lassen, doch dann stieß ein Böcklein ihn zur Seite, und da hat er geschrien. Da hab ich das Kerlchen ins luftige Bettchen getan, daß die Winde es trösten, und so hat es geschlafen: Nicht auf der Erde und nicht unter ihr und auch nicht im Wasser und nicht in den Wolken, genau so, wie ich's geschworen habe.«

»Du bist tapfer und klug, Prometheus, mein Liebster!« schluchzte Gaia und drückte den Retter noch einmal an ihre Brust. »Nun aber geh«, sagte sie besorgt, »sonst kommt Kronos zurück. Sicher schaut er schon nach dir aus, denn sein Mißtrauen ist zäh und sein Argwohn rege. Leb wohl, mein Söhnchen, für immer leb wohl!«

»Eines muß ich dich noch fragen, Großmutter Erde«, sagte Prometheus. »Ich kann nun in die Zeit schauen, aber nur bis zu einer Grenze, die bald nah, bald fern ist, und immer wenn es am aufregendsten wird –« Er wollte weitersprechen, doch da zitterte das Licht im Geäst, und Gaia rief: »Er hat den Sonnenwagen angehalten! Schnell, entflieh, mein Lieber, sonst ist alles verloren!«

Da schwamm Prometheus in die offene Luft. Er konnte fliegen, wie alle Titanen es konnten, und erprobte gern diese Kraft seiner Arme. Diesmal aber fühlte er sich so leicht und so frei wie noch nie zuvor. Er dehnte die Brust, und plötzlich hob er zu jauchzen an.

Was ist mit mir nur geschehen? dachte er. Ich spüre eine Freude, die mehr ist als die, den Wind im Wettlauf zu besiegen oder das Gold der himmlischen Burg zu schauen! Die Vögel um ihn schmetterten ihre Lieder, und plötzlich war es Prometheus, als jubelten sie über die Rettung des Knäbleins und ihr Sinn sei von demselben unnennbaren Gefühl wie der seine bewegt.

»Was ruft ihr mir zu, ihr Bunten und Lieblichen«, redete er zu ihnen, »wollt ihr meine Freude teilen? Gelück, gelück, gelück, gelück: Was ihr mir zujauchzt, klingt ja, wie mir zumute ist und wie ich's nicht besser sagen könnte. Ich will es in eurer Sprache nennen, dies unbekannte, die Brust befreiende Fühlen. Ich nenne es Glück!«

Zeus bei Amalthea

Das Knäblein Zeus wuchs im grünen kretischen Wald auf, und die gute Ziege Amalthea nährte es. Tagsüber spielte der Kleine mit den Böcklein und Geißlein und Kitzlein und auch mit den gestreiften Frischlingen der wilden Schweine und sprach mit ihnen in ihrer Sprache, und nachts schlief er, vom Winde gewiegt, in seinem hängenden Lager am Eschenast. So gingen viele Jahre dahin. Jedoch der Argwohn des Kronos war nicht erloschen.

Es stimmt etwas nicht, es stimmt etwas nicht, grübelte er während seiner Fahrten. Zwar scheint alles so, wie es sein muß: Rhea hat mir das Neugeborene gegeben, und ich habe es zu den andern gesandt, und ich höre auch, wie sie zu ihm reden. Daß Zeus in meinem Gewahrsam ist, daran gibt's keinen Zweifel; was aber, wenn Rhea doch Zwillinge zur Welt gebracht und mir einen davon vorenthalten hat? Dann müßte der aber zu finden sein, und in der Himmelsburg und in den Grotten der Milchstraße oder sonstwo auf den Gestirnen ist kein Neugeborenes, das haben mir meine Brüder und Schwestern bestätigt, und sie haben gründlich nachgeforscht! Atlas und Phoibe haben mit der Mondlaterne in jeden Winkel geleuchtet, und auch Hyperion hat seine Augen wohl aufgetan. Auf der Erde aber, im Meer oder in den Wolken war das Knäblein auch nicht, das hat Prometheus beschworen, und er muß die Wahrheit gesagt haben, sonst wäre er zu den Hundertarmigen gefahren. Ich könnte also unbesorgt sein. Aber etwas ist nicht in Ordnung. Etwas ist anders als bisher!

Was aber ist anders? grübelte er.

Plötzlich erhellte sich sein Gesicht.

Jetzt weiß ich, was sich verändert hat, sagte er zu sich selbst, jetzt weiß ich es. Ich werde in der Nacht nicht mehr wach. Und warum nicht? Weil Rhea nicht mehr weint. Seit der letzten Geburt weint sie nicht mehr um mich. Träumt sie nichts Böses mehr, oder sorgt sie sich nicht mehr um mich? Das ist höchst seltsam. Ich muß dem nachgehn!

»Du weinst nachts nicht mehr, Rhea?« fragte er, als sie am nächsten Tag an ihrer Tafel in der Himmelsburg den Nektar aus goldenen Bechern tranken.

»Ich habe mich bei Mutter Gaia ausgeweint, mein Gemahl«, erwiderte Rhea, »und nun habe ich keine Tränen mehr.«

»Und du sorgst dich in deinen Träumen auch nicht mehr um mich?« forschte Kronos weiter.

Da antwortete Rhea: »Wozu müßte ich mich sorgen, Herr? Ich weiß ja, daß du der Mächtigste bist.«

Diese Antwort sollte dem Fürsten wohl gefallen, allein seinen Argwohn stillte sie nicht. Ich will mich noch einmal selbst überzeugen, sprach er zu sich. Ich werde mich, daß ich unerkannt bleibe, in eins der Geschöpfe Gaias verwandeln. Mir ekelt zwar vor dieser haarigen und fleischigen Gestalt, und es ist auch gegen alle Ordnung, aber ich will es dennoch tun. Wozu wäre ich denn der Gebieter, wenn ich die Ordnung nicht umstoßen dürfte! So fuhr er denn in der nächsten Nacht zur Erde nieder und verwandelte sich dort in einen Bären.

Brummend tappte er durch den kretischen Wald. Er hatte Atlas und Phoibe gebeten, die Mondscheibe dicht über der Insel zu führen, damit er gut sehe. Die ungewohnte Gestalt beengte ihn, allein er ertrug sie. Nun werde ich bald Gewißheit haben, dachte er, ein Titanenkind ist ja kein Wurm oder Käfer, das muß ja wohl zu finden sein! Er kletterte auf jeden Baum und lüftete das Moos über jeder Wurzelhöhle. So näherte er sich der wiegenden Esche. Nun waren aber, als Kronos die Gestalt eines Bären angenommen hatte, die Eingeschlossenen in seiner Herzkammer jämmerlich zusammengedrückt worden. Sie begriffen sofort, daß ihr Vater und Kerkermeister die Gestalt verändert haben mußte, und dem Gespräch des Fürsten mit den Mondträgern Atlas und Phoibe entnahmen sie, daß diese Verwandlung der Suche nach ihrem Bruder gelte. Der aber war seit Rheas geglückter List ihre einzige Hoffnung. Die Eingeschlossenen wußten zwar nichts von seinem Gedeihen, doch sie waren gewiß, daß Mutter Gaia ihn versteckt hielt, bis er sich anschicken konnte, seine Geschwister zu befreien. Und nun tappte der Fürst durch den schlafenden Wald, ihren Retter zu finden und zu verschlingen! Verzweifelt grübelten sie nach einem Ausweg. Da sie sich ja nicht verraten durften, mußten sie stumm bleiben, und dennoch kannte einer des anderen Sorge und Sinn.

Plötzlich kam Hera eine Idee.

»Du machst dich zu breit, Hades«, schrie sie aus voller Lunge, »du erdrückst ja deinen Bruder Zeus!« Den Namen »Zeus« schrie sie besonders laut, und dabei zwinkerte sie Hades zu. Der begriff sofort, daß Hera den Bruder draußen warnen wollte. »Es ist hier so eng geworden«, rief er, »nimm dich in acht, Zeus«, brüllte er, »sonst geht es dir schlecht!« Im selben Moment begann Poseidon wie ein Kindlein zu wimmern, und da fügten sich auch schon Demeter und Hestia ins Spiel. »Vorsicht, Zeus!« rief Demeter, und: »Geh aus dem Weg, Zeus!« rief Hestia, und: »Nimm dich in acht, Zeus!« brüllte Hades, und Poseidon wimmerte unentwegt. Es war ein entsetzlicher Lärm, allein Zeus schlief fest in seiner Schaukel. Mutter Gaia aber wurde wach.

»Was ist das bloß für ein Bär, dessen Herz fünfstimmig im Chor schreit«, murmelte sie, »ein solches Geschöpf habe ich doch nicht zur Welt gebracht.« Der Mond schaukelte niedrig über dem Wald, und die Schatten des Atlas und der Phoibe ragten fahl in den Himmel. Mutter Gaia begriff, was Kronos plante. Sie schlich sich zu ihrem Pflegekind und hauchte es an und raunte dabei: »Sei eine Schlange!«

Da wurde Zeus in eine Schlange verwandelt. Sein Leib wurde lang und streckte sich aus dem Lager, und da machte die Kälte der Nacht ihn wach. Nun hörte er seine Geschwister schreien. Wer ruft da meinen Namen? dachte er. So sprechen ja weder Geißlein noch Lämmer. Warum warnen sie mich? Ich will auf der Hut sein! Er glitt vom Baum und rollte sich hinter der Esche zusammen.

Die fünf schrien und brüllten aus Leibeskräften. Wölfe und Luchse antworteten ihnen, und dies wiederum weckte die Vögel auf. Der Wald lärmte, als sei ein Löwenrudel eingedrungen.

»Seid still, ihr da drinnen«, knurrte Kronos zornig, »sonst werde ich euch fürchterlich strafen!«

»Es ist so eng geworden, Väterchen Kronos«, riefen die fünf nun um die Wette und betonten den Namen »Kronos« besonders stark. »Was ist mit dir geschehen, Herrscher Kronos, daß du so mager geworden bist?« schrie Hestia, und Poseidon rief dröhnend: »Fürst Kronos, Fürst Kronos, bist du etwa verwandelt?« Sie riefen des Kronos Namen so laut, daß er wütend dachte: Es hat keinen Zweck mehr, daß ich hier herumsuche. Falls es einen Feind gibt, ist er gewarnt!

In diesem Augenblick stürzte sich eine Schlange auf ihn. Zeus wußte nichts von Kronos und dessen Plan, aber Zeus war eine Schlange und Kronos ein Bär, und Bär und Schlange sind Feinde seit je. So mußten sie miteinander kämpfen. Als Bär aber hatte Kronos nur die Kraft eines Bären, und wenn er auch untötbar war, so fühlte er doch die Schmerzen und Ängste einer sterblichen Kreatur. Der Angriff erschreckte ihn. Er versuchte die Schlange zu zertreten, aber sie wand sich um seinen Hals und begann ihm die Luft abzuschnüren. Da fühlte Kronos Todesangst. Er floh und fuhr mit Atlas und Phoibe in den Himmel zurück.

Mutter Gaia aber, die im Silbergrau des Eschenstammes gewartet hatte, hauchte über die Schlange und sprach: »Nimm deine alte Gestalt an, Söhnchen!« Da verwandelte sich die Schlange in Zeus zurück.

»Was ist geschehen?« fragte Zeus erstaunt und rieb sich die Augen. »Mir träumte, ich sei eine Schlange geworden und hätte mit einem Bären gekämpft. Und vordem, so träumte mir, hat der ganze Wald meinen Namen gerufen, und dann noch einen andern, den ich nicht kenne. Es klang so ähnlich wie Krähe. Aber der Wald ist ja wach, obwohl tiefe Nacht herrscht! Was ist geschehen, Großmütterchen?«

»Du bist kein Kind mehr, Söhnchen«, erwiderte Gaia, »es ist Zeit, daß du alles erfährst.«

Und sie erzählte Zeus von seiner Herkunft. Als sie geendet hatte, schwieg Zeus lange. Dann sprach er: »Ich werde meine Geschwister befreien! Ich werde den Frevler verstoßen. Ich werde ein besseres Reich errichten!«

»Du mußt kühn und klug sein«, sprach Mutter Gaia. »Du mußt dich mit deinen Geschwistern verbünden und mußt sie zum Kampf mit Kronos rüsten. Davon aber darf kein Titan erfahren. Wie willst du das tun?«

»Ich werde mir schon Rat schaffen«, erwiderte Zeus.

»Es gibt unter den Titanen nur zwei, auf die du bauen kannst«, sprach Gaia. »Die eine ist Rhea, deine wahre Mutter. Der andere ist der Sohn des Iapetos und der Themis, der junge Prometheus. Doch ich darf nicht in die Himmelsburg, und sie wieder dürfen nicht zu mir. Und du, mein Söhnchen, mußt im Verborgenen bleiben! Wie werdet ihr je zusammenkommen?«

Prometheus und Epimetheus

Wahrhaftig, wie sollten sie zusammenkommen, die einander brauchten? Mutter Erde wußte von allen, aber sie durfte ihren Planeten nicht verlassen, und jedem Titanen war es verwehrt, sie zu besuchen. Zeus wieder konnte sich mit seinen Geschwistern nicht verständigen, ohne daß Kronos es gehört hätte, ja er wußte noch nicht einmal, wie er es anstellen sollte, unangefochten in die Nähe des Fürsten zu gelangen. Mutter Rhea schließlich wurde von Kronos nicht aus den Augen gelassen. So war aller Hoffnung auf Prometheus gerichtet. Doch warum hätte sich dieser junge Titan in Gefahr begeben und sich mit Zeus zu des Herrschers Sturz verbünden sollen?

Nun überlegte Prometheus freilich hin und her, wie er Mutter Erde noch einmal besuchen könne. Er wollte ja eine Antwort auf seine Frage, warum er beim Schaun in die Zukunft die Lider immer dann aufreißen mußte, wenn er in höchster Spannung war. Das war schrecklich enttäuschend, und Prometheus hätte Gaia gern um Rat gefragt, allein er wußte nicht, wie er sich ihr unbemerkt nahen sollte. Auch wollte er unbedingt mit ihr über jenes Gefühl sprechen, das er nach den Vogelstimmen das Glück genannt hatte. Es war über die Maßen beseligend gewesen, doch es hatte sich trotz größter Mühe nie wieder zurückrufen lassen. War es anderen auch schon ähnlich ergangen? Prometheus hielt es nicht mehr aus; er mußte jemanden finden, dem er sich anvertrauen konnte. Einmal hatte er versucht, sich mit seinem Vater Iapetos und seiner Mutter Themis auszusprechen, allein sie hatten ihm ratlos zugehört und schließlich verboten, an Dinge zu denken, die mit Gaia zusammenhingen. Die Uralte freilich hätte, das wußte Prometheus, ihn gut verstanden, ja sogar die Ziege Amalthea mit ihren Böcklein und Geißlein wäre wohl für einen Hauch dieses Glücks empfänglich gewesen. Doch die Welt des Lebens war unerreichbar. Wem sollte er sein Herz ausschütten?

Da suchte er Epimetheus auf.

Doch auch der Bruder verstand ihn nicht.

»Eine Empfindung, als ob man keine Luft mehr bekommt und zerspringen muß, und es wird einem schwindlig, und man möchte brüllen wie ein Sturmwind – das muß ein schrecklicher Zustand sein«, hatte Epimetheus gesagt. Und er hatte hinzugefügt: »Das kommt davon, wenn man zu unruhig ist, lieber Bruder, und überall herumschnüffelt, anstatt auszuruhen!« Da war Prometheus traurig geworden und hatte in trostloser Einsamkeit den gelben Planeten Pluto umkreist.

Mit wem soll ich nur reden? dachte er. Was ist das doch für ein ödes Reich, dem Kronos gebietet! Es soll immer alles beim alten bleiben: Die

Sonne soll rollen und rollen und rollen und rollen und rollen und das Weltall schweigen und schweigen und schweigen und schweigen und schweigen und der Felsen starr sein und starr sein und starr sein und starr sein und starr sein und die Zeit soll so hingehn und hingehn und hingehn und hingehn und hingehn und hingehn und hingehn und nichts sich verändern für ewig und ewig und ewig und ewig und ewig und ewig und ewig und ewig und ewig – das ist ja genau so, als ob gar keine Zeit wäre und gar nichts geschähe, wenn immer nur das gleiche geschieht! Wozu sind wir Titanen dann überhaupt da? Es brauchte uns ja gar nicht zu geben, wenn wir doch nichts bewirken können! Dann brauchte ja auch keine Zukunft zu sein. Vielleicht sehe ich sie deshalb nicht mehr?

Auch über seine Gabe, in die Zeit zu schauen, hatte sich Prometheus mit Epimetheus nicht austauschen können. »Was soll das heißen – die Zukunft?« hatte Epimetheus erstaunt gefragt. »Es bleibt doch alles so, wie es ist, dem Herrscher sei Dank! Die Sterne drehen sich in ihren Bahnen, die Wasser strömen in ihren Betten, und wir gehen jeden Sonntag in die Himmelsburg, bei Kronos zu speisen – so ist es, und so wird es bleiben in alle Ewigkeit. Was soll das für eine Kunst sein, dies alles vorauszusehen?«

»Und wenn es nun aber nicht so bliebe«, entgegnete Prometheus aufgebracht, »wenn Kronos nun einmal nicht mehr herrschte?«

»Du bist wahnsinnig, Bruder«, erwiderte Epimetheus entsetzt, »wie wagst du so etwas auch nur zu denken? Wenn der Herrscher das hört, sperrt er dich auf der Stelle zu den Hundertarmigen, und mich sperrt er dazu, weil ich ihm dein Frevelwort nicht gemeldet habe.«

Da wußte Prometheus, daß er nun nicht mehr weiterreden und daß er Epimetheus auch nichts von Zeus und dessen Geschwistern erzählen durfte.

»Ach Bruder«, seufzte er insgeheim, »wenn ich doch bewirken könnte, daß auch du siehst, was ich sehe!«

Da fiel ihm ein, daß Mutter Erde ihm mit der Hand über die Augen gestrichen hatte, um ihn dieser Gabe teilhaftig werden zu lassen. Vielleicht gelingt es mir auch, dachte er. So trat er denn zu seinem Bruder und legte ihm beide Hände auf die Lider und führte sie langsam von der Stirnmitte zu den Schläfen zurück. »Was tust du denn da wieder Neues?« fragte Epimetheus verwundert.

»Schließe jetzt die Augen«, sagte Prometheus und löste seine Hände vom Gesicht des Bruders.

Epimetheus tat, wie ihn Prometheus geheißen.

»Siehst du etwas?« fragte Prometheus.

»Ja«, rief Epimetheus überrascht, »wie seltsam. Ich sehe ja besser als je zuvor!«

»Und was siehst du, Bruder?« fragte Prometheus mit zitternder Stimme.

»Dich«, antwortete Epimetheus. »Ich sehe dich, wie du mir die Augen zuhältst. Jetzt sehe ich dich, wie du mir von dem erzähltest, was du Zukunft, und jetzt von dem, was du Glück nennst. Jetzt sehe ich, wie du in meine Behausung trittst. Seltsam – jetzt gehst du hinaus und bist verschwunden, und ich bin allein ...«

»Aber dann siehst du ja das Vergangene«, sagte Prometheus überrascht und enttäuscht zugleich.

Epimetheus hob die Lider.

»Wahrhaftig«, sagte er, »ich kann genau sehen, was gewesen ist. Es ist wie ein Erinnern, nur viel klarer und deutlicher. Warte!« sprach er und schloß wieder die Augen. »Ich will mich sehen, wie ich ein Kind war«, sagte er, und da lachte er schon: »Wahrhaftig, nun krabbeln wir beide auf dem Boden der Milchstraßengrotte herum, und Mutter Themis sucht uns und ruft nach uns, und wir spielen Versteck! Wir sind hinter die Mondscheibe geklettert! Jetzt kommt Onkel Atlas und schimpft uns! Oh – und jetzt werden wir kleiner und kleiner und kleiner ...«

»Weiter«, drängte Prometheus, »weiter zurück! Was siehst du vor unsrer Geburt?«

Epimetheus strengte sich mit dem Schauen so an, daß die Adern auf seiner Stirn schwollen. »Nichts«, sagte er, »nur Nebel und Dunkel. Nichts. Ich kann nichts mehr sehen. Das letzte, was ich sah, war Mutter Themis auf ihrem Lager, und sie hielt uns beide im Arm, und Vater Iapetos stand vor uns. Weiter zurück kann ich nicht mehr sehen.«

»Seltsam«, murmelte Prometheus, »so hat auch deine Kraft eine Grenze. Wenn wir nur Mutter Gaia fragen könnten!«

»Was brummst du, Bruder?« fragte Epimetheus, der wieder die Augen öffnete.

»Nichts«, erwiderte Prometheus, »nichts, Brüderchen.«

Epimetheus lachte.

»Das ist eine hübsche Gabe«, sagte er, »die du mir da geschenkt hast, Guter! Jetzt kann ich mir immer so richtig das letzte Festmahl beim Herrscher vor Augen führen. Sei bedankt, Bruderherz!« Und er kuschelte sich in eine Ecke der Milchstraßengrotte und träumte zurück ins Gold des Palastes und schmeckte Ambrosia und Nektar. Prometheus aber wurde so wütend, daß er, obwohl es noch tief in der Nacht war, gradweg zur Erde hinunterflog.

Prometheus trifft eine Entscheidung

Da Prometheus aus dem glitzernden All ins Luftmeer der Erde eintauchte und eine treibende Wolke die Sterne verdeckte, überkam ihn, den bis dahin nur wütender Trotz getrieben hatte, eine solche Angst vor der angedrohten Strafe, daß er, aus Furcht, umzukehren, mit doppelter Schnelligkeit weiterflog. Als er Onkel Kronos getäuscht und das Zeusknäblein gerettet, hatte ihn sein plötzlicher Entschluß über ein unbestimmtes Bangen hinweggerissen; diesmal aber wußte er genau, daß er, wenn er Gaia besuchte, einem ausdrücklichen Verbot des Herrschers zuwiderhandelte und ihm dafür der Einschluß ins Nordeis drohte.

Tausend Jahre, hatte er entsetzt gedacht, tausend Jahre unbeweglich liegen und nichts sehen als Eis und nichts fühlen als Eis und nichts riechen und schmecken und hören als Eis – schon die bloße Vorstellung davon ist ja nicht auszuhalten! So dachte er und dachte, daß er schleunigst umkehren müsse, und dennoch zwang ihn eine übermächtige Kraft dem schlafenden Planeten zu.

Noch könnte ich ja zum Sonnenmond Merkur fliegen und mich im

Dampf seiner Springquellen baden, das ist erlaubt, das machen ja Atlas und Theia auch, hatte er gedacht, als der nachtblaue Erdball unter ihm wuchs, doch als er dann das Knarren der träumenden Bäume hörte, war die Sehnsucht nach dem Wald und dem Glück in ihm so drängend geworden, daß er selbst dann noch wie besessen die Arme bewegte, da es zur Ankunft die Geschwindigkeit abzumindern galt. Die Luft trug ihn nicht mehr; schwarze Wipfel rasten ihm entgegen, und er mußte, um nicht zu zerschellen, vor Kreta in die offene See springen. Vom Aufprall betäubt, lag er in der flachen Bucht, bis die Morgenkälte des Wassers ihn weckte. Einen furchtbaren Augenblick lang glaubte er sich schon eingefroren, dann hörte er das Wellenrauschen, doch als er, die Augen öffnend, die in Fahlnis zerrissene Wölbung des niedrigen Himmels erblickte, war ihm, als spähe Kronos durch tausend Ritzen des Alls zu ihm herunter, und da schloß das Eis der Angst ihn ein.

Weh mir und meinem Ungehorsam, dachte er klappernd, wenn der Herrscher mich hier entdeckt, muß ich's bitter büßen! Er wollte sich hochrappeln, um in den Wald zu laufen, allein die Angst hielt ihn zurück. Wenn Kronos jetzt grade herabschaut, so sagte er sich, hält er mich vielleicht für einen sturmgefällten Baumstamm. Wenn ich mich aber bewege, falle ich ganz sicher auf!

So blieb er liegen und wußte doch, daß er es über Morgen und Mittag bis zum Abend hin nicht aushalten konnte.

Was soll ich nur tun? dachte er, noch immer benommen. Wäre ich bloß bei Epimetheus geblieben oder bis zum Merkur weitergeflogen, oder wenigstens aufgewacht, als es noch richtig finster war! Doch nun graut schon der Morgen. Was soll jetzt werden? Da endlich entsann er sich seiner Kunst.

Ich bin ja ein Narr, sprach er zu sich selbst, wozu kann ich denn in die Zukunft schauen? Wahrhaftig, der Sturz hat mich arg durcheinandergebracht. Ich brauche ja nur die Augen zu schließen und werde wissen, wie alles ausgeht!

Er klappte schnell die Lider zu, und da erschien hinter ihnen die Düsternis des Meeres und des Strandes und des Himmels und weiter nichts.

Was sollte das sein? War es ein Traum?

Verwirrt schlug er die Augen auf und sah dasselbe Meer und denselben Strand und denselben Himmel und fühlte durch die Kälte des Wassers und der Angst nun auch noch den lähmenden Frost der Enttäuschung und Verlassenheit.

Früher ist ja das Bild auch manchmal stehengeblieben, aber dann hatte ich doch ein Stück in die Zukunft gesehn – warum sehe ich jetzt gar nichts? dachte er bestürzt. Hat Mutter Erde mir ihre Gabe wieder genommen? Warum hat sie das getan, und warum grade jetzt, da ich sie am dringendsten brauche? Will sie mich etwa zur Umkehr mahnen? Oder fürchtet sie, daß der Herrscher mir nachschleicht und das Zeusknäblein findet? Dann könnte sie mich doch deutlicher warnen. Oder ist sie mir böse, weil ich sie so lange nicht besucht habe? Aber das hat sie mir doch geraten. Was soll ich nur tun? Ich kann nicht ewig liegenbleiben. Wenn Kronos den Palast verläßt, muß er mich entdecken. Er schaut ja in seinem Mißtrauen immer zuerst zur Erde hinunter!

Ein helles Klirren erscholl, und die Fuge zwischen Himmel und Meer, die man Horizont nennt, begann sich zu röten. Die Sonnenscheibe wurde aus den Felsenhöhlen der Nacht vor den Palast des Herrschers gerollt. Dies war, das wußte Prometheus, die Stunde, da Kronos seine tägliche Reise durchs Weltall antrat.

Der Saum der Dämmerung wurde gelb. Der Scheitel des Sonnenrades erschien in seiner obersten Krümmung auf dem Wasser, und ein erster Strahl seines Glanzes streckte, ein verräterischer Finger, sich auf den Ungehorsamen zu. Dem war es, als starre das ganze All empört und bedauernd zu ihm nieder. Die letzten Sterne wandten sich von ihm ab; die Morgenwinde erwachten und schnaubten ein unaufhörliches »Wehe!«, und der Wellengischt, der vor ihren Worten hersprang, schimmerte weißblau und stumpf wie das arktische Eis. Torkelnd schoß eine Möwe aus den Klüften der Dunkelheit und kreischte: »Zum Nordpol! Zum Nordpol!« Das Gefüge der Himmelskuppel verschob sich. Trat der Herrscher ergrimmt aus den Trümmern der Nacht? Prometheus packte das Grauen. »Mutter Gaia«, flüsterte er verzweifelt. Seine Stimme verscholl im Wellenrauschen, doch er wagte nicht, lauter zu werden, damit die Lüfte sein Wort nicht nach oben trügen. – In Schwärze funkelnd, gleich Delphinenrücken, entsprangen die Inseln der Düsternis.

Von Gaia kam keine Antwort.

Wieder schloß er die Augen, und wieder erschienen im Dunkel des Lidraums das Meer und der Strand und der Himmel, in dessen nach oben gebauchtes Rund soeben die Sonne schlüpfte. Das sah immer lustig aus, als hüpfe eine riesige Kugel aus den Wassern, die unbewegt schienen, aber diesmal verharrten mit den Wellen auch die Sonne, die flatternde Möwe und der schnaubende Wind. Wieder stockte die Zeit; wieder wurden die Bilder schwerer und schwerer, und wieder vermochten die Lider dem lastenden Druck nicht zu widerstehen. Diesmal aber wollte Prometheus die Sicht ertrotzen und keilte seine Augenhöhlen mit den Fäusten zu. Da begann das Schädelgewölbe in den Nähten zu krachen, die Augäpfel knirschten, als wollten sie bersten, und in diesem Augenblick nicht mehr zu leidender Not erblickte Prometheus zwischen Meer und Himmel sein eignes Gesicht. Da aber flogen die Hände auch schon zur Seite, die Augen taten sich blinzelnd auf, und da sahen sie wieder Meer und Himmel und Strand in der roten, klaren Frische der Frühe.

Die Sonne stieg. Die Möwe torkelte in die Klippen. Der Wind zerwehte die Wolkenfetzen.

Was war das? dachte Prometheus aufgewühlt. Das war ja mein eignes Gesicht! Was soll das bedeuten?

Er richtete sich, alle Vorsicht vergessend, in der Hüfte auf.

»Es war mein Gesicht«, murmelte er, »es war mein Gesicht. Was wollte mir Gaia damit sagen?« Prometheus begriff, daß ihm diese Begegnung mit sich selbst eine Botschaft vermitteln sollte, von deren Enträtselung wohl sein Schicksal abhing, allein das war das letzte, was er vorerst noch faßte. Die übermächtige Anstrengung hatte ihn so erschöpft, daß das Denken seinem Willen wegglitt, und da auch seine Angst entschwand, lag er, den Kopf in die Rechte gestützt, für einen Augenblick ganz still und fast erlöst auf der rosenfarben umspülten Küste, über die sich gewaltig der Tag erhob.

Die Sonnenscheibe, am Meer nicht mehr haftend, stieg glanzverströmend in den Himmel, der, um die Fülle des Lichts zu fassen, nach allen Seiten auseinanderwuchs. Die Wolken waren verweht; die Gräue, vom Strahlensturm zu schwingenden Silberschleiern zerschlissen, sank langsam in die ihr langsam entgegensteigende Röte, und während Nacht- und Morgendämmerung solcherart ineinander vergingen, schwamm der Horizont vor den nicht mehr zu zählenden Inseln ins Safranglühen der entschwimmenden Fernen hinaus. Dem Feuerschäumen des Meeres entbrach das maßlose Schwarz seiner Abgründe und sog die Küsten zu sich hinunter; der Scheitel des Firmaments öffnete sich dem zerfließenden Dunst einer neuen Höhe, und während in den noch immer sich weitenden Himmel das Tagblau sein Geäst verzweigte, kündigte sich, blitzender Flügelschlag eines unsichtbaren Vogels, im Gewölb schon die alleszersprengende Hitze des Mittags an.

Prometheus im goldfunkelnden Wasser lag überwältigt. Wiewohl ihm schon tausend Morgen begegnet waren, hatte er solch ein Schauspiel noch nie gesehen. Es war ihm, als ob sich das Weltall um ihn ins Unendliche entfalte und er sei dessen Mitte und doch nicht mehr als ein Stäubchen Staub. Langsam kehrte sein Denken zurück, doch nun war es zum Staunen und seine Angst war zur Demut geworden. Siehe, das ist nur *ein* Morgen, sprach er leise zu sich, dies ist nur *ein* Morgen, und solches geschieht in Ewigkeit! Begreifst du nun deines Herrschers Willen? Ewig soll wiederkehren, was das Herz erschüttert: Ewig der Tag und ewig das Licht und ewig die Nacht und ewig die Sterne! Sieh, wie die Sonne im Meer sich wiegt, wie Wolken und Inseln ihrem Purpur entblühen! Auf, kehre zurück und wirf dich vor Kronos nieder und gestehe ihm deinen Fehltritt! Vielleicht ist er gnädig und erläßt dir die Hälfte der Strafe! Spute dich, sonst ist es zu spät!

In diesem Augenblick trat Kronos aus dem Palast.

Prometheus wollte aufstehen, da hörte er, wie der Wald den Tag grüßte. Ohne zu lauschen, erkannte er die jauchzenden Stimmen der Lerchen, an denen das tausendschnäblige Gelächter der Finken und Meisen zerstob. Das Gurren der großen, kraushälsigen Tauben antwortete der Brandung, und als Katzen über den Wipfeln miauten, schmunzelte Prometheus, und als das Morgengemecker der Ziegen erklang, war er gerührt. Es ist Amalthea, dachte er, wie mag es ihr und dem Zeusknäblein gehen? Ob es immer noch am Eschenast schaukelt? Oder kann es schon krabbeln? Es ist ja höchstens fünftausend Jahre alt, das Kleinchen!

Duft von Orangen und Pilzen zog übers Meer.

»Beeile dich, steh auf und flieg zurück!« sprach er laut zu sich selbst, doch ein Trommeln übertönte seine Worte.

»Guten Tag, ihr grünen und roten Spechte«, flüsterte Prometheus, »guten Tag, Bussarde, guten Tag, Vogelvolk, guten Tag, du mein Wald!«

Ins Trommeln mischte sich Klappern und Schnurren und Pfeifen und ein gutmütig dumpfes Kollern wie ein Schluckauf der Luft. Die fröhlichen Wiedehöpfe mit ihren Krönlein und dünnen Krummschnäbeln! dachte Prometheus. Entzückt drehte er den Kopf nach dem Rufen, und der Wald, der bislang nur am äußersten Rand des Blickfelds gleich einer dunklen Himmelssäule gestanden, tat nun sein Grün in solch verschlungener Vielfalt auf, daß Prometheus dies Stückchen kretischer Insel so wunderbar wie das All erschien. Das flaumige Lächeln der Föhren im Piniendunkel! Der Schimmer unzähliger Sterne im Blätterrieseln eines einzigen Ölbaums; das in sich gerollte Leuchten des stillen Farns! Prometheus konnte sich nicht satt sehen. Wie lange war er dem Wald doch ferngeblieben! Wenn ich schon ins Eis muß, dann soll es sich lohnen, dachte er, dann will ich auch im Moos gelegen und Amalthea besucht und mit dem Zeusknäblein gespielt haben und mit den Kranichen um die Wette geflogen sein! Gleichzeitig dachte er: Kehre zu Kronos zurück, ehe es zu spät ist! Vertändle seine Gnade nicht! Er wird dir die Hälfte der Strafe erlassen!

Eine erste Wolke quoll aus dem Blau, das nun den Himmel fast füllte.

»Ich fliege zurück«, sagte Prometheus entschlossen, doch da er sich dazu anschicken wollte, fügte er hinzu: »Aber zuvor gehe ich noch zu Amalthea.«

In diesem Augenblick schaute Kronos zur Erde hinunter.

Ob sofort zurück oder erst in den Wald, auf alle Fälle muß ich jetzt aufstehn! dachte Prometheus und spannte die Muskeln, sich zu erheben, da fiel ihm ein, daß ihn Kronos vielleicht gar nicht gesehen habe und daß es daher höchst töricht wäre, ihm freiwillig alles zu bekennen, und gleichzeitig fiel ihm ein, daß der Herrscher ihn vielleicht schon lange beobachte und daß vielleicht jetzt der letzte Moment sei, eine Strafmilderung zu erreichen, und gleichzeitig fiel ihm ein, daß Kronos ihn möglicherweise längst gesehn und verurteilt habe und nun irgendwo um den Sirius fliege, und daß es daher ganz gleichgültig sei, was er jetzt tue.

Was nun? überlegte er: Zurückfliegen, in den Wald gehn, in den Wald gehn, zurückfliegen –: Was ich auch denke und wie ich's bedenke, ich dreh mich im Kreise und finde und finde nicht hinaus! Plötzlich packte ihn die Wut. Es ist ungerecht von Kronos, daß er mir die Erde verbietet! dachte er aufgebracht. Er hat leicht sagen, es gebe ja noch genug andre Planeten zum Toben! Gewiß, auch der Mars und der Neptun und der Hidalgo und manche andre sind schön, doch sie sind ohne Leben, und ihrer zehntausend könnten die Erde nicht ersetzen. Aber das versteht Kronos ja nicht!

In diesem Augenblick fühlte er, wenn auch noch ganz dumpf und in Worten nicht faßbar, daß es um viel mehr ging als um ein paar Jahre im Eis. Langsam stand er auf, und da er aufstand, kam ihm die Erscheinung seines Gesichts in den Sinn, und plötzlich ahnte er, was sie bedeute. Er stand am Meer; er sah den Wald und den Himmel und beschloß feierlich: Ich werde jetzt in den Wald gehn, gleichgültig, ob Kronos mich sieht oder nicht! Es ist ungerecht von ihm, mir das zu verbieten! Eine Stimme in seinem Herzen schrie: »Das ist Ungehorsam!« – »Es ist ungerecht!« schrie ihr eine andre entgegen. Prometheus hörte sie beide und stand noch einmal einen Augenblick unentschieden, dann rannte er, ohne sich umzusehn, in den Wald hinein.

Kronos wollte sich gerade auf den Sonnenwagen schwingen, da gewahrte er den Laufenden. Solange Prometheus am Strand gelegen, hatte der Herrscher ihn für einen Baumstamm gehalten, doch als dieser Baumstamm sich zu bewegen begann, wußte Kronos Bescheid. Im ersten Zorn wollte er einen Blitz nach dem Ungehorsamen schleudern, doch dann bezwang er sich.

Beim nächsten Festmahl werde ich Gericht halten, entschied er, und dies Gericht soll furchtbar sein! Ich habe es satt, meinen Willen mißachtet zu sehen! Ich werde Prometheus für ewige Zeit ins Eis einfrieren, es sei denn, er bereut seine Tat und gesteht sie freiwillig noch heute! Dann soll er mit einer Million Jahre davonkommen! Das mag alle Widerspenstigen warnen!

Dieser Entschluß stimmte den finstren Kronos fast heiter. Er ließ sich von Atlas einen Kometen einfangen, der zum fernen Sternbild des Orion flog. Er sah noch, aufsitzend, Prometheus im Wald verschwinden, dann glitt die Planetenwelt aus seinem Blick, und er stieg in die weiße Leere des Weltalls.

Prometheus und Zeus schließen ein Bündnis

Prometheus lief in den Wald, gradweg dem Ziegengemecker zu. Da er heranstürmte, schrien die Häher ihren Warnruf; das Dickicht raschelte und knackte unter den Tritten der fliehenden Tiere, und das Vogelvolk in den Kronen zeterte aufgebracht. Am allertollsten schimpften die Finken. Prometheus blieb stehen. Kennt ihr mich denn nicht mehr? Ich bin doch Prometheus, euer Freund! so wollte er sagen, da sprang ihm aus dem Geäst ein Feind in den Nacken und riß ihn zu Boden. Ein Luchs, dachte Prometheus, da er ein weiches Fell fühlte, doch als dieser Luchs mit ihm zu ringen begann, erkannte ihn Prometheus als Wesen seiner eigenen Art.

Ein Abgesandter des Kronos, dachte er bestürzt. Die feindlichen Hände drückten gnadenlos seine Kehle zusammen, und nun hatte Prometheus keine Zeit zu Vermutungen mehr. Erbittert rang er mit dem fellbekleideten Unbekannten vom Morgen bis zum Mittag, dann waren die beiden so ermattet, daß sie ins Moos fielen.

Dort lagen sie stumm und keuchend Seite an Seite und sammelten im Geist Schimpfwörter, den Kampf mit Schmähungen weiterzuführen, da teilte sich zwischen ihnen der Boden, und eine Pflanze keimte heraus. In Sekundenschnelle streckte und weitete sie sich hoch und breit wie ein Wacholder, doch statt der Nadeln trug ihr holziger Stengel dunkelgelbe, fleischige Blätter, und ihre Spitze entfaltete sich zu einer winzigen Blüte von einem Gelb, dessen Farbe dem Haß glich.

Dies ist Gaias Sendung, dachte Prometheus, da hüpfte ein Geißlein heran, das nie noch geschaute Kraut zu kosten. Es hatte gerade in eine Blattspitze gebissen, da tauchte Mutter Amalthea aus dem Strauchwerk und schleuderte das Kleine, das vergnügt am honigdicken Saft leckte, mit einem heftigen Hornstoß in den Busch. Das Böcklein blökte vor Schreck und Ärger, doch es hinkte unverdrossen zu den lockenden Blättern zurück. Wieder stieß Amalthea es zur Seite.

»Heckerheckhecker lecker schlecker mäh mäh Schreckschrecker«, meckerte sie zornig, »an unbekannten Hecken – lecken und schlecken – endet oft mit Schrecken!« Die beiden Kampfmüden mußten lachen. Sie sahen, auf dem Moos liegend, wider Willen einander freundlich an, und nun waren sie auch fähig, ihren Namen zu nennen.

»Ich bin Prometheus«, sagte Prometheus, und zu gleicher Zeit sagte der andre: »Ich bin Zeus.«

»Wer bist du?« fragten beide verblüfft.

Wieder sagten sie zu gleicher Zeit ihren Namen.

»Du lügst ja«, rief Prometheus erbost. »Du kannst ja gar nicht Zeus sein. Der ist ja erst ein paar tausend Jahre alt, wie könnte er da schon so stark und groß sein!«

»Ich lüge nie!« rief Zeus aufgebracht. Auch er hatte Prometheus für einen Auskundschafter des Herrschers gehalten, und sein Argwohn war noch nicht beigelegt. So wären sie einander wohl wieder an die Kehle gesprungen, doch Mutter Gaia trat aus dem Wald. Sie schritt auf die beiden zu, und mit jedem ihrer Schritte schoß klirrend ein armlanges, braunrotes Blatt aus dem Stamm der Wunderpflanze.

»So habt ihr euch also gefunden«, sagte Gaia, »und eure Kräfte gemessen und wißt, daß ihr einander ebenbürtig seid. Möget ihr immer daran denken!«

Prometheus unterbrach sie.

»Ist das wirklich das Zeusknäblein?« fragte er.

»Es ist im Wald unter Lebendigem aufgewachsen«, erwiderte Mutter Gaia, »da ist es zehnmal schneller als in der Milchstraßenöde groß und klug und kräftig geworden.«

»Ich hätte ihn auch besiegt«, rief Zeus, »wenn du nicht dazwischengekommen wärst!«

»Prahl doch nicht!« rief Prometheus. »Ich hätte –«

»Schluß jetzt«, sagte Gaia zornig, »nutzt eure Kräfte zu etwas Besserem, sonst muß Prometheus für eine Million Jahre ins Nordeis, und du, Zeus, wirst deine Geschwister niemals befreien.«

»Eine Million Jahre?« rief Prometheus entsetzt.

Gaia nickte.

»Kronos hat dich gesehen«, sagte sie, »und wenn er sich aufregt, werden seine Gedanken so lärmend, daß ich sie hören kann. Er hat beschlossen, beim morgigen Festmahl Gericht über dich zu halten. Entweder du kehrst auf der Stelle zurück und gestehst deinen Fehltritt, dann will er dich mit einer Million Eisjahre begnadigen, sonst friert er dich für ewig ein.«

»Das kann er doch nicht tun!« schrie Prometheus und sprang mit einem Satz auf die Füße.

»Das *wird* er tun, Söhnchen«, erwiderte Gaia. »Er will, daß künftig jeder beim bloßen Gedanken des Ungehorsams erbleicht und an die Strafe des armen, jungen Prometheus denkt.« – »Aber ich habe doch nichts verbrochen«, sagte Prometheus mit ungläubiger Verwunderung. »Ich habe doch weiter nichts getan; ich habe mich über Epimetheus geärgert, da bin ich in meiner Wut weggeflogen und hierhergekommen, na schön, und nun habe ich Amalthea schnell guten Tag gesagt und mit dir gesprochen ...«

»Und wenn du nur über den Wald geflogen wärst«, sagte Gaia, »so wäre das schon Ungehorsam, und eben den erträgt dieser Herrscher nicht. Hättest du dich sofort auf den Rückweg gemacht, als du am Strand zum Bewußtsein kamst, so wäre noch alles beim alten geblieben: Kronos ohne Kenntnis, du ohne Strafe, Zeus ohne Gefährten und wir Hoffenden weiter im ungewissen. All dies hat einzig von deinem Entschluß abgehangen, darum konntest du auch die Zukunft nicht sehen, denn ihre Gestalt lag ganz in deiner Entscheidung verborgen. Diese Möglichkeit ist dahin, und es bleibt dir nur zweierlei. Das eine ist die Unterwerfung unter die Strafe des Herrschers –«

Mutter Gaia sprach nicht weiter.

»– das andere ist der Kampf!« ergänzte Prometheus.

»Kampf gegen Kronos!« schrie Zeus und sprang auf und streckte Prometheus die Hand hin. »Kampf gegen Kronos, Bruder!« rief er ungestüm.

Prometheus dachte sich Wort um Wort durch Gaias Rede.

»Was zögerst du, Bruder?« drängte Zeus. Prometheus nahm seines Gefährten Hand und drückte sie so fest, als hielte er den Herrscher an der Gurgel; Zeus drückte ebenso fest zurück, und in dem einen krachenden Schmerz spürten die zwei ihre Willen verschmelzen. »Kampf gegen Kronos!« riefen nun beide. »Kampf gegen Kronos! Kampf gegen Kronos!« – »Kampf gegen Kronos!« schrie der Wald, und selbst die Felsen knarrten: »Kampf gegen Kronos! Kampf gegen Kronos!«

Die beiden standen noch immer feierlich Hand in Hand, doch Mutter Gaia trieb sie an.

»Ihr habt euch entschlossen«, sprach sie, »nun bleibt auch entschlossen und nehmt diese Gabe für eure Tat.« Sie wies auf die Pflanze mit den fleischigen dunkelgelben und den braunroten klirrenden Blättern. »Nutzt sie mit Vorbedacht«, sprach sie, »gebraucht eure Augen und Ohren und euren Verstand und gebraucht sie gründlich. Ihr habt nur noch diesen halben Tag.«

Zeus kannte Gaia lang genug, um zu wissen, daß es ihre Art war, nicht mehr als das Notwendigste zu erklären. »Erfahrung ist alles«, pflegte sie zu sagen, »und Erfahrung kann man nicht lehren, die will mühsam erworben sein.« So war er rätselhafte Aufgaben gewohnt, doch dieses Geschenk machte ihn ratlos. Wie sollen wir denn Kronos mit einem Bäumchen bekämpfen? wollte er fragen, da hörte man ein erbärmliches Wimmern und sah das genäschige Ziegenkind sich auf dem Boden wälzen und alles Gekaute wieder ausspein. Amalthea packte das Kleine mit ihren Zähnen im Nackenfell und versuchte ihm das Gift aus dem Leib zu schütteln.

»An unbekannten Hecken – lecken und schlecken – endet oft mit Schrecken«, sagte sie kläglich in einer Pause, »da hast du's nun!«

Die Krämpfe waren so heftig, daß blaues Gedärm im Rachen des Geißleins erschien. Da entsann sich Prometheus des Bildes, das er zuerst von der Zukunft gesehen: Die Eingeschlossenen waren ja wie Frösche aus dem Munde des Herrschers herausgehüpft!

»Morgen beim Festmahl muß Kronos von dieser Pflanze essen!« rief Prometheus. »Mein Bruder ist an der Reihe, da werde ich einfach mit ihm tauschen.«

»Von welcher Reihe sprichst du?« fragte Zeus.

»Vom Aufwartedienst«, sagte Prometheus.

Das Geißlein hatte aufgehört, sich zu erbrechen, und lag nun zitternd im Gras, und Mutter Amalthea beleckte es zärtlich.

Prometheus berichtete Zeus, daß den Kindern beim Festmahl das Amt von Aufträgern zugewiesen sei.

»Bist du denn noch ein Kind?« fragte Zeus erstaunt.

»Es gibt keine Kinder mehr im Milchstraßenreich«, erwiderte Prometheus, »darum müssen wir Jüngsten dieses Amt weiterschleppen. Die Titanen haben Angst, einen Nachkommen in die Welt zu bringen. Sie wissen, daß Kronos ein Neugeborenes fürchtet, und hüten sich, den Argwohn des Herrschers zu erregen. Es ist eine tote Welt, Bruder Zeus, der Kronos gebietet.«

»Ich werde ihm die Herrschaft entreißen!« rief Zeus. Er warf die Arme zum Himmel und dehnte die Finger. »Mit diesen Händen werde ich ihn erwürgen, wie eine Schlange einen Bären erwürgt!« rief er.

»Ja, würgen, das kannst du«, bestätigte Prometheus, »das habe ich gemerkt. Gegen Kronos aber wirst du damit nichts ausrichten. Seine Kehle ist mit Granit umhüllt.«

»Ich werde sie ihm zerbeißen!« schrie Zeus.

Prometheus schüttelte den Kopf.

»Als ich euren Kampf gegen Kronos gesehen, da habt ihr feste Blitze in den Händen gehalten«, sagte er nachdenklich, »Blitze von einem Glanz wie diese dunkelroten Blätter.«

»Was redest du da?« fragte Zeus verblüfft. »Wie hast du diesen Kampf denn sehen können? Er hat sich doch noch gar nicht ereignet.«

Da erzählte ihm Prometheus von Gaias Gabe.

Zeus verschob sein Kinn. Sein Gesicht wurde dunkel, da er sich Mutter Erde zuwandte.

»Verleihe mir auch diese Gabe!« verlangte er. »Warum hast du sie mir nicht längst schon geschenkt? Bin ich schlechter als dein anderer Enkel?«

Er dachte: Ich bin ein Sohn des Herrschers, und der da ist nur der Sohn eines gewöhnlichen Titanen. Es ist unerhört, daß ihn Gaia bevorzugt!

»Ich bin dir keine Rechenschaft schuldig, Söhnchen«, sprach Gaia, die unvermutet zur alten Frau geworden war. »Doch wisse: Ich kann meine Gaben nur einmal verleihen. Ich bin das ewige Wachsen und Werden, und auch meine Gaben sprießen auf und blühen und welken, und dann sind sie vergangen oder verliehn. Wiederholen kann ich sie nicht. Prometheus hat die Gabe des Gesichts empfangen; dir, trotziger Enkel, will ich etwas anderes schenken: Du sollst dich verwandeln können in was immer du willst. Mein Sohn Kronos besitzt die Kraft der Verwandlung zu Tiergestalten; ich hoffte, daß sich sein Herz dadurch meinen Geschöpfen zuwenden würde, doch er verachtet ja alles Lebendige. Du aber, Lieber, sollst dich in alles verwandeln können: in eine Wolke oder einen Windhauch, ja selbst in Dinge, die nur in deinen Gedanken da sind: einen schwarzen Schwan oder einen Regen aus Gold! Wenn ihr zusammenhaltet, der Zukunftsseher und der Allgestaltige, könnt ihr alles vollbringen, wonach euch gelüstet.«

»Mutter«, sprach Zeus, »du solltest diese Kraft auch meinen Geschwistern verleihen. Was ich besitze, sollen auch sie besitzen. Ich will ihnen nichts voraushaben, denn das Reich, das ich beginne, soll das Reich der Brüderlichkeit sein.«

»Ach du mein störrischer Enkel«, seufzte da Gaia, »soeben habe ich dir erklärt, daß ich meine Gaben nicht beliebig austeilen kann, und du hörst einfach nicht zu. Nun gut, ich will dir dennoch willfahren, doch dafür muß ich viele meiner eigenen Kräfte hergeben und werde mich nie mehr in andrer Gestalt als dieser hier zeigen können. Jedoch es sei! Möge mit dir und deinen Geschwistern ein neues Zeitalter beginnen, und möge es auch einen neuen Namen tragen! Du und dein Geschlecht, ihr sollt nicht mehr Titanen heißen, ich werde euch die Götter nennen. Hier, empfange meine Kraft, du erster des neuen Geschlechts! Ich grüße dich, Zeus, du erster der Götter, den mein Auge erblickt!«

Und Gaia umarmte Zeus und drückte ihre Lippen auf die seinen und hauchte ihm ihren Atem ein.

Die Umarmung der Uralten machte Zeus schaudern, doch er duldete sie. Sowie sich Gaia von ihm gelöst hatte, fragte er: »Nun sag mir noch, Mutter, daß ich's recht begreife: Wenn ich mich etwa in einen Kuckuck verwandle, was wird dann aus dem, was ich an mir trage, aus meinem Fellgewand und meinem Stirnschmuck aus Edelsteinen? Werden diese Dinge mit mir schrumpfen und dann wieder wachsen, wenn ich zu meiner eigentlichen Gestalt zurückkehre?«

»Wenn ich dich beschenke, tue ich's gründlich«, sprach Gaia. »Was immer du in Händen hältst, ja was du nur berührst, soll sich mit dir ins Kleine und Große und wieder zurückverwandeln. Mehr kann ich dir nicht geben. Nun nutze meine Gabe klug!«

»Und was muß ich tun, um mich zu verwandeln?« fragte Zeus.

»Du mußt es nur wollen«, sagte Gaia.

Da klatschte Zeus in die Hände und rief: »Wohlan, so will ich ein Adler sein!«

In diesem Augenblick schrie aus allen Vögeln ringsum das schrille Entsetzen, und die Häher fielen vor Schreck und Scham von ihren Ausflughöhen: Ein Adler flatterte unter den Wipfeln einher, und sie hatten ihn nicht bemerkt und den Wald nicht gewarnt! Die Marder und Eichhörnchen vergaßen ihre Natur und rasten nebeneinander ins Nadeldickicht. Auch Amalthea sprang ins Gebüsch, doch als ihr krankes Geißlein nicht folgte, kehrte sie mit gesenktem Gehörn zurück und stellte sich über ihr hilfloses Kind. Da aber war der Adler schon verschwunden, und Zeus sprang mit auseinandergeklafterten Armen ins Moos.

»Das war ein Spaß«, rief er vergnügt, »und jetzt will ich ein Löwe sein!« Da stand ein Löwe im Wald, und nun schoß alles Klettergetier in die Wipfel, und was eben noch gelärmt hatte, war im Nu verstummt. Die Vögel im Gezweig hingegen fühlten sich sicher und schwatzten sich aufgeregt über den Adlerschrecken hinweg. Die erneut überrumpelten Häher verkrochen sich in leere Spechtlöcher. Amalthea aber stand noch immer über ihrem Kleinen und zitterte in mutiger Angst.

»Fürchte dich nicht«, rief Prometheus auf ziegisch, »es ist bloß Zeus!« Er hatte aber zu lange nicht mehr in der Meckersprache gesprochen, und so verstand Amalthea, das Untier wolle sie zerzausen. Und nun trat der Löwe auch noch einen Schritt auf sie zu! Sie stieß einen kläglichen Schrei aus, aber sie floh nicht. Der Löwe riß seinen Rachen auf, und Amalthea schrie wieder, da schnappte der Rachen, die Ziege stieß mit verzweifelter Kraft zu, und der in diesem Moment zurückverwandelte Zeus taumelte nach hinten, an Gaias Bäumchen vorbei.

»Dummes Ding«, rief er, sich das Kinn reibend, »das tut doch weh!«

Amalthea stand einen Augenblick lang mit fliegenden Flanken, da rappelte sich das Geißlein auf und verkroch sich in einem stachligen Lorbeergebüsch, und Amalthea trottete ihm nach.

Zeus lachte schallend.

Mutter Gaia war schwarz und krumm geworden. Ihre Stimme klang müde, als sie sagte: »Du machst keinen guten Gebrauch von meiner Gabe, Söhnchen.«

»Es ist doch nur ein Spaß, Mütterchen«, erwiderte Zeus, »ich hätte der albernen Ziege doch nichts getan.«

Auch Prometheus mochten die Späße seines neuen Freundes nicht recht gefallen, allein er schwieg, um das eben geschlossene Bündnis nicht zu gefährden.

»Und jetzt will ich ein Tier sein, das der Wald noch nicht gesehen hat«, rief Zeus, »ein Drittel Schlange, ein Drittel Rhinozeros und ein Drittel Geier!«

Im Nu lag ein Ungeheuer jener Gestalt im Wald. Der ungemeine Nashornrücken mit struppigen Flügeln ruhte auf dem Bauch einer Ringelnatter, und war der Schlangenleib viel zu schwach, den lastenden Buckel vorwärtszutragen, so war das Flügelpaar viel zu klein, ihn hochzuheben. Wie sehr sich das plumpe Geschöpf auch mühte, es kam nicht von der Stelle. Der kluge Wald aber merkte im Nu dieses Unvermögen. Mit tausend mal tausend Zähnen und Krallen stürzte er sich auf das wehrlose Schlangenteil. Auch Amalthea sprang aus dem Busch und rannte mutig wider das Untier.

Der Überfall hatte so plötzlich und so wuchtig eingesetzt, daß Zeus, statt sich schleunigst zurückzuverwandeln, eine Weile wütend schimpfte und drohte. Als er sich endlich auf seine Gabe besann, hatten sich Rudel von Iltissen, Zobeln, Füchsen, Mardern und Wildkatzen an seinen Waden festgebissen.

Nun war es Prometheus, der lachen mußte.

»Du machst keinen guten Gebrauch von meiner Kunst, Söhnchen«, wiederholte Gaia. Da aber war sie schon so klein und krumm wie eine Wurzel und ihre Stimme nicht stärker als ein Wachtelpfeifen.

»Warum schimpfst du ihn, Großmütterchen?« fragte Prometheus. »Mein Bruder muß doch seine Gabe erproben, sonst nützt sie ihm nichts. Und seine Strafe hat er ja nun.«

Sich rüttelnd und schüttelnd und wild um sich schlagend, jagte Zeus die Reißer und Beißer davon. Seine Beine unter dem Fellkleid waren gezeichnet von ihren Krallen und Zähnen, und da und dort, unterm Knie und über der Ferse, quoll ein Tröpfchen Blut.

»Wozu hast du nur all diese unnützen Räuber geschaffen, Mutter Gaia«, stöhnte er, doch Gaias Antwort war nur noch ein Hauch, wie ein Flüstern der Schollen, dann schrumpfte sie ins Moos hinein.

»Sie erscheint uns heute nicht mehr«, sprach Zeus, »da kenne ich sie zu gut. Was wir brauchen, hat sie uns in diesem Kraut hinterlassen. Also laß uns überlegen.«

»Ein paar Dinge wissen wir ja schon«, sagte Prometheus. »Kronos muß von diesen dunkelgelben Blättern essen, dann dreht sich sein Innerstes nach außen, und die Eingeschlossenen werden frei. Du, Zeus, kannst dich in eine Fliege oder Mücke verwandeln und unbemerkt in die Himmelsburg dringen. So sind wir zu zweit, und wenn deine Geschwister herauskommen, sind wir sieben. Womit aber werden wir kämpfen?«

»Nicht so schnell«, sagte Zeus, »mir macht noch immer die Pflanze da Sorgen. Das Geißlein hat beinah ein halbes Blatt verschlungen, und es ist ein kleines und schwaches Geißlein. Überleg mal, wieviel Kronos da essen müßte, der soll ja riesig sein! Außerdem ist er kein Bock und mag sicher kein Grünzeug. So einfach ist das nicht, mein Lieber.«

»Vielleicht sitzt das stärkste Gift in der Wurzel?« meinte Prometheus.

»So reiß sie heraus«, verlangte Zeus.

»Oder in der Blüte«, überlegte Prometheus weiter. »Ihr Gelb ist so grell, wie ich noch keines gesehen. Eine winzige Sonne, aber kalt und böse. Wir wollen losen, wer von uns sie kostet. Komm: Zapfen oder leere Hand, kennst du das?«

Er brach einen Pinienzapfen ab und warf ihn hinterm Rücken von einer Hohlhand in die andre, allein Zeus wehrte ab.

»Wir mischen sie Amalthea unters Futter«, schlug er vor.

»Aber die könnte doch dran sterben«, sagte Prometheus entsetzt.

»Wennschon«, entgegnete Zeus, »dann wissen wir's aber.«

»Das wär ja gemein!« rief Prometheus empört, da schnurrte ein Bienenpaar zu der winzigen Blüte, doch ehe es sie noch erreicht hatte, fiel es im Flug erstarrt zu Boden.

»Da hast du's«, sagte Zeus, »das Leben erprobt es. Und siehe«, so sprach er weiter, »rings über der Blüte sitzt kein einziger Vogel auf den Wipfeln. Du kennst den Wald nicht, Bruder, darum erschreckt dich der Tod so. Hier ist er alltäglich. Und nun sind zwei Leben statt des einen gestorben.«

Unvermittelt fügte er hinzu: »Magst du eigentlich Honig?«

»Kenn ich nicht«, sagte Prometheus mürrisch. Die Gleichgültigkeit seines Gefährten erregte ihn. »Amalthea ist aber nicht irgendwer«, rief er, »sie hat dich gesäugt und beschützt und aufgezogen.«

»Ach, das ist ihre Urururururururgroßmutter gewesen«, sagte Zeus lachend, »und ihre Ururururururgroßmutter und Urururururgroßmutter. Ich weiß nicht, wie viele es sind, sie wechseln und wechseln, da nenne ich sie einfach alle Amalthea. Aber was wollen wir uns noch streiten! In der Blüte steckt das dickste Gift, das ist wohl klar.«

Prometheus trat zu der Pflanze und schnupperte an der Blüte. Sie roch so süß, daß er tief die Luft einsog, da aber war ihm, als kröchen zwei kleine Igel durch die Nasenhöhlen dem Gaumen zu, und der Schlund, der Rachen, der Magen und die Lungen stülpten sich abwehrend um, sie vereint auszuspeien. Ihm wurde übel; er sackte zusammen und wollte sich festhalten und griff nach dem Bäumchen, da fühlte er in der Hand einen scharfen Schmerz. Er hatte an eines der braunroten Blätter gefaßt, und nun war die Haut überm Daumenballen zerschnitten. Doch dieser Schmerz war klein gegen das Würgen im Leibe; er taumelte und fiel auf die Knie und fühlte seinen Magen sich drehen, und da war es ihm, als ob die Igel durch seine Nase zurückwanderten. Es stach und stach, dann mußte er niesen. Er nieste siebenunddreißigmal hintereinander, und jedesmal klirrten die braunroten Blätter.

Zeus lag im Moos auf dem Rücken und strampelte vor Lachen mit den Beinen.

»Jetzt weiß ich alles«, stöhnte Prometheus niesend und würgend. »Jetzt kenne ich die Wirkung der Blüte und die der festen Blitze auch.«

Er umwickelte die Wunde mit Lattich.

»Steh auf, du!« sagte er verärgert zu Zeus, der noch immer auf dem Boden lag. Da bemerkte Prometheus, daß das Fellkleid des Zeus in Hüfthöhe fast durchgetrennt war. Wenn die gute Amalthea ihn richtig in diese Blätter gestoßen hätte, würde er jetzt nicht so lachen! dachte er.

»Du blutest?« fragte Zeus, und Prometheus erzählte ihm von seinen Entdeckungen.

»Ich werde diese Blüte morgen in den Nektar werfen, wenn er kochend aus dem Krater kommt, dann wird sie sich gewiß darin auflösen, wie alles in der Hitze sich auflöst. Was aber machen wir mit den festen Blitzen? Sie könnten das Granitgewand des Kronos zerhacken und ihn verwunden, aber wenn wir sie anfassen, schneiden wir uns ja ins eigene Fleisch.«

»Das ganze Kraut ausreißen und damit zuhaun!« riet Zeus.

»Das wäre zu schwer«, entgegnete Prometheus, »diese Blitzblätter sind ja härter als Stein.«

Er dachte nach.

»Ich hab's«, rief er nach einer Weile, »wir müßten ein Stück Stamm mit ausbrechen, dann können wir sie handhaben, verstehst du, Bruder?«

»Nicht ganz«, sagte Zeus, da lief Prometheus schon nach einem Stein und schlug aus dem holzigen Stengel ein Blatt mit einem Griff heraus.

»Nun können wir sie anfassen«, sagte er, »und damit werden wir kämpfen. Wenn du dich in eine Fliege verwandelst, wirst du diese Blitze berühren, dann werden sie klein wie Stäubchen, und du kannst sie mit in die Himmelsburg nehmen. Kronos wird dich gewiß nicht bemerken, den tränke ich mit meinem Nektar. Und dann wird Gericht gehalten, Bruder!«

»Gib mir den Blitz«, verlangte Zeus. Er nahm ihn aus des Prometheus Händen und hielt ihn gegen die Sonne. »Er ist schwer«, sagte er. »Wir wollen ihn Schwert nennen. Sieh, wie mein Schwert in der Sonne funkelt! Ach, Bruder, ich kann es kaum erwarten! Ich werde den schrecklichen Herrscher besiegen und meine armen Schwestern und Brüder befreien. Wie sie wohl aussehen mögen, meine Geschwister? Ob die Schwestern sehr schön sind? Stell dir vor, ich habe ja außer Gaia und dir nur Tiere gesehen, dazu noch zweimal Kronos von fern, aber da war er klein wie ein Heuschreck.«

»Es wird bald dunkel«, mahnte Prometheus, »und wir haben heute noch viel zu tun.«

Sie schlugen nun zu zweit Schwerter aus dem Baum, und dann mußten sie die schiefrigen Griffe noch mit Steinen glätten, und zweimal zerbrachen auch die Steine, mit denen sie schlugen. Dann mußten sie aus Lattichblättern ein Behältnis wickeln, die Blüte schadlos zur Himmelsburg zu schaffen, und als dies alles getan war, sank die Sonne. Erschöpft saßen die beiden im Moos und stärkten sich mit Honigwaben. Die Vögel waren verstummt; in riesiger Röte ging der Wald zur Ruhe, und die Erde hüllte sich in den eigenen Schatten. Die beiden aßen und schwiegen und dachten an den morgigen Tag. Es war ihnen nun doch bang zumute.

Ein einziger Tag nur, dachte Prometheus, ein einziger Tag von unzähligen vielen, doch was ist da geschehen! Am Morgen noch wollte ich demütig zum Herrscher zurückfliegen, und nun breche ich auf, mit ihm zu kämpfen. Welch eine Veränderung!

Er erhob sich und legte Zeus die Hand auf die Schulter, dann nahm er Anlauf zum Rückflug und stieß sich ab. Er war so müde, daß er schon fürchtete, es nicht mehr bis zur Milchstraße zu schaffen. Als er aber in den freien Luftraum hineinschwamm, schrie er leise auf. Er hatte wieder das Glück gefühlt.

Die Titanenschlacht

Der Tag des Festmahls war angebrochen; die Titanen hatten sich in der Himmelsburg versammelt, und Kronos trat, von Rhea begleitet, durch das goldene Tor. Gelassen setzte er Schritt um Schritt. Es war sein Plan, erst nach dem Mahl Gericht zu halten. Ich will die Ordnung nicht stören, hatte er überlegt, und außerdem wird dann jeder begreifen, was er durch Ungehorsam aufs Spiel setzt! So dachte er, sich selbst bestätigend, noch einmal und nickte zufrieden, da sah er über den Nacken der sich Verneigenden Prometheus mit einer gewaltigen Amethystschale vor dem Herrschersitze warten. Verblüfft blieb er stehen, und Wut überkam ihn. Soll ich Nektar und Ambrosia aus den Händen eines Frevlers entgegennehmen? dachte er empört. Das ist ja eine Kränkung ohnegleichen! Ich werde die Schale in Stücke schlagen und mit dem Gericht beginnen!

Doch schneller noch als sein Zorn war sein Mißtrauen gewachsen. Wieso hat Prometheus denn Dienst? fragte er sich. Man hat mir doch gemeldet, Epimetheus sei heute an der Reihe. Erst Ungehorsam, dann Betrug, so rasch wuchert das also! Dieser Sache muß ich auf der Stelle nachgehen.

Er wollte Iapetos, der ihm den Bericht über den Aufwartedienst gegeben hatte, heranwinken, doch er besann sich.

Am Ende ist auch Iapetos in diese Verschwörung verwickelt, überlegte er, man kann keinem mehr trauen. Ich will mir nichts anmerken lassen und Prometheus aushorchen. Oder soll ich ihn doch sofort bestrafen? Das ist eine schwierige Entscheidung.

Das Zögern des Herrschers war so ungewöhnlich, daß Rhea ihn anzureden wagte.

»Was hast du, mein lieber Gemahl?« fragte sie. »Warum gehst du nicht weiter? Hat dich etwas erschreckt?«

»Es ist nichts«, erwiderte Kronos. »Mir gefällt nur die Schale, die Prometheus trägt. Ich habe überlegt, woher sie stammt. Es ist ein Amethyst von der Wega.«

Das ist nicht der Grund, dachte Rhea, da wärest du schneller gegangen und nicht stehengeblieben, mein herrscherlicher Gemahl. Dein Stocken hat eine andere Ursache! Sie mußte plötzlich an Zeus denken, und eine unerklärliche Angst befiel sie.

Heute geschieht etwas Schreckliches, dachte sie, und es war ihr, als ob das Gold der Burg ein erstarrtes Feuer sei, das plötzlich auflodern und den Himmel verbrennen könne und das Geschlecht der Titanen mit ihm. Etwas Schreckliches wird heute geschehen, so dachte sie wieder, doch zu Kronos sprach sie: »Du hast recht, mein lieber, teurer Gemahl. Diese Schale ist wirklich außergewöhnlich. Und ich finde auch, daß der Nektar heute besonders süß duftet. Man riecht ihn ja bis hierher zum Eingang.«

Kronos schnupperte.

»Ich merke es auch, er ist anders als sonst«, sagte er langsam. »Nun, es trifft offenbar heute manches zusammen.«

Wie seltsam er spricht, dachte Rhea schaudernd, und nun zögerte sie im Weitergehen. Kronos aber schritt gelassen wie vordem unterm Tor auf Prometheus zu.

Dieser, da Kronos gestutzt hatte, war erschrocken; beim Stehenbleiben dann hatte er zu zittern begonnen, und nun, da der Herrscher sich wieder nahte, fühlte er das Blut aus dem Herzen fliehen. Kronos hat alles gehört, dachte er, er hat uns belauscht, er kennt unsern Plan, wir sind verloren! Er spürte plötzlich nichts als den Wunsch, die Schale fallen zu lassen und fortzulaufen und sich ins Nordeis zu verkriechen. Ach, still und geborgen zu liegen und nichts mehr denken und fürchten zu brauchen, wie mußte das gut sein! Stilles Eis, stille Ruh, stiller Schlaf: Was hatte ihn davor nur abgeschreckt? Der Herrscher kam unaufhaltsam näher. Prometheus wagte nicht, ihn anzublicken; er senkte den Kopf und schaute zu Boden und sah den Boden und sah die Füße des Herrschers Schritt um Schritt näher kommen und wollte sich auf die Knie werfen, da sah er eine Fliege krabbeln.

Die Hände des jungen Titanen zitterten so stark, daß der Nektar schwappte, doch er merkte es nicht. Er sah die riesigen Füße in ihren Hüllen aus grauem Granit und sah die Fliege zwischen den Füßen tanzen und sah sie auf den Granit sich schwingen, und der Granit zertrat sie nicht! Langsam schritt der Herrscher dahin, und auf seiner Fußspitze saß die Fliege. Da wußte Prometheus, daß Kronos seinen Plan nicht kannte. Doch warum hatte er dann unterm Tor gezögert? Endlich fiel es ihm ein: Der Herrscher hatte sich nach dem Dienst erkundigt, da war ihm der Wechsel aufgefallen. Alles habe ich bedacht, nur das Nächste nicht! fuhr es ihm durch den Sinn. Nun wird Kronos den Nektar verschmähen, weil ich damit aufwarte. Ich muß ihn also zum Trinken bewegen und zugleich erklären, warum ich getauscht habe. Wie mache ich das nur? Ach, Mutter Gaia, was soll draus werden! Und Zeus wartet! Wenn doch schon alles zu Ende wäre!

Die Titanen hatten sich aufgerichtet und blickten auf das Herrscherpaar. Wenn Kronos und Rhea getrunken und Platz genommen hatten, würden auch sie sich setzen dürfen. Sie konnten ja nicht wissen, daß der Herrscher gewillt war, die Nektarschale zwar entgegenzunehmen und zum Munde zu führen, sie aber auf halbem Wege wieder abzusetzen und mit der beiläufigen Frage nach dem Diensttausch Verhör und Hochgericht zu beginnen. In erwartungsvoller Demut standen sie vor den Wänden. Nur Iapetos begann unruhig zu werden.

Ich habe dem Herrscher Falsches berichtet, dachte er, das kann Ärger geben.

Etwas Schreckliches wird geschehen, dachte Rhea.

Kronos streckte die Hände aus.

Jetzt – sagte sich Prometheus fast laut, und in diesem Augenblick wurde er vollkommen ruhig. Er wußte, daß die Entscheidung nun nicht mehr hinausgeschoben werden konnte, und er wußte plötzlich nicht nur mit dem Verstand, sondern mit jedem seiner Organe, daß alles, was er nun tat oder ließ, unabänderlich über sein Schicksal entschied. Dies Wissen verlieh ihm eine traumhafte Sicherheit, und die wieder machte ihn kalt und gelassen. Ich muß den Herrscher verblüffen, überlegte er, da des Kronos Hand ungeduldig zuckte. Ich muß den Herrscher verblüffen, und wodurch? Indem ich zugebe, was er schon weiß.

So dachte er, und er handelte schon, indes er noch dachte. Er kniete nieder und drückte die Schale, anstatt sie Kronos zu reichen, an seine Brust.

»Was soll dieser Unfug!« wollte Kronos aufbegehren, doch Prometheus kam ihm zuvor.

»Vernimm, erhabener Fürst, vor dem Trunk mein Geständnis«, redete er. »Wisse: Vor dir kniet ein Frevler, der den Gehorsam gebrochen hat.«

Die Titanen an den Wänden horchten auf, und Iapetos und Themis blickten angstvoll und verwundert auf ihren Sohn. Sogar Epimetheus tauchte aus seinen Träumen.

Er gesteht, dachte Kronos verblüfft, das hätte ich wirklich nicht mehr erwartet. Soll ich ihn nun begnadigen oder nicht? Eine schwere Entscheidung!

Rhea aber dachte entsetzt: Etwas Schreckliches wird geschehen. Nun kommt alles ans Licht.

Die Fliege auf der granitenen Fußspitze saß reglos, als sei sie selbst ein Krümchen Stein.

»Ja, ich habe dein Wort mißachtet und den Erdstern besucht«, fuhr Prometheus fort, »wie sollte ich es dir, Erhabener, verschweigen können? Torheit und Unbedacht hatten mich verleitet, doch deine herrliche Ordnung hat mich zum Gehorsam zurückgeführt. Das ganze Weltall hat sich über mich ergrimmt: Die Luft hat mich fallen lassen, der Himmel mich niedergedrückt, das Meer mich ausgespien, die Sonne mich versengt und geblendet; jeder Tritt meines Fußes hat mir meine Untat ins Ohr geknirscht, und ich hätte mich selbst nicht mehr ertragen, wäre mir nicht die Hoffnung auf dieses Geständnis geblieben. Doch wie hätte ich wagen dürfen, mich dir ungerufen zu nahen, Erhabener? So habe ich meinen Bruder zum Tausch bewogen, und nun knie ich vor dir und weiß, daß ich die härteste Strafe verdient habe, und wage doch, um eines zu flehen: Verstoße mich nicht in Ewigkeit!«

Prometheus schnappte nach Luft. Es war ihm ganz unbegreiflich, daß eine solche Rede, und noch gar in einem Fluß, über seine Lippen gekommen war, doch es blieb ihm keine Zeit, über sich zu staunen. Er hatte das letzte Wort kaum zu Ende gesprochen, da begann Kronos schon mit dem Verhör.

»Ist dir Gaia erschienen?« fragte der Herrscher.

Prometheus nickte.

»Worüber habt ihr gesprochen?«

»Über ein Bäumchen«, entgegnete Prometheus. »Großmutter hatte mir einen Baum mit braunen Blättern und einer winzigen gelben Blüte gezeigt, ein Bäumchen, Onkel Kronos, wie ich es noch nie im kretischen Wald gesehen habe, kleiner als ein Zitro –«

»Ach was, ein Bäumchen«, rief Kronos ungehalten, »das soll mich nicht kümmern! Sag lieber, ob du ein Knäblein gesehen hast.«

»Wahrhaftig nicht«, erwiderte Prometheus, »das Geißlein ist ein Weibchen gewesen.«

»Was für ein Geißlein denn nun wieder?« fragte Kronos unwirsch.

»Das Geißlein von Amalthea, nach dem der Löwe und dann die bucklige Schlange geschnappt hat.«

»Höre, Prometheus«, rief Kronos in beginnender Wut, »diese Albernheiten von Tieren und Pflanzen will ich nicht wissen. Ich hätte dich wahrhaftig für so verständig gehalten, daß du mich mit diesem Kram verschonst. Sag mir jetzt klipp und klar: Hast du ein kleines Kind gesehen, oder hat Gaia von einem Kind gesprochen?«

»Erhabener, nein«, erwiderte Prometheus, und er fügte hinzu: »Ich kann es beschwören.«

»Das erlasse ich dir«, sagte Kronos, »denn ich weiß ohnehin alles. Ich wollte dich nur auf die Probe stellen. Du bist vorm kretischen Wald ins Meer gesprungen, stimmt's? Da siehst du, daß mir nichts entgehn kann.«

Da er dies sagte, dachte er: Dieser Tölpel ist ungefährlich, er hat nichts im Sinn als Gaias lebendiges Spielzeug. Doch Ordnung muß Ordnung bleiben und mein Wort mein Wort. Sein Ungehorsam muß bestraft sein! Feierlich sprach er: »Höre, Prometheus, und höret auch ihr, meine erhabenen Schwestern und Brüder. Der Frevler hat ein Geständnis abgelegt, zwar spät, aber doch noch zur rechten Stunde. Darum will ich dieses Mal noch gnädig sein und es mit einer Million Jahre im Nordeis bewenden lassen. Fortan aber stehe auf jeden Ungehorsam der Einschluß für alle Ewigkeit.«

Da Vater Iapetos und Mutter Themis dieses Urteil hörten, schrien sie auf, doch lauter als seine Eltern erhob Prometheus die Stimme.

»Jammre nicht«, rief er der Mutter zu, die sich niedergeworfen hatte und Kronos um Gnade anflehte. »Jammre nicht! Unser Herrscher ist weise und gnädig, und seine Strafe ist nur gerecht. Denn schrecklich ist es, die Ordnung zu stören.«

Langsam hob er die Schale Kronos entgegen und rief schallend, als wolle er die fernsten Ohren erreichen: »O ihr Eingeschlossenen im Herzen des Fürsten, wie beneide ich euch! Ewig seid ihr vor jedem Fehltritt bewahrt und geborgen! Hades, Poseidon, Demeter, Hestia, Hera und Zeus, ich grüße euch! Erwacht, falls ihr schlaft, und tut eure Ohren auf, falls ihr sie verschlossen haltet, denn diese Stunde ist bedeutungsvoll! Hades, Poseidon, Demeter, Hestia, Hera und Zeus, habet acht! Möge dieser Nektar auch euch erquicken und stärken!«

Kronos nahm ihm die Schale ab.

»Du hast gute Worte gefunden, Prometheus«, so sprach er. »Es scheint, daß dein Verstand jetzt gereift ist. Meine Strenge hat dir gutgetan, und die Strafe wird dich vollends läutern.«

Er hob die Schale an den Mund.

In diesem Augenblick kletterte die Fliege von der granitenen Höhe auf den Boden.

»Ich trinke auf die ewige Ordnung«, rief Kronos. »So, wie es ist, soll es immer bleiben!«

»In Ewigkeit!« riefen die Titanen im Chor.

»In Ewigkeit«, schluchzten Iapetos und Themis.

»In Ewigkeit«, flüsterte Rhea fast ohne Stimme.

Die Fliege wetzte die Flügel.

Kronos trank.

»Was ist das für ein Nektar?« sprach er verwundert. »Er glüht in meinem Mund. Nie noch habe ich solchen Nektar getrunken. Woher hast du ihn geholt?«

»Aus dem heißesten Feuer, Erhabener«, sagte Prometheus. »Trinke noch einen Schluck!«

Kronos trank.

»Der Nektar glüht in meinen Adern«, sagte er mit verworrener Stimme. »Wo brennt dies Feuer, aus dem du ihn schöpftest?«

»Am nahesten, Herr«, antwortete Prometheus. »Trinke noch einmal!«

Kronos trank.

»Der Nektar glüht in meinem Herzen«, sprach er, und seine Worte taumelten ineinander. »Was ist dies naheste und heißeste Feuer?« fragte er lallend.

»Es ist der Haß, Herr«, erwiderte Prometheus und stand auf. Da begann Kronos zu schwanken. Er krümmte sich über den Tisch aus Gold und fiel vornüber, und während er sich auf die Ellenbogen zu stützen suchte, bäumte sich sein Oberkörper auf. »Was ist das?« wollte er schreien, doch es kam nur ein gurgelndes Röcheln wie eine Stimme der Hundertarmigen aus seinem Munde, und dem Röcheln folgte ein schwarzer Stein, der über die Länge des Tischs auf den Boden rutschte. Das Auge des Herrschers glotzte ihm blöde nach, da stülpte ein zweiter Ansturm des Gifts seinen Schlund um; die Eingeschlossenen sprangen heraus, und zu gleicher Zeit wuchs die Fliege vor des Kronos Füßen klirrend als Zeus empor.

»Willkommen in der Freiheit, meine Brüder und Schwestern!« rief Zeus. »Hier, nehmt diese Schwerter, der Kampf beginnt!«

Einen Augenblick stand Prometheus wie im Traum, und auch die Titanen an den Wänden waren von dem unglaublichen Geschehen so überwältigt, daß sie sich nicht rührten und auf ein Wort des Herrschers warteten, so wie ein Stein auf dem Berggipfel wartet oder das Wasser im Eis oder in der Kohle die Flamme. Da aber waren die Befreiten, Zeus voran, schon auf den Herrscher eingedrungen. Sie konnten ihn nicht töten, denn er war ja unsterblich, allein sie konnten ihn betäuben und binden, und eben das versuchten sie.

Kronos stieß sich vom Tisch ab und taumelte auf die Füße. Verzweifelt kämpfte sein Wille gegen das Gift. Er raffte den granitenen Mantel um sich, die Schläge abzuwehren, allein die mit rasendem Haß geführten Schwerter zersplitterten das Steingewand. Zugleich krümmte das Gift den Fürsten ein drittes Mal. Er brach auf die Knie; die Himmelsburg dröhnte bei seinem Niederfall, und nun rief der Gestürzte: »Zu Hilfe, Brüder! Zu Hilfe, Schwestern! Was zaudert ihr! Wir alle sind in Gefahr!« Da aber lösten sich die Titanen auch schon von den Wänden, Atlas voran und Hyperion und mit ihnen Koios und Krios und die beiden Söhne des Atlas, Kratos und Bia, und auch Phoibe und Mnemosyne und Theia und andere eilten herbei, und die Schlacht der Titanen mit den Göttern begann. Prometheus war Zeus zur Seite gesprungen; Rhea gesellte sich gegen ihren Gemahl zu ihren Kindern; Iapetos und Themis, die weder gegen den Herrscher noch gegen ihren Sohn kämpfen wollten, hatten sich mit Epimetheus in die Milchstraßengrotte zurückgezogen; Okeanos und Tethys mit ihren tausend mal tausend Kindern aber fuhren entsetzt zur Erde hinunter und verbargen ihr Gesicht in den strömenden Fluten.

Die Schlacht währte zehn Jahre. Zwar zerstäubte das Gold der Himmelsburg bald im Aufeinanderprallen von Stein und Erz und dem Wüten der riesigen Leiber, doch der Schwung der Bewegungen war so ungeheuer, daß die Streiter sich in den Lüften hielten, so wie sich ein rasendes Rad in die Luft erhebt und dort schwebend verweilt. Schließlich zerdampfte auch die Luft, und die Kämpfenden stürzten auf einen Planeten aus blankem Quarz, dessen Trümmer und Splitter noch heute zwischen dem Mars und dem Jupiter kreisen. Dort tobte die Schlacht drei weitere Jahre, dann drohten die Götter den Titanen zu unterliegen. Poseidon, dessen Schwert so zerhauen war, daß es statt einer drei Spitzen hatte, war durch Kratos und Bia, die Söhne des Atlas, in ärgster Bedrängnis; Hades, von den Schlägen des Koios und Krios bis zur Brust in den Felsgrund gekeilt, kämpfte in hoffnungsloser Verzweiflung; Demeter, Hestia und Rhea waren von den Fürstinnen schon niedergeworfen und gebunden; Hera drohte das gleiche Schicksal, und auch Prometheus und Zeus, von Atlas, Hyperion und Kronos mit einem Hagel aus Bergkuppen überschüttet, sahen sich am Ende ihrer Kräfte.

»Noch einmal angegriffen, Brüder«, schrie Kronos, »dann sind die Ruchlosen überwunden!«

Er riß eine kaukasushohe Felszacke aus und schmetterte sie Zeus vor die Stirn, und Zeus fiel auf die Knie und brach, ohne sich noch einmal erheben zu können, vollends zusammen. Zur gleichen Zeit erlagen auch Hades und Hera, und Poseidon war so ermattet, daß er den Arm mit dem Dreizack nicht mehr zu schwingen vermochte. »Sieg, meine Brüder und Schwestern, Sieg!« rief Kronos und bückte sich, den Berggipfel wieder aufzunehmen, da gewahrte Prometheus, dem der nächste Schlag zugedacht war, an der Hüfte des Titanenfürsten ein seltsam dunkles Flimmern und Flirren.

Der Gürtel aus purer Schwere, schoß es ihm durch den Kopf, der unsichtbare Gürtel aus purer Schwere, sollte er etwa beschädigt sein? Nun denn, so werden uns eben die Ungeheuer zu Hilfe kommen!

Er sammelte seine letzte Kraft zu einem verzweifelten Sprung und Griff und schnellte sich gegen die flirrenden Flecken und versuchte sie mit einem ungeheuren Ruck nach oben auseinanderzureißen und riß sich beinah selbst entzwei. Er glaubte sein Rückgrat gespalten; das Unsichtbare hielt stand, ja es schien sich zu wehren: Eine Gegenkraft zerrte seinen Armen entgegen nach unten, und da Prometheus begriff, daß es die Hundertarmigen waren, die an den unsichtbaren Strängen rüttelten, war ihm, als rolle plötzlich ein Kopf aus Grind und Glut durch den seinen und hauche ihn an. Mit einem Mal standen, wie damals im Bauch der Erde, die furchtbaren Rümpfe und Beine und Arme und Schädel vor seinem Blick; entsetzt wollte er innehalten und sich Kronos ergeben, doch da flogen seine Arme schon auseinander, der Gürtel zerriß, der Schlag einer unsichtbaren Faust erschütterte den Planeten mit solcher Wucht, daß sein Quarzgrund zerklaffte, und die Kämpfenden stürzten zu Boden wie Bäume im Sturm.

Nur Prometheus, von der ungeheuren Schwere in seinen Händen gegen den Felsgrund gestemmt, blieb stehen.

»Was hast du getan«, rief Kronos, »was hast du getan!« Er rief dies ruhig und zornlos, ja es schien, als sei mit dem Gürtel auch sein grausamer Wille zerrissen und er fühle sich selbst von seiner Herrschaft erlöst. Er lag auf dem glasig zusammengeschmolzenen Grund und machte nicht die geringsten Anstalten, sich zu erheben oder sich für den bevorstehenden Kampf zu rüsten; er blickte Prometheus, der wie betäubt vor ihm stand, mit ernsten, fast gütigen Augen an und sagte: »Ich hatte große Pläne mit dir, Prometheus. Ich wollte dich nach deiner Strafe zu meinem Gehilfen machen; doch nun ist die Ordnung zerstört, und nun wehe uns allen! Nun magst du dich danach sehnen, im Eis zu ruhn.«

Prometheus stand und spürte die Schwere schaukeln und schwanken; er glaubte die Klauen und haarigen Krallen und schuppigen Pranken zu sehen, die daran höher und höher klommen; das Unsichtbare entglitt seinen Händen, so daß nun rasch sich vertiefende Rillen den Felsgrund zerschnitten; ins Knirschen des Quarzes drang Gurgeln und Brodeln und Keuchen und schwoll im Nu zu Heulen und Tosen; am Horizont züngelten Dünste und Feuer; Gestank aus Fäulnis und Hitze wallte, und plötzlich flog eine schlenkernde Hand vom Rand des Planeten her über den Kampfplatz, klammerte sich an einer Felsnase fest und zog an einem Arm, der wie eine Wolfssehne zäh und dünn war, eine Woge von brüllenden Köpfen aus der Tiefe herauf.

Die Götter und die Titanen waren aufgesprungen und drängten sich, Todfeinde noch eben, zitternd aneinander und wichen zurück. Keiner, nicht einmal Atlas oder Zeus, versuchte, sich zu wehren, und keiner wollte es auch wagen, sich von den andern zu trennen und zu entfliehn. Verstecken konnten sie sich auch nicht, denn die Berge mit ihren Grotten und Tälern waren abgetragen oder zerschmettert, und die einzige Felswand, die den Kampf überdauert hatte, war in ihrem lotrechten Ragen viel eher ein Hindernis als ein Schutz.

So sahen die Unsterblichen in hilflosem Grauen, wie plötzlich der Grund von Händen wimmelte, Händen gleich Tatzen und Zangen und Scheren und Klammern und Greifern und auch Händen mit flachen Stümpfen und Saugnäpfen daran, wie Fliegen sie haben, und all diese Hände tasteten blindlings fingernd und zuckend und schnappend herum, bis sich aus den übereinander sich türmenden Köpfen jener erhob, der nur ein einziges Auge war. Dieser drehte sich, indes nur das Rasseln der Lungen unter den plötzlich verstummten Schlünden zu hören war, langsam auf hochgeleiertem Hals den vor der Felswand sich Stauenden zu, und als er ihnen genau gegenüberstand, begann jener Kopf, der ein einziges Maul war, wütend zu brüllen, und die Hände, nun nicht mehr zu zählen, krochen und sprangen und fuhren und flogen auf die Gesuchten zu. Indes waren auch Beine und Knie erschienen und stemmten sich auf den Grund und erhoben ruckhaft die Rümpfe, so daß die Köpfe gleich einem Wald über ihnen schwankten, und nun, da die Hände ihr Ziel umkreisten, schnatterten auch wieder Stimmen durcheinander, bis jene aus dem kopfweiten Maul alle anderen überschrie.

Was die Stimmen sagten, war nicht auszumachen; die Laute waren zu dumpf und zu schrill, und es schien auch, als habe jede Kehle nur eine Silbe, die sie, ohne wechseln zu können, herausstieß, und nur der Maulkopf verfügte über mehrere Töne, die bald stierhaft, bald löwenhaft, doch immer heiser vor Wut klangen. Im Eifer des Sprechens brach Dunst und Rauch aus den Mäulern, so daß ein Teil der Köpfe und Rümpfe von einem feuerdurchstreiften Nebel verhüllt war, darunter die Hände und Bäuche und Beine als eigene Wesen äußerster Gräßlichkeit schwappten und schlappten.

Der Hestia, der Phoibe und der Theia waren die Sinne geschwunden, und auch Hera brach schreiend zusammen, als eine teigige Hand ihren Scheitel berührte; die Titanen preßten sich in die Felswand; Poseidon schwenkte zitternd den Dreizack vor seiner Brust hin und her; Hades, von einer Faust aus glühendem Kupfer geblendet, schlug heulend die Hände vor die Augen, und Prometheus stand fahl an den fahlen Zeus gelehnt und dachte hilflos, daß er als Urheber dieses Verderbens sich opfern müsse, da trat Kronos langsam und stolz nach vorn und redete, die Arme schräg in die Höhe breitend, den Kopf, der nur ein einziges Ohr war, in der bald stier-, bald löwenhaften Sprache an.

In diesem Augenblick erkannte Prometheus, daß der Augen-, Maul- und Ohrenkopf und die graue, von roten Netzen durchzogene Wolke zu einem einzigen Wesen gehören mußten, denn diese Köpfe hoben sich über die Staffel der andern, und ihre Hälse mündeten in einem gemeinsamen Ansatz der Brust. Auch die hundert Hände, die Kronos nun packten und durch den Flammenschwall in die Höhe hoben, gehörten zu jenem einen Koloß, der so etwas wie der Anführer der drei sein mußte und dessen Name – die anderen hießen Briareos und Gyes – Kottos war.

Da Kronos also in die Höhe entführt wurde, rannten Kratos und Bia hinter die Felswand und stürzten sich kopfüber in die Winde; andere Titanen folgten diesem Beispiel; andere wieder, so Zeus und Prometheus, wollten sich nach ihren Waffen bücken, da geschah etwas höchst Sonderbares. Die Ungeheuer, seit des Kronos Vortreten fest auf ihren dreihundert Beinen stehend und nun auch deutlich als drei Einzelwesen erkennbar, begannen plötzlich wieder durcheinanderzuschwanken; ihre Arme verknäulten sich; ein Teil der Köpfe sank auf gleichsam verwelkenden Hälsen nieder, andere schmatzten, und dritte schnarchten; Knie knickten ein, und Rümpfe schlugen krachend auf den Felsgrund, und Kronos entfiel den bald auseinanderstrebenden, bald sich verkrampfenden Fingern und stürzte über Schädel, Nacken, Hälse, Rümpfe und Schenkel bewußtlos zu Boden.

»Schnell, binde sie!« rief Zeus Prometheus zu und versuchte die unsichtbare Schwere anzuheben.

Prometheus begriff nicht, was geschehen war.

»Hilf mir!« schrie Zeus wütend, und Prometheus beeilte sich, mit Zeus die tiefeingeschnittene Kraft aus dem Boden zu klauben. »Sie sind betäubt«, keuchte Zeus, »die plötzliche Freiheit hat sie berauscht wie Murmeltiere und Bären, wenn sie nach dem Winterschlaf aus ihren Höhlen an die Frische kommen. Binde sie, und binde auch Kronos mit ihnen zusammen! Dann haben sie in ihrem Kerker ein Spielzeug, von dem sie nie mehr lassen werden.«

Wie will er mit ihnen fertig werden? dachte Prometheus. Wie sollen die Bande aus purer Schwere sie bändigen, da ja unsere soviel schwächeren Kräfte das Unsichtbare heben können? Und wie sollten wir die Ungetüme wohl fortschaffen? Etwa von diesem bleiernen Arm hier könnte man kaum eine Pranke tragen!

Zeus hatte die Schwere dort um die Leiber der Hundertarmigen gewunden, wo die Rümpfe eines jeden zusammentrafen, nämlich über dem Bekken, und er hielt nun, in breitester Grätsche stehend, unter je einem Arm die Enden des zerrissenen Gürtels und schob sie dermaßen zusammen, daß die schwarzen Stellen einander deckten und in dieser Deckung wieder unsichtbar wurden.

»Die alte Gaia hat mir viel von den Ungeheuern erzählt«, sprach Zeus, als habe er die Gedanken des Prometheus erraten. »Wenn die Schwere zu einem Kreis geschlossen ist, hat sie berichtet, kann keine Kraft sie mehr trennen – von dieser äußersten Kampfeshitze wußte sie ja nichts. Und nun komm! Wachse mit mir zum stärksten Nordwind!«

Er berührte, da er dies sprach, die Schulter des jungen Titanen, und Prometheus fühlte plötzlich seine Kraft ins Unermeßliche schwellen; er sah seine Kampfgefährten klein wie Fliegen und spürte die kaum zu bezwingende Lust, sie anzuhauchen und fortzuwehen; er sprang von einem Bein aufs andre und schnaubte dabei aus allen Poren, und neben ihm tanzte, in schwingender Schwärze, der lauthals prustende und schnaubende Zeus. »Faß an«, schnaubte Zeus, und die beiden packten die Ungetüme samt Kronos und trugen sie, als wären es Flaumfedern, zum Erdstern hinab in die diamantene Höhle und umwanden auch die mit den Schweresträngen und schoben auch hier die Enden ineinander. Dann nahmen sie ihre wahre Ge-

stalt an und wandelten durch den gelbdunklen Gang, der nichts Schreckliches mehr für sie hatte, zurück.

»Höre, Bruder«, sprach Zeus, da sie, er voran und Prometheus hinter ihm drein, so trotteten, »höre, Bruder, dein unbesonnener Griff hätte uns fast ins Verderben gestürzt. Ohne mich wäret ihr allesamt kläglich verloren.«

»Wir müssen dir ewig dankbar sein«, sagte Prometheus, doch da er das noch aussprach, ärgerte er sich, denn er dachte, daß zunächst Kronos und dann die ungewohnte Freiheit das Verderben abgewendet hatten.

»Willst du dich nicht rechtfertigen?« fragte Zeus.

»Die Hundertarmigen waren doch unsere letzte Hoffnung«, erwiderte Prometheus. »Hätte ich nicht die Kette zerrissen, hätte Kronos gesiegt, und wir wären nun statt seiner bei den Ungeheuern.«

»Das ist nicht wahr«, sagte Zeus scharf, »ich hätte Kronos allein besiegt. Sein Schlag mit dem Felsgipfel hat mir nichts getan; ich bin freiwillig zu Boden gegangen, um neue Kräfte zu sammeln, während Kronos die seinen sinnlos vergeudete. Im nächsten Augenblick wäre der Kampf zu unsern Gunsten entschieden gewesen. Doch ich will dir nicht zürnen, da du in gutem Glauben gehandelt hast. Von nun an aber warte auf meine Befehle, wenn du etwas Außergewöhnliches tun willst.«

»Wir wollen uns darum nicht streiten, mein Bruder«, entgegnete Prometheus, im Herzen aber dachte er: Du sprichst ja wie Kronos! Er hatte Zeus vorschlagen wollen, noch einmal den kretischen Wald zu durchstreifen und nach der siebenundzwanzigsten Amalthea zu sehen, doch nun schwieg er davon, und als sie dann ans Tageslicht stiegen und dieser Wunsch sich abermals regte, sprach Zeus: »Lieber Bruder Prometheus, fliege auf den Kampfplatz und bitte meine Schwestern und Brüder zur Beratung hier auf den Erdstern herunter. Die Himmelsburg ist ja zerstört, und in die Milchstraße mag ich nicht ziehen. Wir wollen unser Reich hier gründen.«

Prometheus wollte Zeus fragen, woher er das Recht nehme, wie ein Herrscher Befehle zu erteilen, allein als Zeus sich auf einen gestürzten Baumstamm setzte, die Beine weit von sich streckte und herzhaft gähnend sagte: »Wie bin ich müde!«, da dachte Prometheus, daß Zeus im Kampf doch mehr als die andern geleistet habe, und er flog ohne ein widersetzliches Wort zu den Göttern hinauf.

Die Götter errichten ihr neues Reich

Als die Götter darangingen, ihr Reich zu errichten, saßen sie hoch über Wolken und Geiern auf einem Gebirge, das »Der Olymp« hieß. Zuerst hatte Zeus den kretischen Wald aufgesucht, doch da waren Ziegen und Widder und Bären zu ihm gerannt und waren an ihm hochgesprungen, von den gemeinsamen Tagen zu schwärmen, und da hatte er sich dieser Bekanntschaft geschämt und war weggegangen. Da er wegging, hatte er gedacht: Ich will meinen Sitz auf dem höchsten Berg dieses Landes nehmen, denn von dort werde ich weit über mein Reich schauen können! So war er also auf den Olymp gestiegen und hatte die Brüder und Schwestern noch aus der Luft her zu sich gewinkt, und da saßen sie nun und hielten Rat, und auch Prometheus saß in ihrem Kreis.

»Seht, um uns dehnt sich die unermeßliche Welt«, so redete Hestia, »und jeder von uns soll einen Teil zugesprochen bekommen. Wie aber wollen wir sie teilen? Wir sind unser sieben, und am besten schiene es mir, wenn jeder, wie früher bei den Titanen, einen bestimmten Tag das Herrscheramt übt. Was meinst du, Bruder Hades?«

Der saß gekrümmt im Schatten der Demeter und hielt sich stöhnend die Hände vor die Augen.

»Ich weiß es nicht«, sagte er gequält, »mich plagt das Licht. Der glühende Arm hat mich geblendet, und zudem war ich ja vor euch allen in der Dunkelheit in des Vaters Herzen. Ich kann die Helle nicht mehr ertragen. Laßt mich auf meinen Teil Herrschaft verzichten.«

»Niemals, mein Bruder!« rief Zeus. »Ich habe gelobt, daß wir gemeinsam herrschen, und davon gehe ich nicht ab. Doch wie wäre es«, so sprach er zu dem stöhnenden Hades, »wenn du zu deinem Reich das Dunkel dieses Planeten wähltest? Dort hausen die Hundertarmigen mit Kronos, und dort wollen wir auch die geflüchteten Titanen ansiedeln. Sie mögen schlafend dahindämmern wie einst in den Milchstraßengrotten, doch wir müssen einen haben, der sie alle bewacht. Möchtest du nicht dieses Amt übernehmen, lieber Bruder?«

»Aber ja«, erwiderte Hades, »ihr tut mir wirklich einen großen Gefallen damit. Ich heiße ja nun einmal der Dunkelbehauser. Ich will mich gleich auf den Weg machen, ich halte das Licht nicht meht aus. Es sticht mich und brennt mich. Teilt die Welt unter euch, wie ihr mögt, ich habe meinen Teil und bin's zufrieden. Sagt mir nur rasch, wie ich in die Tiefe hinunterkomme.«

»Prometheus kennt den Weg, er wird dich führen«, sprach Zeus. Der junge Titan faßte, Zustimmung nickend, des Hades Hand. Der Geblendete tat ihm leid, und er hätte von sich aus den Vorschlag gemacht, ihm den Weg zu zeigen. Er führte Hades zunächst in ein Gebüsch am Fuß des Olymps, brach Blätter einer großen, fleischigen Staude ab, spaltete sie und band sie mit Weinranken über die schmerzenden Augen des Stöhnenden. Dann lud er sich Hades auf den Rücken, schwamm mit ihm über das Meer und geleitete ihn den Stollenweg abwärts in die Tiefe der Erde. Die Hundertarmigen schienen zu erwachen; man hörte einige ihrer Köpfe benommen lärmen, und es war auch, als brülle Kronos in fremder Sprache wie damals, als er vor sie hingetreten war. Prometheus schien es eine Erinnerung aus einer unglaublich fernen Zeit. War dies wirklich alles nur ein paar Stunden und Jahre her, oder war es vielleicht doch nur ein Traum gewesen? Er lauschte im Weitergehen den erwachenden Stimmen, doch nun, in der Nähe des Kerkers, verebbte der Lärm. Im gelben Dämmerschein taten sich Höhlen auf, die Prometheus nicht kannte, und als er in einer einen Doppelhügel gewahrte, der von zwei schwarzen Flüssen umstrichen war, führte er Hades dorthin und hieß ihn sich setzen.

»Hier ist es weich und schattig«, sprach Hades und nahm den Verband ab. »Ich kann sehen, ich kann wieder sehen, und es schmerzt nicht!« rief er überrascht.

Er zog Prometheus auf den Sitz neben sich.

»Hab Dank, Bruder«, so sprach er, »für deine Güte und deine Kunst.

Wenn es dich einmal nach Stille, Kühle und Ruhe verlangt, so bist du hier unten immer willkommen. Hör nur, wie sanft die Flüsse rauschen. Spürst du, wie kühl ihr Wasser ist? Und schau dort die Schleife, die sie bilden. Sie ist grün und weiß, doch das Weiß blendet nicht. Das gefällt mir. Zeus hat es für mich getroffen.«

»Es ist eine Wiese«, erklärte Prometheus, »und die Blumen, die darauf blühen, heißen Asphodelen. Ihre Wurzel hat Knollen, die kann man essen.«

»Woher weißt du das alles?« fragte Hades erstaunt.

»Großmutter Gaia hat mich manches gelehrt«, erwiderte Prometheus. Er dachte daran, die Uralte zu rufen, doch er wußte, daß sie sich nicht ohne Not zeigen würde.

»Hier will ich bleiben«, sagte Hades, »und auf der Asphodelenwiese sollt ihr die Titanen ansiedeln. Dort mögen sie schlafen, und ich kann sie übersehen. Die Schönste von ihnen werde ich zur Frau nehmen. Sie soll auf dem Hügel neben mir sitzen. Kennst du eine, die jung und schön ist, mein Bruder?«

Prometheus lachte.

»O ja«, sagte er schmunzelnd, »da gibt es viele, Kore zum Beispiel, und –«

»Also Kore«, fiel Hades ein, »das ist hübsch, das heißt ja ›Mädchen‹. Also das Mädchen Kore. Bring sie nur her. Sie soll neben mir sitzen, wo du jetzt sitzt.«

Prometheus nickte müde. Er verspürte den Wunsch, sich auf die Asphodelenwiese zu legen und zu schlafen, und da er das leise Glucksen der Bäche hörte, empfand er, doch nun gedämpft wie das Dämmerlicht, wieder eine Ahnung, doch eben nur eine Ahnung des Glücks. Rasch sprang er auf die Beine.

»Leb wohl«, sprach er zu Hades, »ich fürchte, ich schlafe bei dir ein, und ich muß doch zurück. Meine Freunde werden auf mich warten. Wir wollen ja gemeinsam beraten.«

»Ich halte dich nicht«, sprach Hades. »Sag Zeus, er soll mir bald die Titanen schicken, oder wenigstens die Kore. Sag ihm, daß es mir gutgeht. Lebt wohl, ihr da droben!«

»Leb wohl, Bruder«, sprach Prometheus und machte sich auf den Weg, und als er vor dem kretischen Wald stand, konnte er es sich nicht versagen, nach der siebenundzwanzigsten Amalthea zu schauen. Es war aber nur ein winziges Weilchen, daß er zu ihr hinsprang, denn er dachte, die Götter würden ihn vermissen.

Doch das tat eigentlich nur Hestia. Die andern, und am eifrigsten Zeus, hatten seine Abwesenheit benutzt, die Vergebung der Ämter fortzusetzen.

»Ich halte es nicht für richtig«, sprach Zeus, »den Prometheus an unsrer Herrschaft zu beteiligen. Überlegt doch, wer da noch alles Ansprüche erheben könnte: Rhea zuerst, dann auch Iapetos und Epimetheus, und auch Okeanos und Tethys und ihre tausend mal tausend Kinder! Wenn sie auch jetzt nichts verlangen, so tun sie es später oder es tun ihre Nachkommen. Wohin soll das führen, wenn es keine scharfe Grenze zwischen uns und ihnen gibt!«

»Aber ohne Prometheus säßen wir allesamt noch im Leib des Grausamen«, warf Hestia ein. »Es wäre undankbar und höchst ungerecht, wenn wir ihn nicht als Gleichen behandelten.«

»Wieso denn?« sagte Hera. »Er hat an der Tafel des Kronos gepraßt, während wir im Kerker geschmachtet haben und unser tapferer Bruder Zeus sich im Wald zu den Ziegen verkriechen mußte. Soll er dafür etwa noch belohnt werden? Es ist ihm die ganze Zeit doch gutgegangen, und daß er uns – übrigens höchst bescheiden – geholfen hat, war ja nur aus Furcht vor seiner Strafe. Ich finde, wenn wir ihn nicht zu den andern Titanen in die Unterwelt sperren, ist das Lohn genug.«

»Mir ist es gleich«, brummte Poseidon. Er lag auf dem Gletscher des Gipfels, und er glühte noch dermaßen von Kampfeshitze, daß das Eis in Bächen unter ihm wegschmolz und die Wasser über sein dreigezacktes Schwert rannen.

»Oh, ihr seid schändlich«, rief Hestia wütend. Poseidon lachte grimmig und goß sich Wasser über die Stirn. Hera wollte der Schwester ins Gesicht fahren, aber Zeus hielt sie zurück.

»Wir wollen uns nicht streiten, vielliebe Geschwister«, so redete er, »doch ich glaube, Hestia steht mit ihrer Ansicht allein. Poseidon und Hera

sind gegen sie, und Hades wäre sicher unserer Meinung gewesen. Sein Erblinden ist ja nur Schuld des Prometheus, der hat ja die Hundertarmigen losgelassen, und das hat unserem Bruder die Augen zerstört. Doch wir wollen noch Demeter hören. Was meinst du, stille Schwester? Du bist ja hier auf Erden so schweigsam geworden?«

Das war Demeter in der Tat. Sie hatte die ganze Zeit in die Täler geschaut, die sich grün und blau und purpurgold ins Meerleuchten senkten, und dieser Anblick hatte sie selig gemacht.

»Ich glaube, daß unser Bruder Zeus am besten weiß, was geschehen soll«, sagte sie, ohne den Blick von den Fluren und Wiesen zu lassen. Und sie fügte hinzu: »Für meinen Teil habe ich nur eine Bitte: Ich möchte immer hier unter dem Blühenden bleiben.«

»Die bunte Pracht dauert aber nicht lange, du wirst enttäuscht sein«, sprach Zeus, »die Blüten werden morsch und welk, das Grün gilbt, und dann deckt es der Schnee zu.«

»Um so mehr muß ich es behüten!« rief Demeter.

»Da du es wünschest, stille Schwester«, sprach Zeus, »mag es so geschehen. Dein Amt wird es sein, das Sprießen und Blühen der Pflanzen hier auf der Erde zu regieren: Die Wiesen, Wälder und Steppen seien dein Reich! Und unser hitziger Bruder Poseidon sollte über die Meere und Fluten herrschen, dort findet er Kühle genug. Was meint ihr dazu?«

Demeter umarmte ihren Bruder, und Poseidon schüttelte freudig seinen Dreizack.

»Am liebsten spränge ich jetzt schon kopfüber in diese Pfütze dort unten«, rief er und zeigte auf das afrikanische Meer. »Du bist doch wirklich der Klügste von uns allen, Bruder Zeus. Doch welcher Herrschaftsbereich soll dir dann selbst bleiben? Die Unterwelt, die Erde, das Meer sind schon weggegeben.«

»Ich will mich mit dem Reich begnügen, das über dem euren liegt«, sprach Zeus, »mit dem Reich der Lüfte, der Wolken, der Winde, der Sterne.«

»Du bist doch wirklich zu bescheiden, mein Bruder«, meinte Poseidon, da sagte Zeus nachdenklich: »Wir haben eines vergessen, liebe Geschwister. Wir wollen alles Wichtige gemeinsam entscheiden, das haben wir ausgemacht, doch es könnte ja sein, daß wir einmal nicht einig sind, dann stünden drei Stimmen gegen drei andere. Für diesen Fall sollte einer von uns den Ausschlag geben, dessen Spruch sich dann alle fügen müßten. Mir scheint, das dürfte niemand sein als der Älteste. Wir wollen Hades dieses Amt antragen. Ich mache mich gleich zu ihm auf den Weg.«

Hestia nickte, doch Hera sprach: »Du hast recht, Bruder, daß einer der Erste von uns sein soll, aber Hades taugt nicht für dieses Amt. Bedenke, daß er blind im Erddunkel hockt und gar nicht begreifen kann, was sich ereignet. Wie sollte er da entscheiden können? Nein, liebe Geschwister, es gibt nur einen, der unser Oberster sein kann, und das ist Bruder Zeus! Er ist der Klügste und der Erfahrenste. Er und kein andrer hat uns befreit. Er soll unser Erster, er soll unser Herrscher sein.«

Hestia schwieg.

»Ich bin's zufrieden«, sprach Poseidon, und auch Demeter sprach: »So soll es sein!«

»Es ist zuviel Ehre für mich«, sagte Zeus, »denn ich bin ja der Jüngste. Aber wenn ihr darauf besteht, werde ich mich wohl fügen müssen, ich möchte euren Willen nicht mißachten. Außerdem erfülle ich damit ein Vermächtnis unserer Ahnin. Als Großmutter Gaia mich zum Kampf gegen Kronos rüstete, hat sie mich ausdrücklich als den Ersten der Götter gegrüßt. So will ich denn die schwere Bürde auf mich laden.«

Er stand auf, und auch seine Geschwister erhoben sich. Zeus reichte hoch in den Himmel, und die Sonne brach sich an seiner Stirn. »So schwört mir denn Gehorsam«, sagte Zeus, und da beugten die Schwestern und Brüder vor ihm das Knie. Auch Hestia kniete. »So höre denn, Himmel, höre denn, Erde, höre denn, Meer, höre denn, Licht, und höret, ihr Sonnen und Monde und Sterne: Das Reich der Götter ist errichtet, und ich, Zeus, bin fortan euer Herr!«

In diesem Augenblick war Prometheus am Fuß des Olymps angekommen. Als er die Götter vor Zeus knien sah, stutzte er.

Er dachte: Sie knien vor ihm wie einst die Titanen vor Kronos! Und er dachte: Ich will abwarten, was geschieht.

Er verbarg sich in dem Gebüsch, in dem er Hades die Augen verbunden hatte, und nun hatte er das Verlangen, einen Blick in die Zukunft zu tun. Er sah, ehe er die Augen schloß, zum Olymp hinauf und sah einen Geier kreisen, dann schloß er die Augen, und da sah er den Geier auf sich zuschießen und sah zerklüftetes Gebirge und sah sich selbst an eine Felswand gepreßt.

Was soll das denn wieder? dachte er und schlug die Augen auf, und da sah er den Geier aus den Felsklüften auf sich niederstoßen und schrak zusammen. Da der Geier gewahrte, daß seine vermeintliche Beute lebendig war, drehte er krächzend ab.

Es ist wie damals am Meer, überlegte Prometheus, ich sehe wieder nur die Gegenwart. Aber was soll mir jetzt auch die Zukunft! Ich muß weiter beobachten.

Er sah, daß die Götter sich erhoben und daß Zeus Hera in seine Arme schloß und sie küßte.

»Hera soll meine Gemahlin sein«, sprach Zeus. »Sie soll mir helfen, das schwere Los zu tragen, das ihr mir auferlegt habt, liebe Schwestern und Brüder.«

»So laßt uns auch Hera huldigen!« rief Demeter.

»Das ist nicht nötig«, sagte Zeus schnell, »es genügt ja, daß sie mein Weib ist. So wird der Gehorsam, den ihr mir schuldet, auch auf sie übergehen.«

Prometheus trat aus dem Gebüsch und erstieg den Berg. Zeus trat ihm entgegen.

»Willkommen, Prometheus«, so redete er, »wie geht es unserem Bruder Hades? Fühlt er sich wohl in der unteren Welt?«

»Es geht ihm gut, und er dankt dir und grüßt dich«, sprach Prometheus. »Er hat einen Platz für die Titanen gefunden. Wir sollen sie ihm bald schicken. Aber wo sind sie eigentlich?«

»Sie haben sich verlaufen«, sagte Poseidon geringschätzig. »Als ich mit meinem Dreizack gegen die Hundertarmigen gekämpft habe, sind sie Hals über Kopf davongerannt. Wahrscheinlich haben sie sich in ihren Grotten verkrochen.«

»Da Kronos besiegt ist, sind sie hilflos«, erklärte Prometheus. »Sie haben verlernt, ohne Gebote zu handeln, und warten nun auf eine Weisung. Ich kenne das von meinem Bruder. Wir brauchen ihnen nur zu sagen: Geht hinunter!, und sie werden uns folgen wie die Lämmer dem Widder.«

»Wie wer?« fragte Demeter.

»Wie Willenlose«, erwiderte Prometheus. »Ich vergaß, daß ihr ja Gaias Geschöpfe nicht kennt. Doch nun laßt uns die Titanen zu Hades schaffen. Unser Reich soll doch seine Ordnung haben.«

»Das wirst du übernehmen, Prometheus«, sprach Zeus und redete, ehe Prometheus noch ein Wort erwidern konnte, eifrig und doch in einem Ton fort, als berichte er längst bekannte und selbstverständliche Dinge. »Wir«, so sprach er, »sind nämlich, während du unseren Bruder Hades geleitet hast, auch nicht müßig gewesen, lieber Bruder. Poseidon hat sich erboten, Ordnung im Meer zu halten, Demeter will dies auf den Wiesen der Täler und ich will dies hier oben im Reich der Berge und Lüfte tun. Außerdem hat mich das Vertrauen meiner Geschwister gewissermaßen zum Anführer gemacht, ich will sagen: zu dem, dessen Stimme den Ausschlag gibt, wenn wir uns einmal nicht einigen sollten. Dies Amt ist mir sehr leidig, das brauche ich wohl nicht zu betonen, doch es muß ja nun einmal getragen sein! Was dich betrifft, lieber Bruder, so dachten wir, daß deine Tapferkeit im Kampf gegen die Titanen besonders hoch belohnt werden muß. Wir möchten dir daher antragen, daß du jeweils die wichtigsten Aufgaben übernimmst, so wie sie sich gerade ergeben. Das ist ein außerordentlich verantwortungsvolles Amt. Du wärest da mein erster Gehilfe, und so möchte ich dir gleich die Aufgabe übertragen, die Titanen zu sammeln und in die Unterwelt zu geleiten. Damit hätte der Kampf seinen Abschluß gefunden, und wir könnten alle sorgenlos ausruhen. Ich nehme an, daß auch du müde bist. Wenn du willst, magst du gern bei deinen Verwandten ein Schläfchen halten, wie du's gewohnt warst, wir werden dich deswegen nicht schelten.«

Die Götter sahen gespannt auf Prometheus, wenn auch mit durchaus verschiedener Erwartung. Hestia fand die Worte des Zeus abscheulich und lügenhaft und hoffte, daß Prometheus sie ablehnen werde; Hera aber hatte sie mit Bewunderung und auch mit Neid angehört. Er kann gut reden, dachte sie, es ist alles irgendwie richtig und wahr, was er sagt, und doch stimmt es nicht ganz, und das täuscht seine Gegner. Ich finde es bewundernswert! Und er sagt es auch so freundlich, daß Prometheus nichts dawider haben kann.

Sie blickte mit großen, strahlenden Augen auf ihren Bruder, doch sie dachte: Ich werde künftig höchst genau auf seine Rede achten müssen, besonders dann, wenn er freundlich wird. Mich soll er nicht hintergehen, der Schlaue!

Des Zeus erste Taten

Prometheus hatte die Rede des Zeus genau überdacht, und wenn er auch höchst argwöhnisch zu der Versammlung getreten war und sein Argwohn sich anfangs noch gesteigert hatte, fand er das Mitgeteilte bei ruhiger Prüfung doch verständlich, ja eigentlich richtig. Die Verteilung der Ämter war einleuchtend; daß einer der Erste sein sollte, war auch in Ordnung, und Zeus hätte auch er dafür vorgeschlagen. Jedes Tiervolk hat seinen Führer, das muß schon so sein, dachte er, und hat uns Zeus im Kampf geführt, so soll er's auch im Frieden tun. Daß die Geschwister vor ihm gekniet haben, gefällt mir zwar nicht, doch ich glaube, daß es auch Zeus nicht gefällt.

So nickte er denn und sagte: »Ich bin mit eurem Vorschlag einverstanden, liebe Brüder und Schwestern.«

»Gut«, rief Zeus und klatschte in die Hände, »dann ist ja alles geregelt!«

Heras Augen blitzten Triumph, Hestia sah traurig zu Boden, Prometheus aber nahm beides nicht wahr. Nun, nachdem alles geordnet war, fühlte auch er die Müdigkeit, und plötzlich freute er sich auch, Vater Iapetos und Mutter Themis und vor allem sein Brüderchen Epimetheus wiederzusehen. Der Träumer wird staunen, so dachte er, wenn ich plötzlich vor ihn hintrete und sage: Guten Morgen, lieber Bruder, schlaf weiter, die neue Zeit hat begonnen, und ich bin nun einer der sieben Fürsten! Er mußte lachen, da er an das Gesicht des Bruders dachte.

»Einverstanden«, wiederholte er, »ich will die Titanen hinunterführen, doch danach möchte ich Großmütterchen Gaia besuchen. Ausschlafen werde ich mich im Wald, darauf freue ich mich schon lange.«

»Grüße Gaia von mir«, sagte Zeus, »und laß dir ruhig Zeit, lieber Bruder.«

»Das will ich«, sagte Prometheus und machte sich auf den Weg, die Titanen zu sammeln.

»Und nun ins Wasser!« rief Poseidon. Er stand auf und packte sein dreizackiges Schwert.

»Aber wir sind ja noch gar nicht fertig, Bruder«, sprach Demeter, »unsere Schwester Hestia hat ja noch kein Amt.«

»Ich möchte auch keins«, sagte Hestia.

»Das geht nicht, Schwester«, sprach Zeus vorwurfsvoll, »wir wollen doch gemeinsam herrschen, so haben wir es beschlossen, und daran müssen wir uns schon halten. Aber ich habe einen Vorschlag, der dir gefallen wird. Wir müssen uns doch hier auf diesem Olymp eine Wohnstätte schaffen, wo wir beisammensitzen und Rat pflegen und behaglich essen und trinken und ausruhen wollen. Wir könnten recht gut in jene Felshöhlen dort drüben ziehen, und Hestia soll sie als ihr Reich verwalten, wo sie den Haushalt führt und für Ordnung sorgt. Ich nehme an, das wird sie freuen, sie ist ja so sehr aufs Wohl anderer bedacht, unsre gute Schwester.«

»Ja«, sagte Hestia, »ich bin's zufrieden.«

»Ins Meer! Ins Meer!« rief Poseidon und rannte dem Meer zu, das wie eine Veilchenwiese zwischen Hellas und Kreta lag.

»Zu den Blumen!« rief Demeter und sprang in ein Rosental.

»Wir beide gehn uns die Wohnstatt anschauen, liebe Schwester«, sagte Hera und legte ihren Arm um Hestias Schultern.

Zeus blieb allein.

Er holte tief Luft und dehnte die Brust. Eben noch war er zum Umfallen müde gewesen, doch jetzt war er wieder hellwach.

Ich bin der Mächtigste, dachte er und steckte die gespreizten Hände ineinander und drehte federnd und wippend die Handteller nach außen, bis die Fingergelenke knackten. Ich bin der Mächtigste, dachte er, der Mächtigste von allen! Niemand ist mächtiger als ich! Ich bin von allen der Mächtigste! Dieses feierliche Denken ließ ihn eine noch nie gekannte körperliche Stärke empfinden. Es war, als sei ihm bislang die Kraft, ja das Dasein seines Leibs noch gar nicht zum Bewußtsein gekommen. Er fühlte zum ersten Mal, daß sein Atem seine Brust und seine Lungen blähte und daß seine Muskeln unter der Haut sich spannten und daß beim Überlegen seine Zunge langsam und glatt über den Innenrand seiner Lippen fuhr.

Er löste die verschränkten Finger und drehte die Oberarme unter den Schultern und drehte Schultern und Hals um das Kreuz und zog die Bauchdecke an und schaute an sich hinab und bewegte seine Knie und Zehen und dachte: Das ist mein Becken! Das sind meine Beine! Das sind meine Füße! Das bin ich!

Plötzlich rüttelte er so wild am Gipfel des Olymps, daß der Fels sich verwarf. Die Ordnung der Wasser, die aus den Gletschern in das Berginnere sickerten und sich dort versammelten, wurde gestört. Neue Quellen brachen aus den Hängen und Halden, andere wurden verschüttet und versiegten, wieder andere stauten sich zu unterirdischen Seen.

Da tauchte ein Mädchen aus dem Gestein: Metis, eine der tausend Töchter des Okeanos und der Tethys. Es war ihr Amt, die Wasser dieses Bergzugs zu überwachen, und sie hatte ihren Bereich auch während der Titanenschlacht treu versorgt.

»Du störst die Ordnung, Fremdling«, sagte sie verärgert zu Zeus.

»Wer bist du denn?« antwortete Zeus verblüfft.

»Ich bin Metis, die Tochter des Okeanos und der Tethys«, erklärte das Mädchen. »Ich habe hier die Gewässer zu regeln, und du bringst sie ganz durcheinander! Bist du der Gott, der gegen Kronos gekämpft hat?«

»Ja, der bin ich«, sagte Zeus, und nun fühlte er seine Brust auch ohne sein Zutun sich weiten, und es war ihm, als ob sein Körper zu leuchten beginne. Er machte die Schultern noch breiter und wölbte die Brust noch mehr. »Ja, ich bin Zeus«, wiederholte er. Zuerst hatte er diesen Satz hinausschreien wollen, doch dann sprach er ihn so leise, daß Metis sich anstrengen mußte, ihn zu verstehen. Er wollte, daß alles ringsum schweige, wenn er sprach, auch alle Wasser und das glucksende Eis. Doch es war auch der Wunsch, dem Mädchen zärtlich zu begegnen, was ihn den Ton so dämpfen ließ.

»Ja, ich bin Zeus«, sagte er nach einer kurzen Pause ein drittes Mal, und nun sprach er mit gewöhnlicher Stimme, und die klang gereizt. Er hatte gehofft, daß Metis beim Anhören seines Namens ehrfürchtig erschauern und »oooh« sagen und ihn bewundernd anstarren würde, doch sie tat nichts dergleichen, sie hatte offenbar nur ihre Bäche im Sinn. Das ärgerte Zeus und machte ihn unsicher.

»Ich bin Zeus, der oberste der Götter, und ich kann tun, was ich will«, wiederholte er, und nun schrie er die Worte überlaut. Die Freude an seiner Mächtigkeit schwand in der Wut darüber, daß sie so wenig Eindruck machte. Aber Metis hatte nun doch die Angst gepackt. Dieser Rüpel, der ebenso dumm wie ungeschlacht war, schien ihr nicht geheuer. Wahrscheinlich war das gar nicht Zeus, der Kronosbezwinger! Sie wollte wortlos in den Boden zurücksinken, Vater Okeanos den Vorfall zu melden, doch Zeus packte sie am Arm und hielt sie fest, und plötzlich riß er das Mädchen an seine Brust.

»Auch du gehörst mir«, sagte er und gab sich mit seiner Stimme und seinen Augen Mühe, die Zärtlichkeit auszudrücken, die er durch seine Stärke hindurch empfand. Metis wehrte sich und versuchte zu schreien, doch Zeus preßte ihr die Hand auf den Mund. Er begann zu keuchen und zu zittern, obwohl er beides nicht wollte; sein Leib schien plötzlich etwas zu sein, das noch mächtiger war als er, und dieser Leib empfand das unzähmbare Verlangen, den andern so fest an sich zu drücken, daß er mit ihm verschmolz. Zeus hatte im Wald oft gelacht, wenn sich solcherart die Tiere bebend und röchelnd übereinanderdrängten und so gierig miteinander eins wurden, daß sie alles ringsum mißachteten, sogar einen Feind. Jetzt plötzlich verstand er sie alle, den Eber und den Stier und den Widder und den Spatzen und den Täuberich, ja die Fliegen, die blind ineinandertaumelten. Er drückte Metis an sich und versuchte sie auch mit den Beinen zu umklammern, und nun drohte nicht nur seine Brust, nun drohte all sein Fleisch zu zerspringen. Er fühlte und hörte nichts mehr als das Schwellen und Rauschen des eigenen Blutes, er fühlte auch nicht die verzweifelt hämmernde

Faust des Mädchens und hörte nicht ihr Schreien und warf sich mit ihr auf den steinigen Grund über die Wasser, und plötzlich war es ihm, als sei er selbst ein Berg, dem eine neue Quelle entspringe und die seine Kraft bis zur Neige verströme.

Überwältigt und völlig erschöpft und doch gelöst wie nach einem langen Schlaf lag er auf Metis und hatte nicht gemerkt, daß zwei andere Wesen neben ihm aufgetaucht waren. Es waren Kratos und Bia, die Söhne des Atlas, die sich beim Erscheinen der Hundertarmigen vom Kampfplatz auf die Erde geflüchtet hatten. Nun lugten sie schon eine Weile aus einer Gletscherspalte, und als es Metis endlich gelang, Zeus von sich zu stoßen und wegzulaufen, rannten sie ihr nach und schleppten sie zu Zeus zurück.

Zeus wollte beim Anblick der beiden Titanensöhne, die vor ein paar Stunden noch seine wütendsten Feinde gewesen waren, aufspringen und nach seinem Schwert greifen, doch da er wahrnahm, wie erbötig sie das schluchzende Mädchen zu ihm hinschleiften, erfaßte er sofort ihren Willen, dem Sieger bedingungslos dienstbar zu sein. Diese Erkenntnis beherrschte im Nu all seine andern Gedanken und Gefühle. Das Mädchen war ihm schon gleichgültig geworden, sie erregte ihn nicht mehr, und sie rührte ihn auch nicht. Er bezwang seine Erschöpfung und überlegte.

Die dienstwilligen Brüder Kratos und Bia, ich kann sie wohl brauchen, so dachte er. Ich muß jemanden haben, auf den ich mich blind verlassen kann. Es könnte ja sein, daß ein anderer meinen Platz begehrt, Poseidon zum Beispiel. Wenn er sich im Meer erfrischt hat, wird er wohl solche Pläne wälzen. Auch vor Schwesterchen Hera muß ich mich vorsehen. Gewiß, den blinden Hades brauche ich nicht zu fürchten, und Hestia auch nicht, aber Prometheus kann mir gefährlich werden! Ihn vor allem muß ich im Auge behalten. Sein Einverständnis vorhin war sicher nur Täuschung.

Die beiden Atlassöhne hatten indes die schluchzende Metis vor Zeus geschleppt und lachten nun in plumpester Anbiederung. Das Lachen des Kratos war dumm, das des Bia grausam.

»Sie wollte dir weglaufen, Gebieter«, sagte Bia, und Kratos nickte.

»Laß mich doch gehen, Zeus«, schluchzte Metis.

»Wo willst du denn hingehen?« sprach Zeus, ohne Kratos und Bia zu beachten oder ihnen zu danken. Er hatte sich entschlossen, so zu tun, als hätten die beiden schon immer in seinen Diensten gestanden und ihm immer schon solche Hilfen geleistet.

»Nun, wo willst du hingehen?« wiederholte Zeus mit gespielter, falschester Freundlichkeit. Da begann es Metis vor ihm zu grauen. Sie öffnete langsam und lautlos den Mund, als sammle ihr Leib die Kraft zu einem entsetzlichen Schrei, den ihre Seele schon schrie. Das schreckte Zeus. Er mußte auf einmal denken, daß sie zu Gaia gehen könne, sich über ihn zu beklagen, und das stimmte ihn unbehaglich. Vor Gaia fürchtete er sich trotz all seiner Macht. Er mußte daran denken, wie böse sie ihm ob seiner rohen Späße bei den Verwandlungen im Wald gewesen war. Wie heftig würde sie ihm nun zürnen, da er Metis Gewalt angetan hatte.

Du wirst mich nicht verraten, dachte er.

Metis begann zu schreien, doch da hatte sich Zeus schon gewünscht, so groß wie der Olymp zu sein, und da er groß wie der Olymp dastand, stopfte er einfach die vor ihm nun beerenklein erscheinende Metis in den Mund, sie hinunterzuschlucken. Denn sie war ja unsterblich, und er konnte sie nicht töten, und auch verwahren konnte er sie nirgendwo als im eigenen Leib. Metis aber war gewohnt, in unterirdischen Gängen und Grotten herumzusteigen, und als sie sich plötzlich im riesig gewordenen Rachen des Zeus befand, kletterte sie an der Gaumenwand hoch und stieg in die Höhlung seines Schädels zwischen Schläfe und Stirn. Dort schrumpfte sie dann, als Zeus sich zurückverwandelte und alles in seinem Leib mit ihm kleiner wurde, nun wirklich zu Beerengröße zusammen.

»Ha, Metis, jetzt wirst du mich bei niemandem verleumden!« rief Zeus, als er das Mädchen unschädlich gemacht glaubte.

Bia aber sprach, vor Zeus ins Knie gehend und seinen Bruder mit sich ziehend: »Das war großartig, Erhabener!« Und er fügte hinzu: »Wir hätten auch auf sie aufgepaßt, Herr.«

Kratos lachte.

Zeus hatte sein Schwert zur Hand genommen und tippte mit dessen Klinge die Schulter der Knienden an.

»Ihr werdet mir also dienen«, sprach er.

Die Schneide berührte beider Hals.

»Wir werden dir immerdar dienen, Erhabener«, versicherte Bia, und Kratos nickte.

»Kann er nicht sprechen?« fragte Zeus.

Kratos schüttelte den Kopf.

»Er ist stumm, erhabener Gebieter«, antwortete Bia für seinen Bruder. »Er ist stumm, obgleich er alles versteht. Vater Atlas hat ihn einmal auf den Mund geschlagen, als er ihm zu widersprechen gewagt hat, und seitdem schweigt und gehorcht er. Ist es nicht so, Bruder?«

Kratos nickte und lachte, und nun lachte auch Bia.

»Nun gut, ich nehme euch in meinen Dienst«, sprach Zeus. »Ihr habt nur mir zu gehorchen, merkt euch das gut! Von keinem meiner Brüder und Schwestern dürft ihr eine Weisung entgegennehmen, und schon gar nicht von Prometheus. Dagegen habt ihr mir jedes verdächtige Wort sofort zu hinterbringen, ganz gleich, aus wessen Mund es kam. Dient mir treu, und ihr werdet es nicht bereuen. Vergeßt niemals, daß ich der Mächtigste bin. Denkt immer daran, wie es Metis ergangen ist!«

»Du kannst dich auf uns verlassen, Erhabener«, sprach Bia, und Kratos lachte. Insgeheim aber dachte Bia: Du kannst doch nicht alle verschlucken, du Narr!

»Und jetzt will ich mich ausruhen«, sagte Zeus. »Ich bin müde, und mein Schädel zwischen Schläfe und Stirn tut mir plötzlich so weh. Der letzte Schlag des Kronos hätte mich wirklich beinah zerspalten! Sicherlich haben Hestia und Hera die Wohnstatt schon hergerichtet. Ich werde jetzt hinübergehen. Ihr beiden bleibt selbstverständlich draußen. Ihr laßt euch überhaupt erst blicken, wenn ich es ausdrücklich sage. Ich muß es den andern erst beibringen, daß ihr meine Diener seid.«

Und er sagte: »Schlaft nur abwechselnd! Wacht gut!«

Er nickte den beiden zu und ging zur Wohnstätte hinüber. Sein Kopf schmerzte entsetzlich.

Höchste Zeit, daß ich mich ausruhe, dachte er. Ich bin ja vor Müdigkeit ganz durcheinander! Plötzlich aber mußte er denken, wer ihn wohl vor Kratos und Bia schützen sollte, wenn sie darauf sännen, selbst Herrscher zu sein. Dieser Gedanke quälte ihn noch, als er schon auf dem Lager von Moos lag, das Hestia bereitet hatte. Schließlich aber siegte die Müdigkeit, und er schlief ein.

III DIE ERSCHAFFUNG DER MENSCHEN

Veränderungen im Götterreich

So war das Reich der Götter errichtet, und Zeus wurde bald zum unbeschränkten Herrscher darin. Er konnte tun und lassen, was er wollte, ohne sich je verantworten zu müssen. Zwar berief er seine Brüder und Schwestern nach wie vor zur Ratsversammlung, doch dort wurde bald nur mehr geplaudert statt beraten, geschweige denn entschieden oder gar Rechenschaft verlangt. Das behagte Zeus sehr, und am meisten gefiel ihm, daß sich diese Entwicklung beinah von allein so günstig vollzog.

Zunächst war der Rat von Anfang an unvollständig. Der Älteste der Geschwister, Hades, fehlte immer. Er konnte zwar wieder leidlich sehen, doch die Sorge um seine Frau hielt ihn von der Oberwelt fern. Kore, die seit der Ankunft der Titanen Hügelsitz und Lager mit ihm teilte, war nämlich unglücklich gewesen, daß sie ihre Stammesgefährten bewachen sollte, anstatt mit ihnen im seligen Halbschlaf dahinzudämmern, darum hatte sich Hades aus Gaias Wald einen dreiköpfigen Hund namens Kerberos eingefangen und als Wächter vor die Flußschleife seines Reiches gesetzt. Doch nun graute es dem zarten jungen Mädchen dermaßen vor diesem Ungetüm, daß Hades sie nicht mehr allein lassen mochte. So erschien er nie zur Ratsversammlung. Er entschuldigte sich, das Licht des Gletschereises nicht zu ertragen, und Zeus gestand dem Ältesten, dessen Einfluß auf die Geschwister er fürchtete, gern das ständige Fernbleiben zu.

Auch Poseidon erschien nicht regelmäßig. Er fühlte sich in seinem muschel- und perlengeschmückten Korallenpalast vor der kretischen Küste so wohl, daß er ihn nur ungern verließ. Dort lebte er mit seiner Frau Amphitrite, einer der Töchter des alten Okeanos, und drei Kindern: dem grünhaarigen und grünschuppigen Triton, der vom Scheitel bis zum Nabel ein

Gott und vom Nabel abwärts ein Delphin war; der wie eine Qualle pausbäckigen und pausbäuchigen Rhode und der schlanken, in Gischte und Wirbel und Strudel vernarrten Schwimmerin Benthesikyme, seinem Lieblingskind. Es war ihm viel angenehmer, mit ihr durch die Brandungen zu tollen, als im Rat zu sitzen, und auch die stille Demeter fand es in ihrem blühenden Reich erfreulicher als auf dem kalten Olymp. Prometheus wiederum wurde von Zeus in die entlegensten Teile des Weltalls geschickt, um dort nach dem Rechten zu sehen. Nun hätten ja die Sterne und Monde und Sonnen auch ohne sein Zutun in ihren Bahnen gekreist, doch Prometheus bereiste gewissenhaft auch die fernsten Himmelskörper, denn er war neugierig, ob er auch anderswo im weiten All einen Wald mit lebenden Wesen antreffen würde. Bislang hatte er noch kein Gestirn entdeckt, das darin der Erde glich oder auch nur ähnelte, doch diese Mißerfolge spornten ihn nur noch mehr an, selbst die abseitigsten Bezirke durchzustöbern. Das kostete natürlich viel Zeit, und darum fehlte auch er immer öfter. Eigentlich waren mit Zeus nur Hera und Hestia ständig im Rat anwesend. Hestia sagte dort überhaupt nichts, und Hera nickte beflissen zu jedem Wort ihres Gemahls. Da aber auch Poseidon und Demeter nur danach trachteten, möglichst schnell wieder in ihr Reich zurückzukehren, waren auch sie mit allem einverstanden, was Zeus vorbrachte. Das war dem nur recht.

Besser konnte es gar nicht kommen, sagte er sich.

Am Anfang hatten die Zusammenkünfte noch den Schein einer echten Beratung gewahrt.

»Hyperion hat mich gebeten, ihn wieder die Sonnenpferde führen zu lassen. Was meint ihr dazu?« so hatte Zeus in der ersten Ratsversammlung seine Geschwister gefragt, doch auch sofort seine Meinung hinzugefügt: »Ich bin dagegen, daß wir ihm das gestatten. Die Titanen müssen im Dämmerschlaf bleiben! Die Sonnenpferde finden den Weg durchs Himmelsgelände auch allein. Unser Bruder Poseidon sollte sie morgens ausschicken und abends wieder einfangen. Ihre Höhlen liegen ja am Saum seines Reiches, er brauchte von seinem Palast nur hinüberzugehen. Was meint ihr dazu?«

So war er verfahren, und die Geschwister hatten seinen Vorschlag gebilligt, vor allem Poseidon, denn der liebte Pferde und träumte davon, eine

Schimmelherde zu züchten, die fischgleich im Wasser leben konnte. In der nächsten Ratsversammlung dann hatte Zeus nur mitgeteilt: »Liebe Geschwister, ich habe, wie ihr vielleicht schon bemerktet, die Atlassöhne Kratos und Bia in meine Dienste genommen. Prometheus ist oft sehr lange fort, und da brauche ich einfach zwei Gehilfen, und die beiden scheinen mir recht anstellig. Ich bitte euch, sie zu unterstützen, wenn sie in eurem Bereich etwas ausführen müssen.« Da war Poseidon zwar stutzig geworden, und er hatte sich vorgenommen, Bedenken gegen eine solche Verwendung der beiden Feinde zu äußern, doch Zeus hatte eine Erörterung gar nicht erst zugelassen.

Schließlich eröffnete er die Beratung mit solchen Worten: »Liebste Schwestern und Brüder, ich glaube, es gibt diesmal keine besonderen Ereignisse, über die wir reden müßten. Laßt uns die schöne Zeit des Wiedersehns besser nutzen, laßt uns essen und trinken und fröhlich sein!« Während er dies noch sprach, klatschte er schon in die Hände, und Hestia trug Nektar und Ambrosia auf, und sommers eilte Demeter ins Tal, die saftigsten Früchte zu pflücken. Dann tafelten die Götter und lachten und scherzten und erzählten einander von ihren Heldentaten in der großen Titanenschlacht, und Poseidon, Hera und Zeus prahlten auch mit Leistungen, die sie gar nicht vollbracht hatten, etwa gegen die Hundertarmigen. Poseidon schrie, daß er mindestens sieben Köpfe auf jede Zinke seines Dreizacks gespießt habe, und Hera wollte die Hälse der Ungeheuer dermaßen durcheinandergeknotet haben, daß sie sich gegenseitig die Nasen abgebissen hätten. Zeus schließlich hatte sie alle mit den bloßen Fäusten erwürgt. Daß Kronos sich den Ungeheuern freiwillig gestellt und damit die tapferste Tat dieses Kampfes begangen hatte, erwähnte keiner.

Das gefiel Prometheus nun gar nicht, doch weil auch er keinen Streit wollte, erschien er immer seltener zu diesen Mahlen und hauste im Wald. Er wurde schließlich gar nicht mehr eingeladen. Nur manchmal bat Zeus, daß Prometheus ihm den stärksten und feurigsten Nektar braue, denn sein Kopf schmerzte oft dermaßen, daß es kaum zu ertragen war.

Doch auch der betäubendste Nektar verschaffte bald keine Linderung mehr.

»Könntest du nicht Gaia fragen, ob sie ein Kraut gegen meine Schmerzen kennt?« fragte er schließlich seinen Gehilfen.

Der zuckte bedauernd die Schultern.

»Ich hab's schon versucht«, antwortete er, »aber Gaia zeigt sich mir nur selten; sie ist ganz kleinwinzig geworden und wackelt nur noch mit dem Kopf und schweigt und versinkt.« Das war aber nur die halbe Wahrheit. In Wirklichkeit hatte Gaia gesagt, daß sie Zeus zürne, weil er ihre Kinder, die Hundertarmigen, wieder eingesperrt hatte und ihr liebes armes Söhnlein Kronos dazu. Auch war sie böse, daß ihr Enkel sie niemals besuchte, obwohl er ihr so nahe war. Aber das alles verschwieg Prometheus. Er ahnte, daß Zeus nicht aufrichtig zu ihm war, und fühlte sich ihm gegenüber auch nicht zur vollen Wahrheit verpflichtet.

Das hieß jedoch nicht, daß Prometheus den Olymp nun gänzlich mied. Er besorgte Nektar und Ambrosia, lehrte Hestia verschiedene Arten, diese Speisen zuzubereiten, und kam gern zu Gast, wenn die Götterfamilie einen Zuwachs feierte. Das war immer recht spaßig, denn die Kinder der Götter kamen sprachbegabt und ziemlich verständig auf die Welt, wenn sie auch bei der Geburt wie ein Säugling klein waren. Es nahm sich dann höchst drollig aus, wenn so ein zehenlutschendes Strampelchen ganz ernsthaft sagte: »Nein, ich möchte noch nicht zur Nachtruhe gehen, ich möchte mich durchaus noch unterhalten!« Dieser Zustand dauerte allerdings nicht lange, denn die Kinder wuchsen in wenigen Tagen nah an die Größe ihrer Eltern heran. So riesenhaft wie die Titanen wurden die Götter aber nicht mehr, denn die Eltern hatten zu lange Zeit im engen Herzen des Kronos zugebracht und dadurch an Wachstumskraft eingebüßt. Sie erreichten höchstens Palmen- bis Pflaumenbaumgröße, und das erbte sich auf die Kinder fort.

Als ersten brachte Hera einen Sohn zur Welt, Ares, einen wüsten und gänzlich unverträglichen Gesellen von bärenhaft starkem Rumpf und ungeschlachten Gliedmaßen, mit denen er sofort wie ein Mistkäfer um sich zu hauen begann. Ihm folgte eine anmutige Tochter, Hebe, die sich eng an Hestia anschloß und der es bald die größte Freude machte, die Drusen mit Nektar und Früchten zum Mahl aufzutragen. Sie neigte dabei den Kopf vor jedem Bewirteten und sagte lächelnd zu ihm: »Laß es dir gut schmecken!«

Diese Freundlichkeit war neu und gefiel allen. Es schmeckte dann wahrhaftig doppelt so gut. Nur Ares murrte unentwegt.

»Ich möchte was anderes«, maulte er.

»Was denn?« fragten Hebe und Hestia geduldig.

»Weiß nicht«, knurrte Ares, »was anderes!« Als er aber eines Tages gewahrte, wie zwei Geier einen Fasan zerrissen, leckte er das Blut vom Stein auf und sagte: »Das schmeckt! Das ist süß und warm! Das will ich!«

Seit dieser Stunde folgte er den Raubtieren und fraß mit ihnen rohes, blutiges Fleisch. Den Göttern ekelte davor, und sie verachteten ihn, und Hestia nannte ihn Ares den Blutsäufer. Doch er lachte zu dieser Schelte und sagte: »Ihr wißt ja gar nicht, was gut ist.«

Er versuchte sogar, in den Wald zu ziehen und dort zu leben, doch er war so unverträglich, daß sich alle Tiere zusammenfanden und ihn verjagten. Was einen Stachel hatte, stach ihn, was einen Zahn hatte, biß ihn, was einen Huf hatte, trat ihn, und was eine Kralle hatte, kratzte ihn. Sogar der scheue Maulwurf schloff aus seinen Gängen und kniff ihn in die Ferse. Von dieser Stunde an haßte Ares das Leben und jauchzte laut, wenn er ein atmendes Wesen zugrunde gehen sah.

»Ich werde euch alle umbringen, wartet nur!« drohte er manchmal. Doch da er ebenso feige wie grausam war, traute er sich nicht mehr in den Wald hinein.

Nach Hebe kam ein Zwillingspaar zur Welt, Schwester und Bruder, die Zeus Artemis und Apollon nannte. Beide waren überaus verständig und schön und schienen einer anderen Art zu entstammen, denn sie trugen anstatt des straffen schwarzen Haares der Götter Locken: Apollon blaue und Artemis silberne. Sie liebten Tiere über alles. Apollon lernte bald die Sonnenpferde führen, und Artemis wurde Waldhüterin. Es machte ihr Spaß, mit den Hirschen und Antilopen um die Wette zu laufen, sie fürchtete sich aber auch nicht, ein Wolfsrudel zu hetzen. Nur den großen Katzen ging sie aus dem Weg, nachdem sie einmal von einem wütenden Löwen angesprungen worden war. Zwar borgte sie sich dann und wann von ihrem Vater Zeus das Schwert aus, doch anzugreifen wagte sie diese geschmeidigen Räuber auch dann noch nicht.

»Ich möchte ein Schwert haben, das zehnmal so lang ist wie dieses da«, sagte sie zu ihrem Bruder. »Dann könnte ich die Raubkatzen niederhalten, bevor sie mich anspringen. Ich möchte gar zu gern eine lebendig fangen! Sich dich doch um, ob irgendwo solch ein Schwertbaum wächst.«

»Aber solch ein Schwert wäre viel zu unhandlich, Schwester«, erwiderte Apollon, »du könntest es nicht heben, geschweige denn schwingen. Doch ich will gern darauf achten, ich komme ja mit meinen Sonnenpferden rund um den Planeten.«

Eines Tages entdeckte Apollon am Strand einer entlegenen Insel ein Mädchen, das singend im Meerschaum badete. Die Insel hieß Zypern und duftete von Rosen und Honig, und das Mädchen, das dort badete, war das schönste Geschöpf, das Apollon je gesehen. Er war so bezaubert, daß er die Pferde anhielt und zu ihr hinunterstieg.

»Wer bist du?« fragte er hingerissen.

»Ich bin Aphrodite«, sagte das Mädchen. Sie badete nackt im Meer und wiegte sich, da sie sprach, in den Hüften.

»Wer sind deine Eltern?« fragte Apollon. »Bist du eine Göttin oder eine Titanin?«

»Ich weiß es nicht«, antwortete das Mädchen. »Mit einem Mal war ich da, und das Meer schäumte, doch es war roter Schaum, und große, rote Tropfen sanken in die Tiefe. Dann wurde der Schaum weiß und hob mich empor und trug mich hierher ans Land. Seitdem bin ich da.« Sie drehte sich langsam um sich selbst. »Gefalle ich dir?« fragte sie.

Apollon nickte.

»Dann nimm mich doch mit«, bat Aphrodite. »Ich bin so allein, das macht keinen Spaß. Du gefällst mir auch. Ich will dich küssen.«

Da nahm Apollon das Mädchen mit auf den Olymp.

Als Zeus die Schaumgeborene – denn das bedeutete der Name Aphrodite – erblickte, befahl er, ihr einen Platz in der Götterwohnstatt einzuräumen. Hera wurde darüber unwillig. Sie fürchtete, daß dies Mädchen ihr den Gatten abspenstig machen könne. Es war das erste Mal, daß sie Zeus widersprach. Sie schimpfte und schrie und stampfte mit dem Fuß auf. Schließlich mußte sie nachgeben, doch sie war Aphrodites unversöhnliche Feindin geworden. Ihr Haß gegen die Neue war so groß, daß sie die Geschwister, ja selbst die Kinder bei jeder Gelegenheit aufzuwiegeln versuchte.

»Ist es nicht schändlich, beste Schwester«, sprach sie etwa zu Demeter, »unsere gute Mutter Rhea, die so viel für uns getan hat, darf uns nicht besuchen, weil sie eine Titanin ist; dieses hergelaufene Ding aber, das nicht einmal weiß, von wem es abstammt, soll bei uns als Gleichgeborene gelten! Findest du nicht, daß sich unser Bruder sehr viel herausnimmt? Wir sollten uns das nicht so einfach gefallen lassen.«

»Mir behagt diese Neue auch nicht«, stimmte Demeter zu, »sie ist so entsetzlich schamlos und frech.« Auch Artemis, ja sogar die gefällige Hebe mochten Aphrodite nicht leiden und grollten Zeus, daß er sie bevorzugte und immer nur sein liebes Kind nannte.

»Sie ist faul«, sagte Hebe. »Sie stinkt vor Faulheit wie ein fetter Hering. Sie tut nichts anderes als herumliegen und sich strecken und recken und ihr Gesicht im Spiegel des Bergsees betrachten. Ich habe sie gebeten, mir beim Saubermachen der Drusen zu helfen, aber sie hat nur verächtlich die Nase gerümpft.«

»Sie ist uns fremd«, sagte Artemis. »Man versteht ihre Sprache ja kaum, das ist so ein merkwürdiges Gelalle. Und ihre Haut ist so weiß, daß es nicht mehr anzusehen ist! So weiß wie sie ist nicht einmal ein Erdwurm. Was Vater und Bruder an ihr finden, begreife ich nicht.«

»Dazu haben wir Zeus nicht Gehorsam gelobt«, sagte Hera. »Vielleicht vergafft er sich demnächst in eine Kuh und schleppt sie herauf. Es ist wahrhaftig eine Schande! Wir sollten überlegen, was da zu tun ist.«

Sogar Poseidon, wiewohl er ein Mann war, lästerte über Aphrodite. Er war neidisch auf Zeus und glaubte, daß die Meerentstammte eigentlich ihm gehören müsse. Weil er aber gegen den mächtigen Bruder nichts sagen mochte, schimpfte er über dessen Begünstigte. »Sie ist dumm, faul, fremd, frech und ausnehmend häßlich«, entrüstete er sich. »Ich glaube gar, sie ist eine Tochter der Hundertarmigen!«

Einzig Hestia sprach für Aphrodite. Sie meinte: »Ob weißhäutig oder frech, sie ist nun einmal da, und so schlecht ist sie auch nicht. Haltet doch Frieden mit ihr, gute Geschwister!«

»Zeus hat zuerst den Frieden gebrochen«, erwiderte Hera. Sie packte Hestia an den Haaren und zischte: »Hör zu, stolze Schwester mit dem losen Maul. Wenn du dem Bruder oder der Hergelaufenen nur ein Wort von dem sagst, was wir hier geredet haben, dann binde ich dir einen Stein um den Hals und werfe dich in die schwärzeste See! – O was hast du für schönes Haar, liebste Schwester«, so fuhr sie fort und strich mit der Linken über Hestias Haar, das die Rechte gepackt hielt. Der stumme Kratos war unvermutet in ihrer Nähe aufgetaucht und spitzte die Ohren.

»Dein Haar ist so schön wie deine Sanftheit, vielliebe Schwester«, sagte Hera laut. »Wie weise von unserem Bruder Zeus, daß er dich zur Hüterin unseres Heimes gemacht hat! Er ist eben unser Klügster und Bester, und ich bin so unsagbar stolz, daß er mein Gemahl ist. Um seinetwillen liebe ich auch die schöne Aphrodite.«

Da fuhr Poseidon wütend ins Meer hinunter. Der stumme Kratos aber wackelte mit den Ohren und lachte.

Hephaistos

Nach diesem Vorfall verbarg Hera ihren Groll, obwohl Zeus Aphrodite immer mehr umschwärmte und gegen seine Geschwister immer unleidlicher und anmaßender wurde. Sie fühlte in ihrem Leib wieder ein Kind wachsen und hoffte es von solcher Anmut und Wohlgestalt, daß Zeus sie aufs neue liebgewinne. Aber als dann dies Kind auf die Welt kam, war es mickrig und krumm und am ganzen Körper mit rötlichem Haar bewachsen. Angeekelt betrachtete Zeus den Kleinen, der rotzottig in einem Bett aus Moos lag.

»Was ist denn das?« sagte er entrüstet. »Das ist doch kein Gott! Das ist doch eine Spottgeburt! Wer weiß, mit wem du dich da eingelassen hast, Hera! Hat einer der Hundertarmigen dich umarmt? Ich jedenfalls bin von so etwas nicht der Vater!«

Da weinte Hera, so wie das stumme Salz weint. Ihre Tränen quollen nach innen und schwemmten ihr Gesicht auf, und ihre Worte erstickten.

»Antworte«, schrie Zeus, »von wem ist dieser Balg?«

Heras verschlossene Lippen wurden grau.

»Sieh ihn dir an«, sprach Zeus und riß das Kind an der Ferse roh in die Höhe. Das Kleine quiekte, und sein flaches Hinterteil stank. »Sieh ihn dir an«, brüllte Zeus angeekelt, »rothaarig, dürr und wacklig, das ist keine Götterart! Aaah, und nun bemacht er mich auch noch! Fort mit dieser Mißgeburt!«

Er wirbelte das Stinkerchen über dem Kopf und schleuderte es vom Olymp. In diesem Augenblick wünschte Hera, daß sie nie das steinerne Herz des Kronos verlassen hätte, und im nächsten Augenblick wünschte sie, daß sie Zeus so an der Ferse halte wie er ihren Sohn und daß sie ihn durch das Erdreich hindurch in die ewige Finsternis schleudern könne und er in der Nacht begraben sei. Sie dachte ihm an die Kehle zu springen, so wie ein Tier dem Feind seiner Brut an die Kehle springt, doch da sie sah, wie er sich die Finger mit dem Moos des Bettes putzte, wurde ihr Haß so eisig, daß sie wieder ruhig denken konnte.

Ich muß die Geschwister gegen ihn aufbringen, und wir müssen uns mit Prometheus verbünden, schwor sie sich. Diese Zeusherrschaft darf nicht weiter dauern! Und sie dachte: Wir müssen auch die Kinder einweihen, und wir müßten Kratos und Bia gewinnen. Die sind natürlich auch in diese spreizbeinige Aphrodite verschossen, und sie sollen sie haben! So werde ich mich doppelt rächen.

Langsam erhob sie sich. Ihr Leib schien ihr über die Maßen schwer, und sie kam nur mühsam auf die Knie. Zeus sah es mit an, ohne ihr zu helfen. Er war fest überzeugt, daß Hera ihn betrogen hatte, und da er seinen Brüdern eine solche Missetat nicht zutrauen wollte, fiel sein Verdacht auf Prometheus.

Ich bin viel zu arglos und mild zu ihm, dachte er wütend, wer weiß, welche Ränke er heimlich spinnt! Sicherlich trachtet er nach der Herrschaft und hat sich deshalb an Hera herangemacht. Mich so zu hintergehen! Das soll er mir büßen! Ich werde schon Mittel und Wege finden, es ihm zu beweisen und heimzuzahlen. In heller Wut ging er weg, um Kratos und Bia einzuschärfen, künftig kein Auge von Prometheus zu lassen.

Als er fort war, fühlte sich Hera leichter. Sie sah auf das Moos, darauf der

Säugling gelegen, und plötzlich mußte sie denken, daß er wirklich abscheulich von Gesicht und Gestalt war. Es kann mit der Kraft des Zeus nicht so weit her sein, wenn er solch einen Sohn in die Welt setzt! dachte sie. Seine Knochen waren mürb und die Rippen ganz eingefallen! Ich hätte nur meine Plage mit ihm gehabt. Nun, er ist ja unsterblich, so wird er wohlbehalten bei Gaia landen, und die wird schon irgendwie für ihn sorgen. Schließlich ist er ja ihr Urenkel, und sie kann ruhig auch etwas für ihn tun. Mag er bei ihren Ziegen aufwachsen, das ist wohl wirklich das beste für ihn. Ich werde Artemis gelegentlich fragen, ob sie ihn da unten gesichtet hat.

Nun, da sie ruhiger wurde, liefen ihr die Tränen aus den Augenwinkeln. Sie wischte sie mit dem Handrücken fort, dann beschaute sie sich in einem spiegelnden Bergkristall. Ich bin ja ganz verheult und häßlich! dachte sie. Auch das wirst du mir büßen, Zeus! Mich so zu beleidigen! Mir nachzusagen, ich hätte mich mit den Hundertarmigen eingelassen!

Sie wusch sich mit kaltem Wasser und fühlte befriedigt, wie ihre Haut sich wieder spannte. Wenn ich Prometheus besuche, dachte sie, kann ich doch nicht aussehen wie eine Krähe! Doch wie komme ich nur unbewacht zu ihm? Dieser gräßliche stumme Kratos folgt mir ja auf Schritt und Tritt. Ich muß ihn ablenken, aber wie, aber wie?

Indes flog der Neugeborene durch die Lüfte im Bogen übers kretische Meer nach Afrika hin und kehrte, da der Wurf so gewaltig gewesen, auf sinkender Bahn nach dem Norden zurück. Er flog drei Tage und drei Nächte, dann fiel er auf eine Insel nieder, die Lemnos heißt. Sein Aufprall schlug einen Krater in den Boden, und wenn er auch unsterblich war, so brach er sich doch die Knochen der rechten Hüfte und des rechten Schenkels. Vor Schmerzen stöhnend, unfähig zu schreien oder sich zu rühren, lag er auf einem Feld voller Kiesel und Disteln. Plötzlich hörte er ein meckerndes Lachen. Vor ihm stand, so groß wie ein Rabe, eine schwarze, verrunzelte Frau.

»Werft ihr euch schon gegenseitig aus eurem Nest, ihr herrlichen Götter?« so lachte die Alte. Vor Schreck hörte Hephaistos zu ächzen auf. Die Alte wackelte mit dem Kopf. »Wie gut, wie gut zur eigenen Brut«, meckerte sie und sprach dann ganz leise: »Keines meiner Geschöpfe würde so handeln, nicht mal der Schakal, nicht mal der Schakal!«

»Nicht mal der Schakal«, wiederholte sie.

Wäre Hephaistos nicht in einer so trostlosen Lage gewesen, hätte er sicherlich aus Angst vor der Alten keinen Ton hervorgebracht. Doch nun wimmerte er: »So hilf mir doch!«

»Hilf dir doch selbst, du Gott!« erwiderte Gaia. Sie hatte dies dermaßen barsch und befehlend gesprochen, daß Hephaistos sich aufzurichten versuchte. Er stützte sich auf den linken Arm und hob die Brust ein Stückchen über den Boden, doch als er das rechte Bein anziehen wollte, sackte er auf den gebrochenen Knochenhals nieder und heulte nun stoßweise in wildester Pein.

»Da liegst du nun, Schmerzenskind«, sagte Gaia scheinbar ungerührt, »da liegst du, und meine geringsten Geschöpfe, die Würmer und Wanzen, könnten dich zernagen.« Sie stieß ihn mit dem Finger in den Rücken. Hephaistos bangte, sie wolle ihn quälen, doch Gaia tastete geschickt die Wirbel und Rippen, dann die Schultern, den Hals und das Becken ab.

»Da unten ein Knochen, der ist zerbrochen«, murmelte sie und fügte hinzu: »Mach dir einen neuen, das wird dich freuen.«

»Du verspottest mich«, stöhnte Hephaistos, »wie könnte ich das!«

Ein Krächzen scholl aus der Luft.

»Schau nicht so dumm drein, hier wächst doch ein Bein«, sagte Gaia und zeigte auf ein Bäumchen, in dessen kargem Schatten der Herabgeworfene lag. Es war nur ein kleiner Kastanienbaum, der noch keine Frucht trug, jedoch sein Stamm war grade und fest und zweigte sich gleichmäßig gekrümmt zur Gabel zweier Äste aus.

»Da«, sagte Gaia und riß ganz ohne Mühe den Baum aus und warf ihn neben Hephaistos.

»Das da ist dein. Nun mach dir ein Bein!« verlangte sie.

Und sie schrie, da Hephaistos sich nicht rührte, nun ohne zu reimen: »Glotz nicht so blöd, das hilft nicht! Kümmre dich!«

Verständnislos blickte Hephaistos sie an. Er begriff nicht, was er mit dem Bäumchen sollte, und er wollte auch gar nichts mehr begreifen. Ihn begann zu frieren: Der Schmerz, die Angst und die bittre Verzweiflung hatten sich wie Eis in seine Haut und in sein Herz eingefressen, und diese Kälte lähmte ihn. Gaia sah ein, daß der Kleine nichts mehr wahrnehmen konnte. So hockte sie sich neben ihn und schnitzte und schnitt mit einem scharfkantigen Feldstein das Bäumchen zu einer Krücke zurecht, dann säbelte sie mehrere Äste ab und schnürte sie mit Schlingpflanzen als Schienen so um Bekken und Schenkel, daß die Knochenenden gegeneinandergepreßt wurden und wieder zusammenwachsen konnten. Der Verletzte begriff, daß die Alte ihm trotz ihrer Bärbeißigkeit offensichtlich wohlwollte, und hielt sich tapfer. Als die Knochen geschient waren, fühlte er sich ein wenig besser, und er versuchte sogar zu lächeln. Er hoffte, jetzt ruhig hier liegen zu können, doch Gaia schob ihm die Krücke unter die Achsel und hebelte ihn auf das heile Bein. Wieder begann der Schmerz niederzuschießen, und wieder wimmernd stand Hephaistos da.

»Vorwärts, nun geh!« forderte die Alte.

»Sei doch barmherzig und quäl mich nicht«, bat der Vielgeplagte. »Ich habe entsetzliche Schmerzen, und mir ist so kalt.«

»Ich *bin* barmherzig«, erwiderte Gaia, »oder soll ich dich hier liegenlassen? Die Geier warten ja schon auf diesen Schmaus. Vorwärts, ich werde dich zwingen, dir selbst zu helfen, du schwächster und siechster der unsterblichen Götter! Schneid keine Fratzen, du wirst schon begreifen, was Großmutter Gaia dir Gutes tut! Vorwärts mit dir!«

Sie schritt davon, ohne sich nach Hephaistos umzuschauen. Die Geier am Feldsaum krächzten und nickten. Hephaistos packte das Grauen. Es blieb ihm nichts anderes übrig, als hinter der Uralten herzuhumpeln. Die ersten Hüpfer schmerzten entsetzlich, doch er lernte die Krücke handhaben und hielt, wenn auch stöhnend, mit der immer schneller Dahingehenden Schritt.

So wanderten sie über das öde Feld, spannengroß die Alte, säuglingsklein der Humpler, und die Disteln klirrten über ihren Köpfen. Nach einer Weile kamen sie in einen Wald, und war es bisher über Stock und Stein gegangen, so ging es nun über Wurzel und Strunk.

»Na siehst du«, brummte Mutter Gaia, ohne sich umzuwenden, »na siehst du, es geht ja! Not und Leid machen manchen gescheit.«

Sie hatte diese Worte zur richtigen Zeit gesprochen, denn Hephaistos war nahe dem Zusammenbrechen, doch nach diesem Lob der Alten überkam ihn ein unerklärlicher Stolz, und der hielt ihn aufrecht, bis sie an einen Erdspalt gelangten, dem – wie im kretischen Wald – gelber Rauch entquoll. Gaia schritt hindurch, und Hephaistos, der hinter dem Rauch das Glück des Ausruhns, der Wärme und der Geborgenheit witterte, folgte ohne Zögern. Und wirklich gelangte er schon nach wenigen Schritten zu einer geräumigen Höhle, in deren Mitte ein Feuer sprang.

Überwältigt blieb der Kleine stehen.

Es war das erste Mal, daß er Flammen sah. Er kannte bislang nur das langsam den Himmel durchwandernde Feuer der Sonne, dessen Wärme ihn während seines Fluges dreimal goldrot und tröstlich umflutet hatte. Doch diese Glut war blendend und ferne gewesen, unerträglich dem Auge und darum eigentlich gestaltlos, hier aber hüpfte in nächster Nähe ein lustiges Wesen und züngelte mit Dutzenden Zungen und stimmte mit Dutzenden Stimmen prasselnd und knisternd und sprühend ein Liedchen an …

Hephaistos stand wie gebannt. In den Götterwohnungen gab es kein Feuer, wiewohl der Herbst schon zur Neige ging. Nicht, daß die Götter die Wärme nicht brauchten, sie waren nicht so gänzlich empfindungslos gegen Kälte wie einst die Titanen, doch es genügte ihnen zur Not noch im härtesten Winter, sich so tief ins Mooslager zu verkriechen, daß nur die Nasenspitzen heraussahen. Da lagen sie dann, Zeus, Hera, Ares, Apollon und all die andern, und bibberten und sehnten sich nach dem Frühling. Daß man das Feuer zähmen und in der Wohnung halten konnte, wußte außer der Alten noch keiner, auch nicht Prometheus.

So war denn Hephaistos des Staunens übervoll; mit offenem Mund und leuchtenden Augen stand er vor den tanzenden Flammen und wagte sein Glück zu begreifen, sich in Gesellschaft dieses fröhlichen Burschen zur nicht mehr erhofften Ruhe zu strecken. Nun, so dicht vor dem Ziel, schien ihm alle Mühsal ein böser Traum; vor Erschöpfung zwar zitternd und dennoch selig, hüpfte er einen Schritt, den letzten Schritt dieses Qualenwegs, näher und brüllte zugleich schon weh und ach.

»Au«, brüllte er, »das Ungeheuer hat mich gebissen! Rrraahh, es beißt!«

Ein gelbes Zünglein beleckte die nackte Sohle seines geschienten Beines;

Hephaistos hob die Krücke, nach ihm zu schlagen, und stürzte neben das Feuer auf den gebrochenen Hüftknochen hin. Die Krücke entfiel ihm und rollte in die Glut, doch das sah er nicht mehr. Vom Schmerz zerstochen, in der grenzenlosen Verlorenheit der Enttäuschung, begann er lautlos zu weinen, aber auch Gaia liefen die Tränen über die Backen. Sie weinte vor Lachen, und sie wurde ein wenig jünger und größer dabei.

Plötzlich aber gab sie sich einen Ruck und begann laut zu schmähen.

»Was fällt dir ein, verbrennst dein Bein!« fuhr sie Hephaistos an, der ohnmächtig zu werden drohte. Aus der nahen Erlösung noch einmal aufgeschreckt, schaute der Kleine durch den Tränenschleier ins Feuer und sah seine Krücke in der Glut. Die Rinde war an mehreren Stellen der Länge nach aufgeplatzt, und aus dem weißen Kernholz verzischte der Saft in blaue Flämmchen. Aber Hephaistos rührte sich nicht. Mochte das Feuer die Krücke fressen, mochte es ihn fressen, mochte es die Höhle und alle Welt fressen, wenn nur seine Marter zum Ende kam! Denn er *war* am Ende: Der Sturz aus der innigsten Hoffnung auf Ruhe und Frieden in dieses Feuerloch mit der furchtbaren Alten, die ihn nun rüttelte und stieß und unentwegt anschrie, in die Flammen zu fassen, war noch schrecklicher als der Sturz vom Olymp auf das Distelfeld.

»Hol es!« schrie die Alte. »Hol es heraus!«

Ihre Stimme hackte und kreischte, und auf ihrem schwarzen, zusammengeschrumpften Gesicht tanzte düsteres Rot.

Schlimmer konnten wohl auch jene Geier nicht sein und ihre Schnäbel und Krallen nicht spitzer als diese pausenlos ins Ohr hackenden Worte: »Hol es! Hol es schon! Hol es heraus!«

Wäre er doch auf den Steinen liegengeblieben, er hätte jetzt alles überstanden! Die Alte stieß ihn.

»Hol es! Hol es heraus!«

Ihr Schreien hatte die nahende Ohnmacht verscheucht, und nun, im Wachsein, war es unerträglich. Hephaistos begriff, daß er nur zur Ruhe kam, wenn er den Willen seiner Peinigerin erfüllte. Ergeben griff er ins Feuer, die Krücke zu packen, und wieder heulte er auf, doch nun war es die Wut, die über Schmerz und Elend hinweg heulte. Sein Heulen war das

eines Wolfs, und all seine Kräfte versammelten sich in dem Wunsch, die Alte zu töten. Am Rand des Feuers lag ein Ast, der noch nicht brannte. Mit der angeschmauchten Hand griff Hephaistos nach ihm. Die Alte war ja nur spannengroß, da würde man auch im Liegen ihren Kopf treffen.

»Hol es! Hol es schon! Wirst du es holen!« Hephaistos packte den Ast, doch da er das Holz schwer in der Hand fühlte, sah er plötzlich nichts als die Krücke im Feuer, und er angelte sie, er hätte nicht sagen können, warum, mit einem verzweifelten Ruck heraus. Sie kollerte an seine Seite. Das Feuer schnappte nach ihr, doch sie entfloh ihm; die Flämmchen über der zerrissenen Rinde erloschen, nur am Krückenende bleckte Glut. Die Höhle war plötzlich still, doch Hephaistos hörte die Stille nicht. Er faßte die glimmende, rauchende Krücke und zog sie an sich, und hätte die Alte noch töten wollen, er hätte es nicht gekonnt, denn er sah sie nicht mehr. Er sah nur, daß die Glut des Krückenendes erlosch, als sie sich, da er sie zog, am Bodenlehm scheuerte, und nun half er der Krücke, indem er sie hin und her schob, die Glut vollends zu besiegen. Die Krücke war doch sein einziger Freund in dieser Welt der Tücke und Niedertracht! Er drückte sie, wie versengt und geschwärzt sie auch war, voll Zärtlichkeit an seine Brust. Da aber umfing ihn auch Gaia und küßte ihn auf die Stirn und trug ihn behutsam vom Feuer weg und bettete ihn auf ein weiches Lager von Gräsern.

»Du hast es geschafft, Herzenskind«, rief sie fröhlich, »du hast es geschafft! Hast dir einen längeren Arm gemacht, du mein Kleiner! Du mein herziger Kluger, mein Humpelsöhnlein, mein Flammenbesieger, mein Hinkerchen! Mußt ja klug sein, Herzchen, bist ja ein Krüppel, da muß man lernen! Großmutter Gaia hat dich hart angefaßt, da magst du ihr grollen, aber wie herrlich hat sich's gelohnt! Nun weißt du schon mehr vom Feuer als deine ganze Verwandtschaft dort auf dem Olymp. Weißt, daß es beißt, und weißt, daß es frißt, und weißt, daß es atmet, und weißt, daß man's im Haus halten kann, das Biest, das Wilde, das Wunderbare! Und wie tapfer du warst, mein humpliger Held! Hast deinen Freund nicht umkommen lassen! Hast ihn gerettet trotz Schmerzen und Schrecken! Hast deine Kraft ausgeschöpft, du mein Hinkebeinchen! Nun aber ist wirklich alles gut!«

So plapperte die Alte und hatte dabei, den herausrinnenden Saft in einem

Steinschälchen auffangend, große fleischige Blätter zwischen zwei Steinen breiig geklopft, und nun legte sie behutsam die grünen Lappen um Becken und Schenkel des Verletzten und tropfte ihm den Saft in den Mund. Der schmeckte ein wenig bitter, und Hephaistos wollte ihn ausspucken, doch da einzelne Tropfen im Gaumen zerflossen, fühlte er seine Schmerzen schwinden, und so schluckte er alles und fühlte sich plötzlich leicht und lind. Aus der Erschöpfung war eine wohlige Müde geworden, Hüfte und Bein taten kaum mehr weh, nur die versengten Fingerspitzen kribbelten noch ein bißchen.

Glücklich bettete er die Krücke neben sich ins Gras.

Indessen plapperte Gaia weiter.

»Wirst lernen, Krüppelchen«, sagte sie, »wirst lernen, durchs harte Leben zu humpeln! Dort droben bei den faulen Unsterblichen lerntest du nichts. Mutter Gaia aber wird dir was beibringen, und wenn sie dich manchmal auch schilt und antreibt, wird's doch eine gute Schule sein. Wirst alle Kräfte kennenlernen, mein Söhnchen, die Kraft des Feuers, der Glut und der fauchenden Winde, die Kraft der Erze, Metalle und Steine – aber was rede ich viel, sieh doch selbst!«

Sie warf einen Armvoll Holz in die Glut. Das Feuer loderte auf und erhellte die Höhle. Hephaistos sah überrascht, daß die Wände gemustert waren. Lange, gewellte Bänder von dumpfem Braun und verhalten schimmerndem Graublau zogen sich übereinandergelagert rundum, und dazwischen glitzerten Simse weißer und schwarzer und gelber Kristalle, und aus tiefblauen Buchten quollen Trauben rötlichen und grünlichen Goldes.

Hephaistos klatschte in die Hände.

»Wie ist das schön!« sprach er andächtig.

»Was gefällt dir am meisten?« fragte Gaia.

»Mit den Steinen möchte ich spielen«, sagte Hephaistos. »Das Braun und Graublau aber möchte ich in den Händen halten und kneten.«

»Das sind meine Schätze«, sprach Gaia, »das ist ein Eckchen, ein Winkelchen meiner Schatzkammer, und ich will sie dir alle schenken und dich sie gebrauchen lehren, du mein Krüppel, du mein Gott! Sie sollen dir dienen, alle sollen dir dienen! Hast dir ein künstliches Bein gemacht, das kein

Dorn sticht und kein Splitter wund reißt, so wirst dir auch Finger schaffen, die Glut zu packen, eine Faust, die mächtiger dreinschlägt als deine, Nägel, die besser kratzen als die deiner Finger, und Zähne, die kräftiger nagen und schneiden als die bröckligen Beißerchen in deinem Mund! Nicht mehr aus Steinmulden sollst du trinken, nicht mehr in Felshöhlen hausen und in Moosbetten frieren, statt zwei Beinen sollst du ihrer sechs haben und sollst mit ihnen laufen können, wenn du auch sitzest oder liegst! Ach, dann werden sie zu dir kommen, die Götter, die dich verwarfen, Zeus, Hera, alle, und sie werden dich rühmen und preisen und werden dir schmeicheln und werden dich bitten, in ihrer Mitte zu wohnen und wieder der Ihre zu sein, aber dann lache zu diesen Reden, Söhnchen, lache, lache und bleibe bei deiner Mutter Gaia, die dich noch vieles lehren wird!«

Hephaistos nickte traumverloren.

»Ich werde dich nie verlassen, Großmütterchen«, sprach er.

»Dummkopf!« fuhr Gaia ihn an, »natürlich wirst du mir fortlaufen! Sie werden dich loben, sie werden dir schmeicheln, und du wirst ihnen folgen, mach dir nur nichts vor! Ich weiß auch schon, wie sie dich fangen werden, ich weiß schon, ich weiß, und ich bin ein altes Weib, ich werde dich nicht halten können! Doch genug geschwatzt! Ich will dir den ersten Unterricht geben. Heute sollst du die Erze kennenlernen. Siehst du da ganz unten das schwarzbraune Zickzackband, aus dem die stumpfe Schwere glänzt? Es enthält Eisen. Sprich nach: Eisen.«

»Mütterchen«, sagte Hephaistos flehend, »Mütterchen, ich habe auf einmal entsetzlichen Hunger. Ich bin drei Tage und drei Nächte durch die Lüfte geflogen. Ich komme um!«

»Ein Schmied muß essen, da hast du recht«, bestätigte Gaia. »Ich werde dir also Milch und Honig geben, Oliven, Leber und Blut und Knoblauch und ein wenig Wein, und dazu noch das Mark vom Bären und das Hirn vom Elefanten. Du sollst ein tüchtiger Schmied werden, Krüppelchen.«

Da lebte Hephaistos sieben Jahre bei Urgroßmutter Gaia. Sie lehrte ihn alle Künste und Kniffe seines Handwerks, und sie wurde dabei klein wie eine Maus. In diesen sieben Jahren gingen im Götterreich weiterhin Veränderungen vor sich. Die Willkür des Zeus gegen seine Geschwister nahm unentwegt zu und wurde zu manchen Stunden derart unerträglich, daß sie zu flüstern begannen, wie man sich dieser Herrschaft entledigen könne. Poseidon und Hades litten weniger, denn Zeus berief wegen seiner Kopfschmerzen keine Ratsversammlungen mehr ein, und die Götter der verschiedenen Bereiche kamen kaum mehr miteinander in Berührung. Aber das Herumgespitzel des Kratos und das freche Auftreten des Bia verstimmten auch die Herrscher des Meeres und der Unterwelt.

Es waren keine guten Jahre.

Hera sammelt ein Heer wider Zeus

Als Zeus den neugeborenen Hephaistos vom Olymp geworfen hatte, war Hera, da sie Prometheus nicht antraf, in den Korallenpalast unter dem griechischen Meer geeilt und hatte ihrem Bruder die grausame Tat ihres Mannes geklagt. »Es ist unerträglich, mit Zeus zu leben«, so hatte sie ihren Bericht geendet; Poseidon aber hatte nur mit den Schultern gezuckt.

»Wir haben frei gewählt, liebe Schwester«, sprach er, »da sollten wir uns jetzt nicht beschweren, daß jeder das, was er gewählt, auch bekommen hat. Du bist ja immer sehr stolz gewesen, unseres jüngsten Bruders Gemahlin zu sein und an seiner Seite zu sitzen und sein Lager zu teilen. Ich finde, du hast kein Recht, jetzt zu jammern.«

»Keiner von uns hat wissen können, daß Zeus sich dermaßen zum Übeln entwickeln würde«, entgegnete Hera aufgebracht.

Poseidon auf seinem Sitz aus Korallenstrünken blickte sie mit unverhohlener Spottlust an. Die Herrschsucht des Zeus war ihm zuwider, aber der Dünkel Heras nicht minder. Außerdem war er neidisch auf beide. Manchmal in den blauen, warmen Nächten, wenn die Sterne im Meer glänzten und ihr Leuchten aus der Tiefe ein goldrotes Funkeln und Sprühen lockte, träumte Poseidon davon, mit seiner Frau Amphitrite die Ersten der Götter zu sein und dies Amt gerechter zu versehen. Dann verfluchte er die Stunde, da er nur deswegen für Zeus als Anführer gestimmt hatte, um schnell in die kühle See zu kommen. Er malte sich dann auch aus, daß bei einer der nächsten Zusammenkünfte, wenn Zeus wieder einmal in blinder Wut herumschrie oder um sich schlüge, er aufstehen und gebieterisch sagen würde: »Schluß jetzt mit deiner Anmaßung, Bruder. Du bist nicht mehr würdig, unser Erster zu sein. Ein anderer muß deine Stelle einnehmen.« Und dann hörte er im Traum die Götter den Namen Poseidon rufen und sah sie vor sich knien und dem neuen Anführer huldigen, doch dann sah er plötzlich die starren Gesichter des Kratos und des Bia, und dann dachte er schnell: Ich bin Herrscher im Meeresreich, das ist eigentlich mehr als der Erste im Rate!

Manchmal träumte er wieder, daß die Raubfische sich zusammenrotteten, die Götter zu überfallen, und daß er mit seinem Dreizack all die Haie und Rochen und Kraken in blutigen Kämpfen besiege und die Geschwister als Dank für ihre Errettung ihn zum Anführer wählten. Am nächsten Morgen war dann der Traum verflogen und der Neid auf Zeus ein Stückchen gewachsen, und da Poseidon dem Bruder nichts anhaben konnte, nutzte er jede Gelegenheit, Hera oder sogar Aphrodite zu verletzen. Doch diese Genugtuung war immer schal und währte nie lange; er schalt sich dann stets, sich selber Feinde statt Freunde zu schaffen, und in seinen besten Stunden kam ihm sein Verhalten sogar schäbig vor. Mit welchem Recht durfte er sich je zur Wahl stellen, wenn er sich nicht besser als Zeus betrug; wie sollte er Anführer werden, wenn er die mächtigste Schwester gegen sich einnahm?

Und dennoch konnte er, da Hera nun weinend vor ihm saß, der Versuchung nicht widerstehen, ihr voll kalten Hohns zu sagen: »Ich meine, teuerste Schwester, daß jeder von uns sich in seinem Reich entwickeln kann, wie es ihm behagt, denn dazu ist er ja der Herrscher darin. Wenn dein Mann euer Kind nicht mag, was soll mich das kümmern? Ich *habe* Freude an meinen Kindern, und wenn der Bruder sich etwa an Benthesikyme vergriffe, wär das etwas anderes. Doch das wird er nie tun, und euer Krüppel geht mich nichts an.«

Und er hatte hinzugefügt: »Ich wünsche nicht, liebe Schwester, daß du je wieder solch heikle Gespräche mit mir führst. Zeus läßt mich in Frieden, und ich möchte in Frieden mit ihm leben. Wie du mit deinem Gemahl zurechtkommst, ist deine Sache; zieh mich da bitte nicht hinein.«

Kaum zu Ende gesprochen, hatte er sich über diese Worte geärgert, doch da war Hera schon voll verhaltener Wut weggegangen und hatte sieben Jahre schweigend ihren Groll hinuntergeschluckt. Nun aber saß sie erneut bei Poseidon und schüttete ihm abermals ihr Herz aus, doch diesmal klagte sie nicht nur ihr eigenes Leid.

»Wenn du mein Bruder bist«, sprach sie, »wenn du mein Bruder bist und unsre Verwandtschaft achtest, mußt du mich hören! Unser Anführer Zeus verliert den Verstand, das wissen wir auf dem Olymp schon lange, doch nun fängt sein Wahnsinn an, uns Geschwister insgesamt zu bedrohen, und deshalb komme ich zu dir. Daß er uns, die wir ständig um ihn sind, plagt und schindet, habe ich sieben Jahre geduldig ertragen, doch heute hat mich Zeus an den Haaren vom Thron gerissen und die Fremde, diese Hergelaufene, diese Tochter der Hundertarmigen, neben sich gesetzt! Sie sei etwas Besseres als wir alle, hat er erklärt, und dann hat er verlangt, wir sollten vor ihr hinknien und ihr die Füße küssen und ihr als Gebieterin huldigen, und weil wir das nicht wollten, hat er uns geschlagen: Hestia, Hebe, Artemis und mich, und –«

»Schwester«, so unterbrach sie Poseidon, der ihr anfangs mißtrauisch, doch schnell mit immer mehr sich verdüsternder Aufmerksamkeit zugehört hatte, »Schwester, ich finde diesen Vorfall auch unerhört, aber bedenke, daß der gräßliche Kopfschmerz und nicht etwa böser Wille unsern Bruder manchmal so tollwütig macht. Ich weiß ja von früher, daß er bei solchen Anfällen jede Besinnung verliert, doch hinterher tut es ihm leid, und er nimmt sich zusammen und bessert sich. Solltest du ihm nicht auch diesen Vorfall großzügig nachsehen? Er wird es dir später sicher danken.«

Die Langmut ihres Bruders ärgerte Hera. Daß ihre Worte sein Denken schon stachelten, sah sie ihm nicht an. Er ist ein Mann, dachte sie, und er ist auch in diese Schamlose vergafft wie Zeus oder Ares oder Apollon! Wenn ich sie weiter schmähe, wird er sie noch verteidigen! Sie sagte zögernd: »Und daß Zeus herumschreit, Kronos habe an seinen Geschwistern ganz richtig gehandelt, als er sie von der Herrschaft ausschloß, das wollen wir ihm dann auch verzeihen?«

»Das hat er wirklich gesagt?« rief Poseidon, und wenn es noch ungläubig

klang, klang es doch schon empört. Zeus hatte das nie gesagt, aber Hera nickte.

»Dann soll er mir Rede und Antwort stehen!« rief Poseidon. »Auf der Stelle gehe ich zu ihm.«

»Das wäre eine Torheit«, sagte Hera rasch, »er würde es natürlich leugnen. Es gäbe nur einen sinnlosen Streit, und er wäre gewarnt.« Plötzlich schluchzte sie auf und warf sich schluchzend an Poseidons Brust. »Ach, Bruder«, so schluchzte sie, »du hast ja keine Ahnung, wie es jetzt bei uns zugeht! Zeus tut, was ihm paßt, und treibt's immer toller, und eines Tages läßt er noch die Hundertarmigen auf uns los. Das sind keine Kopfschmerzen mehr, das ist der blanke Wahnsinn, und diese Meerkuh, die doch eigentlich *dein* Eigentum sein müßte, nutzt ihn gierig zu unserem Schaden aus.«

Heras Schluchzen wurde zum Wimmern, und ihr nasses Gesicht lag hilflos an ihres Bruders Brust. Poseidon war von ihrem Ausbruch erschüttert. Jeder Gedanke an Spott, aber auch jeder Gedanke, daß Hera lügen oder auch nur übertreiben könne, war dahin. Er drückte die Schwester an sich und dachte dabei: Nun mach dich bereit, du zweiter Sohn Rheas, deine Stunde ist nah! Wenn Zeus wirklich wahnsinnig ist und solche Pläne hegt, muß man ihn absetzen, und wer anders als du sollte dann Anführer sein! Doch da er dies dachte, sah er wieder die Gesichter des Kratos und des Bia. Er löste Heras Hände von seinem Hals und schritt langsam durch die Grotte und spähte in jeden Winkel und lüftete die Algenvorhänge und blickte auch in die schwarzen, ziehenden Tiefen. Dann wandte er sich wieder an die Schwester, die ihr Schluchzen bezwang.

»Berichte«, verlangte er leise, »sag, was du weißt! Sag mir alles, doch schrei nicht.«

»Es ist nicht geheuer in unseres Anführers Kopf«, wiederholte Hera, nun ebenfalls flüsternd. »Es klappert und rasselt darin, und manchmal ruft es und zirpt es, und dann höre ich sogar Worte wie: ›Laß mich hinaus, Väterchen, ich will hinaus, Vater Zeus, ich will ans Licht!‹ Dann springt er auf und beginnt zu rasen, und wer ihm begegnet, der wird zusammengeschlagen, ausgenommen natürlich diese Fremde.«

»Warte«, sprach Poseidon, »wer zirpt und ruft in seinem Kopf?«

»Man könnte denken, daß es ein Kind ist, doch das ist ja nicht möglich«, erwiderte Hera. »Es ist eine weibliche Stimme, doch mit männlichem Klang.«

»Wie käme ein Kind in seinen Schädel?« fragte Poseidon.

Hera zuckte die Schultern.

»Ich weiß es wirklich nicht«, sagte sie. Und sie fügte hinzu: »Ich weiß nur, daß es so nicht weitergeht.«

Poseidon überlegte laut.

»Ein Kind, aber kein Kind; weiblich, aber männlich – es kann nur der Wahnsinn sein, der aus ihm ruft! Nichts andres ist möglich«, entschied er schließlich. Er kaute malmend seine breite Lippe. Hera beobachtete ihn genau. Sie glaubte sicher zu wissen, daß Poseidon seinen Bruder haßte, wenn er es auch nicht merken ließ. Doch sie war auch klug genug zu fühlen, daß Poseidon sie ebenfalls nicht mochte, zumindest seit sie Gemahlin des Zeus war, und sie kannte auch ihres mittelsten Bruders Mißtrauen und Vorsicht. Trotzdem sah sie keinen anderen Weg zur Rache an Zeus als über ihn. Denn seit der Geburt des Hephaistos brannte der Wunsch nach Vergeltung unlöschbar in ihrem Herzen, und hätte sie Zeus gleich verzeihen wollen, Aphrodites bloßes Dasein verzieh sie nie. Diese Feindin mußte vernichtet werden, und das war nur möglich, wenn Zeus die Herrschaft verlor, und wenn sie dazu Poseidon brauchte, mußte sie sich eben mit ihm verbünden und sich notfalls von ihm auch demütigen lassen. Eine schlimmere Erniedrigung als die jüngst durch ihren Gemahl erlittene konnte ihr ohnehin nicht widerfahren, und später würde sie sich des Verbündeten schon entledigen können.

Sie hatte lang überlegt, ob sie Poseidon oder ob sie Prometheus in ihr Spiel ziehen sollte, und hatte sich schließlich für ihren Bruder entschieden, weil sie ihn einfach besser zu verstehen glaubte. Prometheus war ihr rätselhaft. Es wollte ihr nicht in den Kopf, daß einer sich damit begnügen könne, auf fernen Sternen nach Wäldern und Ziegen zu forschen, anstatt in seinem Bereich nach der Herrschaft zu streben. So hatte sie denn all ihre Hoffnung auf Poseidon gesetzt, und nun sah sie befriedigt, wie sie sich erfüllte.

Poseidons Lippe schnalzte zurück.

»Der Anführer nicht bei Sinnen, das ist bedenklich, das ist äußerst bedenklich«, murmelte er wie im Selbstgespräch, langsam und mit großen Pausen. Er dachte so angestrengt nach, daß seine Nasenflügel sich hoben, und Hera hütete sich, ihn zu drängen. Plötzlich lief er wieder zur Grottenwand und spähte ins Meer.

Niemand war in der Nähe, nicht einmal ein Stint.

»Aber wer –«, begann er zu fragen und hielt inne, als habe er damit schon zuviel gesagt.

Er wartete auf Antwort, doch Hera schwieg.

Wieder spähte Poseidon in alle Ritzen. Diesmal entdeckte er drei Sardinen. Sie flitzten davon, als sein Schatten sie traf.

»Aber wer sollte –«, sagte er, »statt seiner –«

»Du!« erwiderte Hera fest.

Poseidon fuhr hoch.

»Schweig«, zischte er, »ich bitte dich, schweig! Ich habe das nicht gehört.«

Sein Blut rauschte. Es war ihm, als ob er tausend Ohren habe und in allen dröhne das Wort: Du! Du! Du! Taumelnd, halboffenen Munds, lief er in seinem Gemach hin und her und sah seine Geschwister vor sich auf den Knien. Du! Du! Du! so riefen auch sie. Ihre Worte hallten, doch auf einmal hörte man draußen auf der Sandbank, die zum Palast führte, langsame Schritte.

»Das ist der schnüffelnde Bia«, sagte der aus allen Träumen gerissene Poseidon wütend. »Das ist der schnüffelnde Bia, ich brauch nicht hinauszusehn, ich kenn ihn am Schritt! Hör nur, wie er schlurft und schleicht und sich dabei doch so unverschämt sicher nähert, als ob er der Herr sei. Wie das tappt, wie das schlappt! Es ist eine Beleidigung für uns alle, uns diese beiden Kerle in den Nacken zu setzen. Schlurf, schlurf: er grinst, da er heranschlumpft, und malt sich grinsend unsere Wut aus! Aaah, ich möchte den Kerl mit dem Dreizack durchstechen, und ich tu's auch einmal!«

Doch er griff nicht zum Dreizack; er klopfte mit den Fingern auf einen der roten Äste seines Korallensitzes und sagte, Erregung wie Wut zu einem

Krächzen zusammendrückend: »Ja, diese seltsamen Bäume, vielliebe Schwester, die wachsen –« Da teilte sich der Algenvorhang, und Hades trat ein.

»Ich grüße euch, teure Geschwister«, sprach Hades und kreuzte nach längst veralteter Sitte die Hände über der Brust und neigte langsam den Kopf und kam langsam näher. Im grünen, gebrochenen Licht sah er, der Struppige, im Dämmerreich Bleichgewordene, wie eine wandelnde Föhre oder ein Wels auf zwei Beinen aus.

Seine Geschwister starrten ihn an, als wäre er ein Wundertier Gaias. Es war das erste Mal, daß Hades sein unterirdisches Land verließ.

»Bruder!« riefen Poseidon und Hera nach dem Augenblick der Verblüffung wie aus einem Munde. Erleichtert, ja vergnügt liefen sie auf Hades zu und umarmten ihn.

»Es ist mir höchst willkommen, daß ich dich hier treffe, meine hohe Schwester«, sprach Hades und küßte nach altem Brauch die Spitzen von Heras Haar. »Ich hätte nach meiner Aufwartung bei Bruder Poseidon ohnehin versucht, auch mit dir zusammenzukommen. So kann ich mich gleich mit euch beiden beraten.«

»Was hast du denn für Sorgen?« fragte Hera. Die aufgelöste Spannung der überstandene Schreck, die neue Lage und auch die Freude, nach so langer Zeit den Bruder zu sehen, machten sie schwatzhaft. »Wie geht's deinen Augen?« so fragte sie und redete gleich ohne Pause sprudelnd weiter: »Mir scheint, sie sind wieder völlig genesen. Das freut mich, das freut mich für dich und natürlich für Kore. Was macht sie denn, die Gute, die Zarte? Wie geht es vor allem Mutter Rhea? Wir haben sie ja seitdem nicht mehr gesehen. Hast du sie einmal gesprochen? Kümmerst du dich ein bißchen um sie?«

»Das sind viele Fragen auf einmal«, erwiderte Hades, »erlaubt mir, daß ich sie später beantworte.«

»Ja, ja, natürlich«, entgegnete Hera, durch das ungewohnte Gehabe des Bruders verwirrt.

»Willst du dich nicht setzen, Bruder?« fragte Poseidon, doch Hades blieb stehen.

»Ist es mir vergönnt, dein holdes Weib Amphitrite zu begrüßen?« erkundigte er sich und kreuzte dazu aufs neue die Hände über der Brust.

Poseidon lachte.

»Die kommt vor Abend nicht wieder«, erklärte er, »die ist mit den Töchtern hinausgeschwommen, nach Perlen zu tauchen; das ist ihr neuestes Vergnügen, und darüber vergessen sie alle Zeit. So setz dich doch, Bruder, nimm doch Platz!«

Würdevoll ließ sich Hades auf eine der Muschelbänke nieder und saß dort so, wie er auf seinem Thronhügel zwischen den schwarzen Flüssen zu sitzen pflegte: hoch aufgerichtet, mit steifem Kreuz und in die unendliche Tiefe der Dämmerung blinzelnd. Poseidon und Hera setzten sich ebenfalls und saßen nun auch so feierlich da wie er.

»Höret, ihr teuren Geschwister, die ihr meinem Herzen so nahe seid«, begann Hades zu reden, »ich habe euch eine höchst dringliche und höchst wichtige Sache zu unterbreiten. Es geht um unseren erhabenen Bruder Zeus, Heras hohen Gemahl. Ich muß mich über ihn ernsthaft beklagen. Seit einigen Wochen bricht er in mein Reich ein und bringt meine Ordnung ganz durcheinander, und wenn ich ihn zur Rede stelle, schreit er herum, daß er der Mächtigste sei und niemand ihm etwas verbieten dürfe. Ich gedenke das nicht mehr hinzunehmen. Er überfällt die Titaninnen im Schlaf, er jagt sie, wenn sie fliehen, wie die Atlastochter Maia; er kränkt und verhöhnt ihre Männer und Väter und weckt bei den Friedlichsten Unmut und Groll. Sie, die bislang ruhten und nicht daran dachten, sich unserer Herrschaft zu widersetzen, sie versammeln sich jetzt um Atlas und tuscheln mit ihm.«

»Das hab ich geahnt«, rief Poseidon, »das hab ich geahnt!«

»Er ist abscheulich!« rief Hera empört, indes sie innerlich jubelte. Wie kränkend die Kunde auch war: ihr Plan konnte glücklicher nicht gedeihen.

Poseidon hingegen hatte kaum jenen Ausruf getan, als seine Gedanken auch schon durcheinanderzurollen begannen wie draußen die Wellen. Nach Heras Bericht, beim Spähen nach einem Lauscher, hatte er plötzlich denken müssen, die Titanen könnten vom Wahnsinn des Anführers erfahren und die Gelegenheit nützen, einen Aufstand anzuzetteln, und es war ihm sogleich eingefallen, daß in der letzten Zeit mehrmals Okeanostöchter (die sich ja alle wegen ihrer Enthaltsamkeit im Titanenkampf frei in den Gewässern bewegen und ihre Ämter weiter versehen durften) in auffallend großer Zahl seinen Palast umschwommen und unter einem billigen Vorwand auch betreten und durchstöbert hatten.

Wenn es sich aber so verhielt, wenn die Titanen schon Kundschafter schickten, durfte man da die gemeinsame Kraft der Götter schwächen, indem man den Anführer niederwarf? Man forderte damit die Feinde ja geradezu zum Losschlagen auf. Andrerseits wieder konnte man mit einem Wahnsinnigen an der Spitze nicht in den Kampf ziehen, und daran, daß Zeus wirklich den Verstand verlor, hatte Poseidon nach Heras Bericht ebenfalls keine Zweifel. Was sollte man tun, was war wünschenswert, womit nützte und womit schadete man der Sache der Götter und nützte und schadete man sich letzten Endes selbst?

Sein Plan, den er zwischen Heras Donnerwort »Du!« und dem überraschenden Erscheinen des Bruders in groben Zügen entworfen hatte, war der Plan eines Nacheinander gewesen: die Furcht vor einem Aufstand der Titanen schüren, den wahnsinnigen Anführer unter Hinweis auf die drohende Gefahr absetzen und, wenn die Titanen diesen Wechsel wirklich ausnutzen sollten, sie mit neugeeinten Kräften niederwerfen! Doch nun lief das Ende dem Anfang voraus, und was ein Gerücht um ein Körnchen Wahrheit hatte sein sollen, wurde unvermutet ernsteste Wirklichkeit. Wie sollte man das alles so schnell entwirren! Das Pläneschmieden mit seinem Hin und Her und Für und Wider und Trotzdem und Dennoch war sowieso nicht Poseidons Stärke, und je angestrengter er seine Gedanken zu ordnen versuchte, um so mehr verwirrten sie sich, und schließlich wurden sie ganz gestaltlos und nichts als quälendes Unbehagen. Denn noch ein Drittes war ja hinzugekommen: die Ungewißheit über die tieferen Absichten des ältesten Bruders. Strebte Hades vielleicht auch nur danach, Zeus abzusetzen, um selber Anführer zu werden? Sein Augenlicht war ihm ja wiedergegeben, und als Ältester hätte er einen natürlichen Anspruch auf diese Stellung.

»Er ist abscheulich!« rief Hera voll Haß.

»Abscheulich, wahrhaftig abscheulich!« bestätigte Hades.

Klang seine Stimme echt? Meinte er wirklich, was er sagte? Aber das plötzliche Auftauchen des Schwarms von Okeanostöchtern und ihr Herumstöbern im Palast war eine Tatsache, und wie anders hätte sie gedeutet werden können, wenn nicht mit der Vorbereitung zu einem Aufstand? Dies war die Wirklichkeit; die trog nicht, an die mußte man sich halten! Poseidon nahm seinen Dreizack vom Boden auf und prüfte mit den Fingerkuppen Spitze und Schärfe. Das Gefühl, etwas Sinnvolles zu tun, machte ihn sicherer, und das schartige Blatt, mit dem er zehn Jahre lang gegen die Titanen gefochten hatte, gab seinem Denken eine klare Richtung, in die es gierig weiterschritt.

»Du meine arme Schwester«, sprach Hades, der beide erschüttert glaubte, »wie tust du mir leid! Wie sehr schmerzt es mich, dir eine solch üble, verletzende Botschaft überbracht zu haben! Allein es war meine Bruderpflicht, dir die Augen zu öffnen. So höre noch mehr: Dein Gemahl hat sogar versucht, mein Mädchen Kore anzutasten. Sie ging, wie sie das manchmal zu tun pflegt, auf dem Blumenweg zur Oberwelt spazieren, da ist er über sie hergefallen. Zum Glück war Demeter in der Nähe, zu der konnte sich Kore grade noch flüchten, doch nun weigert sie sich zurückzukehren, da sie sich in meinem Reich nicht mehr sicher fühle. Ich gedenke den Rat der Geschwister anzurufen. Er muß Bruder Zeus zur Verantwortung ziehen.«

»Er ist abscheulich, abscheulich, abscheulich!« rief Hera ein drittes Mal. Sie rief es voller Haß, und der Haß war echt.

»Arme Schwester«, sprach Hades, »arme Schwester!«

Poseidon aber, den Dreizack in beiden Fäusten, fragte mit heiserer Stimme: »Bruder, sprich, was tun die Titanen?«

»Sie sitzen um Atlas herum und tuscheln und zischeln«, erwiderte Hades. Es war ihm recht, daß das Gespräch eine Wendung weg von der Peinlichkeit nahm. Er lächelte sogar ein wenig, da er Poseidon so kampflustig sah, und fuhr fort: »Lege die Waffe nur wieder ab, guter Bruder, du brauchst sie nicht. Es ist ja nicht so, daß die Titanen mir drohen oder sich gar widerspenstig verhalten. Ich möchte aber den Anfängen wehren, und so ist es mir ein Warnzeichen, daß sie nicht mehr dösen und daß sie verstummen, wenn ich mich zeige.«

»Ich meine, daß sie sich bereits rüsten«, sagte Poseidon und schüttelte den Dreizack über seinem Kopf. In diesem Augenblick sah er sich als Führer der Götter im neuen Titanenkampf. Wer am tapfersten und entschlossensten kämpft, der wird auch Anführer werden, sagte er sich, und es war ihm nicht bange, daß er den bedächtigen Hades durch Taten überflügeln werde. »Jetzt weiß ich auch«, rief er, »jetzt weiß ich auch, warum diese Okeanostöchter immerzu um meinen Palast geschwommen sind! Natürlich hat Atlas sie vorgeschickt. Angeblich suchen sie eine Schwester Metis, die irgendwo verlorengegangen sein soll. Das ist natürlich eine billige Ausrede. Es war eine falsche Entscheidung, sie weiter in ihren Ämtern zu lassen. Nun ist mir klar, daß sie Kundschafter sind.«

»Diese Metis soll aber wirklich verschwunden sein«, erwiderte Hades. »Ihre Mutter Tethys war deswegen bei mir und hat unter den Schlafenden nachgeforscht.«

»Ach was«, sagte Poseidon, »wer will denn das feststellen bei tausend mal tausend Kindern! Da fehlen ja unentwegt ein paar Dutzend! Sie haben sich auf diese Weise verständigt, die aus meinem und die aus deinem Bereich. Mich sollte es nicht wundern, wenn sie demnächst auch auf dem Olymp herumsuchen.«

»Das tun sie tatsächlich«, sagte Hera. »Sie haben auch bei mir nachgefragt, und sie haben sich auch in den Wohnhöhlen umgesehen. Ich habe mir nichts Schlimmes dabei gedacht und sie gewähren lassen. Diese Metis soll die Quellen des Olymps gepflegt haben.«

»Lachhaft«, rief Poseidon grimmig, »was hat der Olymp denn schon für Quellen! Nein, nein, die Sache ist völlig klar: Sie bereiten einen Überfall vor. Atlas ist ihr Führer, um ihn sammeln sie sich, und so träge sie sind, wenn sie ruhn, so wild und zäh und gefährlich sind sie im Wachen. Wir müssen ihnen zuvorkommen! Wir müssen auf der Stelle etwas tun!«

»Es genügte ja schon, sie nicht weiter zu reizen«, entgegnete Hades. »Noch ist die Gefahr nicht gegenwärtig, glaube mir das. Wenn Zeus sie in Ruhe läßt, kommt bald alles wieder in Ordnung, dafür verbürge ich mich. Bei Zeus liegt die Wurzel des Übels, die müssen wir packen.«

Obwohl diese Schlußfolgerung Poseidon gefallen mußte, wiegte er ungläubig und trotzig den Kopf. Sollte sein eben gefaßter Plan, der so klar und gesichert schien, doch hinfällig werden? Welche Ziele verfolgte Hades, wenn er gegen Zeus sprach? Sah er die Titanengefahr nicht, oder wollte er sie in den Augen der Geschwister nur darum herabsetzen, weil er mit den eigenen Vorbereitungen, sich an die Spitze des Kampfes zu stellen, noch nicht fertig war? War er zu großmütig oder zu durchtrieben, zu blind oder zu hellsichtig? Beides war möglich, doch welches von beidem war richtig? Poseidon wußte es nicht. Wieder kamen seine Gedanken in quälende Unordnung, da sagte Hera mit Nachdruck: »Hades hat recht!« Sie legte, da sie sprach, ihren Arm um die Schultern des Bruders, und der fühlte überrascht den Druck ihrer Hand. »Laß mich nur machen«, sagte die Hand, und Poseidon nahm dies Zeichen erleichtert auf. Vertraue der Schwester, sagte er sich, sie hat sich ja überwunden und ist zu dir gekommen, obwohl du sie bei ihrem letzten Besuch nicht eben freundlich behandelt hast. Nun ja, selbst sie, die Stolze und Dünkelhafte, muß dich als Anführer anerkennen! Er fühlte sich geschmeichelt wie jeder Mann bei solchen Gedanken. Du kämpfst mit der Tat und sie mit der Rede, sagte er sich, und nun war er bereit, sich der Schwester blindlings anzuvertrauen.

»Hades hat recht«, wiederholte Hera. »Die Wurzel des Übels ist Zeus.«

Poseidon nickte.

Hera trat vor Hades. »Und was willst du tun, Beherrscher der Unterwelt?« fragte sie.

»Den Rat der Geschwister anrufen«, erwiderte Hades.

»Der Rat ist versammelt. Wie lautet dein Antrag?« gab Hera zurück.

Hades schaute sie an, als ob sie leibhaftiges Feuer statt zweier Sätze aus dem Mund gebracht hätte.

»Der Rat der Geschwister ist versammelt. Wir sind der Rat!« wiederholte Hera entschlossen. »Seit sieben Jahren haben wir nicht mehr getagt, und wenn es nach dem wahnsinnigen Zeus ginge, würden wir auch nie mehr zusammenkommen, es sei denn, seine Befehle entgegenzunehmen.«

Hades hob den gewinkelten Arm, er wollte sprechen, doch Hera, wiewohl sie die Geste bemerkte, redete fort.

»Wir sind der Rat«, sprach sie beschwörend, »und wir sind, wie wir hier stehen, auch schon in der Mehrzahl. Denn auch Demeter wird billigen, was wir beschließen. Sie hat mir die Sache mit Kore berichtet; sie war vor Empörung außer sich. Auch Hestia ist aufgebracht, doch sie zählt schon nicht mehr. Sie mag zu uns, sie mag aber auch zu Zeus halten, wir sind auf jeden Fall die Mehrzahl. Auf wen also sollten wir warten? Auf Kratos und Bia?«

»Aber wir müssen den hohen Bruder doch hören«, sagte Hades, der nun endlich zu Wort kam. »Wir können doch nicht über seinen Kopf hinweg –«

»Wir *haben* ihn ja gehört«, entgegnete Hera, »er hat ja laut genug mit jedem von uns herumgeschrien. Er kann machen, was er will, hat er gesagt, das ist sein Standpunkt. Ich meine, daß er das eben nicht kann! Wie ist eure Ansicht?«

»Hmmm«, machte Hades. Poseidon drehte den Griff seines Dreizacks zwischen den Fingern. Er wollte warten, wie sich Hades entschied. Jetzt würde sich zeigen, was er dachte und wollte!

»Was meinst du denn selbst, was zu tun sei?« fragte Hades Hera.

»Ich meine«, sagte Hera, »daß es ein Beispiel gibt. Auch Kronos hat sich über seine Geschwister erhoben.«

»Du willst –«, rief Hades und brach mitten im Satz ab. »Du willst ihn –«, so setzte er abermals an und kam wieder nicht bis zum Ende.

»Ja«, sagte Hera, »das wollen wir. Zeus kann nicht länger mehr unser Erster sein. Es geht nicht so weiter mit ihm und uns. Wir müssen handeln, sonst läßt er uns nacheinander von Kratos und Bia binden und zu den Hundertarmigen sperren.«

»Dafür hast du keinen Beweis!« rief Hades.

»Ach, willst du warten, bis dich die Hundertarmigen an ihre Brust drükken?« rief Hera wütend. »Mich *hat* er ja schon von meinem Sitz gestoßen, ich habe es Poseidon geklagt! An den Haaren hat er mich heruntergerissen und Aphrodite auf meinen Platz gesetzt, genügt dir das nicht?«

»Und er hat ja selbst erklärt, daß er mit uns so verfahren wird wie Kronos mit seinen Geschwistern!« rief Poseidon.

»Das hat er zu dir gesagt?« fragte Hades.

»Zu Hera!«

»Davon hast du nichts berichtet, Schwester«, sprach Hades erstaunt.

»Ich habe es Poseidon gemeldet«, entgegnete Hera, »deswegen kam ich ja zu ihm. Zeus hat das gesagt, und er macht es schon wahr. Heute hat er mich verstoßen, morgen ist dann Poseidon an der Reihe, und übermorgen bist du es, Bruder, verlaß dich drauf! Dann hast du deine Beweise, doch dann wird es zu spät sein.«

Die Brüder schwiegen und schauten ins Meer. Delphine schwammen vorbei, und auf einem ritt Triton und jauchzte und schlug mit den grünen Händen das Wasser. Seeschwalben schossen durch den flatternden Schaum.

»Ich habe auch mit den Kindern gesprochen«, sagte Hera. »Die Zwillinge sind mit uns, und Ares brennt darauf, sich zu schlagen, was zaudern wir da! Wir könnten Zeus im Schlaf überfallen, er schläft wie ein Stein, das weiß ich doch. Dann schnarchen auch Kratos und Bia zur gleichen Zeit, obwohl er's ihnen verboten hat. Ich gebe euch ein Zeichen, und wir fallen über ihn her. Wenn wir ihn dann überwältigt haben, soll alles nach der Ordnung geschehen. Dann werden wir Rat halten, und dann wird Zeus sich verantworten.«

»Und wenn Kratos und Bia aufwachen?« warf Poseidon ein.

Hades erhob sich.

»Die werden sich schnell zum Sieger schlagen, wie vordem auch«, erwiderte Hera. »Es kommt nur darauf an, daß wir Zeus mit einem Streich überwältigen. Wenn die beiden sehen, daß die Sache entschieden ist, werden sie sich vor uns in den Staub werfen und uns die Füße küssen, da habe ich nicht die geringsten Sorgen. Es muß eben nur ganz schnell gehen, ganz schnell und entschlossen, noch schneller als ein Gedanke. Ich schlage vor, wir tun's heute nacht.«

Ihre Wangen glühten, und aus ihren Achselhöhlen brach Schweiß. Sie ist schön, dachte Poseidon, und er fühlte bei ihrem Anblick Schauder und Bewunderung zugleich. Er nickte, nur einmal, und so, als senke er vor Hera den Kopf. Da aber war Hades vor die beiden getreten und hielt nun die ausgestreckten Innenflächen seiner zur Brust erhobenen Hände feierlich gegen sie gekehrt.

»Nein«, sagte er laut und bestimmt, »das ist nicht gerecht! Das habe ich nicht gewollt! Dafür bin ich nicht zu euch gekommen!«

»Schön«, sagte Hera, »wir wollen also Zeus bitten, den Rat einzuberufen. Vielleicht tut er's sogar, und vielleicht hört er uns auch an, mit Kratos und Bia an seiner Seite, Kratos rechts und Bia links. Er wird zuerst brüllen, dann wird er sagen, daß er Kopfschmerzen hat und daß es ihm leid tut und daß er ja alles gar nicht so gemeint hat. Dann werden wir auseinandergehen, und in der Nacht noch werdet ihr mich mit Kronos zusammen aus der Tiefe der Erdkugel schreien hören. Dann wird der Bruder euch sagen, das wäre nötig gewesen, und er wird Kratos und Bia als Zeugen anrufen, daß ich ihn im Schlaf überfallen wollte, und dann werdet ihr wieder bedächtig nicken und werdet denken, daß das ja auch stimme, und dann wird eines Morgens Poseidon gefesselt erwachen –«

»Und dann wird, und dann wird, und dann wird, und dann wird!« schrie nun auch Hades. »Das ist doch alles nur ausgedacht! Es gibt doch keinen einzigen Beweis, außer dem Satz von Zeus, und der ist irgendwie seltsam. Ich weigere mich, das mitzumachen; ich weigere mich, das auch nur anzuhören. Laßt mich jetzt gehen! Ich werde den Rat der Geschwister anrufen.«

»Bleib, Bruder!« sprach Poseidon. »Hier ist schon zuviel geredet worden. Hera hat recht. Wir müssen handeln.«

Er versperrte Hades mit dem Dreizack den Weg.

Nun ist es entschieden, dachte er, der neue Anführer bin ich!

»Willst du mir drohen?« fragte Hades leise.

»So ist es recht!« rief Hera. »Nun streiten *wir* uns!« Sie lachte erbittert.

»So ist es richtig«, rief sie, »so ist es gut! Nun schlagt euch schon!« Sie packte Hades an der Schulter und rüttelte ihn. »Er hat dein Weib überfallen«, schrie sie, »was muß denn noch geschehen, du blinder Narr! Aaaah, du bist wirklich blind geworden in deiner Höhle, ein blinder, blöder, gekrümmter Wurm!«

»Schwester«, sprach Hades erschüttert; da fiel Hera vor ihm auf die Knie und umschlang seine Füße und sprach: »Verzeih! Verzeih, ich habe dich gekränkt, aber ich habe an Kore gedacht! Verzeih mir darum! Ich sah Zeus über sie herfallen und sah die Zarte fliehen und sah Zeus sie packen und niederwerfen, da hat mich das Mitgefühl überwältigt. Ich bin eben nur ein Weib, du als Mann denkst da anders, *du* nimmst Rücksicht auf den Anführer und denkst an Ordnung und pünktliches Verfahren, mag Kore auch geschändet werden. Verzeih, daß ich schwach war! Verzeih, und es soll geschehn, wie du willst!«

Sie stand auf und sagte: »So geh und rufe also den Rat an.«

»Nein«, sagte Hades, »nun will ich kämpfen. Ich werde mein Schwert nehmen und den Bruder zum Kampf fordern. Der Zweikampf soll zwischen uns entscheiden.« Er atmete schwer, da er das sagte, und sein grünes Gesicht zuckte und bebte.

O du Dummkopf, dachte Hera verzweifelt, du redlicher, dummer Dummkopf du! Sie sagte: »Warte! Wir wollen uns vorher versprechen, zusammenzustehn, was auch immer geschehe.«

Sie streckte die Hand aus, und Poseidon schlug ein, und Hades schlug ein. In diesem Augenblick aber war es, als ob es kalt durch die Algen wehe. Die Verschwörer standen versteinert.

»Da ist wer«, flüsterte Poseidon. Er sprang zu dem Algenvorhang und riß ihn auf, doch der Vorraum war leer. Die Brandung rauschte, und die Seeschwalben schrien. Auch Hera und Hades lösten die Hände. Jeder für sich allein, so standen sie still, und wieder wehte es kalt durch das Rauschen und Schreien.

»Du hast recht, da ist wer«, hauchte Hades. »Ein Schatten belauscht uns. Ich fühle das. So weht der Wind von den schwarzen Flüssen.«

»Wo ist wer?«

»Ich weiß nicht.«

Die drei warteten einen Augenblick, dann rannten sie auseinander und spähten ziellos in einen Ritz oder Spalt, der grad vor ihnen klaffte.

»Hier ist niemand«, sagte Hera, da flog hinter ihnen der Vorhang auf. Die Verschwörer fuhren herum. In den Algen stand Rhea.

»Mutter!« riefen die drei überrascht und befreit. »Mutter, wie kommst du hierher?«

»Ich will Unheil verhüten«, entgegnete Rhea müde. »Die Unterwelt liegt unbeaufsichtigt. Herrscherin Kore ist in der Oberwelt bei Demeter, Herrscher Hades im Meerpalast bei Poseidon, und diese Gelegenheit hat Atlas genutzt, zu entweichen.«

»Und Kerberos«, schrie Hades, »mein Riesenhund Kerberos? Wozu habe ich einen dreiköpfigen Wächter!«

»Der ist zu müde gewesen, Atlas zu hindern«, berichtete Rhea. »Ihr zwingt ihn ja, fortwährend zu wachen, das hält er doch nicht aus.«

»Er hat ja drei Köpfe«, sagte Hades wütend, »einer kann schlafen, einer kann dösen, und einer soll wachen. Ist das zuviel verlangt?«

»Aber er hat zu seinen drei Köpfen nur einen Leib«, entgegnete Rhea. »Der Kopf hat wohl gewacht und gebellt, wie es seine Pflicht war, aber der Leib war zu müde. Atlas hat an ihm unbesorgt vorbeigehen können, der Dreiköpfige kam nicht auf die Beine.«

»Mutter«, fragte Poseidon, »hast du gesehen, wo Atlas hinging?«

»Deshalb komme ich ja«, sprach Rhea. »Ich bin ihm nachgegangen und habe alles gesehen. Er hat sich im kretischen Wald mit seinen Söhnen Kratos und Bia getroffen.«

Poseidon packte den Dreizack.

»Das ist die Erhebung!« schrie er. »Sie schlagen zu! Und wir reden und reden!«

Er rannte aus dem Palast über die Sandbank. Zu sehen war niemand, doch aus dem Wald scholl wütender Lärm. Hades rannte vorüber.

»Ich muß hinunter«, schrie er, »ich muß sie zurückhalten! Wenn sie erst oben sind, ist alles verloren!«

»Tu das!« schrie Poseidon.

Hades verschwand.

»Nein, bleib«, schrie Poseidon, »bleib!«

Hades hörte es nicht mehr. Hera wankte heraus. Ihr Gesicht war weiß und vor Entsetzen offen.

»Die Hundertarmigen«, schrie sie, »die Hundertarmigen! Sie schrie es mit solchem Grauen, als fühle sie wieder die teigige Hand auf ihrem Scheitel und starre in die Gesichter aus Grind und Glut.

»Wo sind sie?« brüllte Poseidon. »Kommen sie aus dem Meer herauf?«

Rhea erschien auf der Sandbank.

»Sie lassen sie frei«, heulte Hera, »sie lassen sie frei, sie lassen sie frei!«

»Reiß dich zusammen!« herrschte Poseidon sie an. Er schüttelte sie:

»Reiß dich zusammen! Da fühlte er die Schwester ohnmächtig werden. Ihre Füße rutschten weg, ihr Kopf fiel vornüber, und die Haare fielen ihr bis zu den Knien.

»Rüste dich, Zweitgeborener«, sagte Rhea. »Atlas und seine Söhne werden Kronos befreien, was suchten sie sonst im kretischen Wald? Und dann kommen die Hundertarmigen los.«

Auch Poseidon erbleichte.

Er legte die Schwester in die Arme der Mutter, und Rhea wusch ihrer Tochter Schläfen und Stirn. Zwischen den Delphinen jauchzte noch immer in Seligkeit Triton.

»Bruder«, stammelte Hera, »wir müssen auf den Olymp! Dort sind die anderen Männer: Ares, Apollon, Zeus; dort sind wir im Fels; dort haben wir Steine, uns zu verteidigen!« Und sie dachte: Und dort werden wir ihnen die Fremde vorwerfen! Wir werden ihnen Aphrodite vorwerfen!

Poseidon nickte.

»Triton!« schrie er. »Triton, sage Mutter und den Schwestern, sie sollen heute nicht zurückkommen! Furchtbares wird geschehen! Sie sollen sich auf einer Insel verkriechen!«

Triton schoß davon, grün im silbernen Grau der Herde. Im Wald lärmten die Tiere.

»Komm«, drängte Hera, »wir müssen fort!«

»Und wo ist Prometheus?« fragte Rhea.

Die Häher überschrien sich.

»Mutter«, sagte Poseidon, »kümmre dich um Hera! Ich werde nach Prometheus schauen. Du hast recht, wir brauchen jetzt jeden, der einen Stein schleudern kann. Prometheus muß im Wald sein, er ist vor ein paar Stunden vorübergelaufen. Die Hundertarmigen sind noch nicht über der Erde. Wir würden sie sehen.«

In diesem Augenblick erscholl im Wald hinterm Strand ein gräßliches Brüllen.

Es war Bruder Zeus, der draußen schrie.

Die Geburt der Athene

Das Gebrüll des Zeus von der Nordküste her schreckte auch drei andere auf, die sich tief im kretischen Wald zu einem geheimen Gespräch zusammengefunden hatten: Atlas, Bia und den stummen Kratos.

Atlas schmiedete Pläne, Kronos zu befreien, und er hatte seine Söhne beauftragt, Prometheus das Geheimnis des unsichtbaren Stranges abzulisten.

»Höret, meine guten, getreuen Söhne«, so hatte er gesprochen, »die hohen Fürsten, die Titanen, dämmern im Schlaf ihrer Niederlage, und ihr Erwachen dauert lang. Selbst die Frevel des Zeus an ihren Töchtern und Frauen sind von ihren Stirnen erst in die Kehlen, aber noch nicht zu den Herzen gedrungen. Ihre Münder reden empörte Worte, doch ihr Haß schläft noch so tief wie ihr Wille zum Kampf. Ich mühe mich, sie zu entflammen, doch meine Kraft ist gering; wenn Kronos sie aber weckte, verdunstete ihr Schlaf wie ein Tröpflein Tau im Anruf der Sonne. Wir müssen den Herrscher befreien, meine Söhne, und dazu müssen wir das Geheimnis der Kraft kennen, die seinen Kerker mit unsichtbaren Strängen verschlossen hält. Prometheus ist der einzige, der es hütet. Ihr müßt ihm dies Geheimnis entreißen.«

Und er sprach zu ihnen, die sich mit gekreuzten Armen vor ihm verneigten: »Ihr habt klug gehandelt, meine Söhne, daß ihr euch diesem Zeus verdingt habt. Tut alles, um seine Gehilfen zu bleiben! Scheut keine Erniedrigung, verschmäht keine List, schreckt vor keiner Gewalt zurück! Macht euch an Prometheus heran, umschmeichelt ihn, huldigt ihm, beobachtet ihn scharf und genau! Und nun lebt wohl, ich muß zurück. Ich werde wieder durch die dunklen Flüsse waten. Hades darf nicht merken, daß ich entwichen bin.«

Da dies gesprochen wurde, hatte Zeus aufgebrüllt, und nun hasteten Kratos und Bia in den Winkkreis ihres Herrn, von dem sie wußten, daß er seines Kopfschmerzes wegen Prometheus suchte. In äußerster Pein hatte Zeus sich entschlossen, Gaia um Hilfe zu bitten, und dazu brauchte er den Titanen als Vermittler. Atlas aber eilte zu jenem Höhlentor, durch das die Flüsse Styx und Acheron in die Unterwelt strömten, und auch Rhea huschte dahin zurück.

Poseidon und Hera sahen Atlas hinterm Waldessaum rennen und dachten zugleich: Wir haben uns zu sehr geängstigt. Die Titanen sind noch nicht hochgestiegen, und die Hundertarmigen sind auch noch nicht frei!

Und sie dachten: Was sollen wir tun? Nun ist wieder alles unentschieden. Aber es sind Worte gefallen, die nicht mehr zurückzunehmen sind.

»Prometheus, wo bist du?« brüllte Zeus.

Der Wald schwieg.

»Ich will sehen, was er plant«, sprach Hera entschlossen. »So habe ich Zeus noch nie toben gehört. Wer weiß, was er uns jetzt zugedacht hat. Es war falsch von uns, Prometheus geringzuschätzen. Ich will mit ihm sprechen, ehe Zeus ihn findet.«

Poseidon nickte, und Hera lief in den Wald, der vom Geheul des Herrschers schwankte.

»Wai, mein Kopf, mein Kopf!« brüllte Zeus, und durch sein Gebrüll klang eine Stimme wie Erz und Frühwind: »Öffne! Ich will hinaus! Ich will ans Licht!«

Sein Wahnsinn will heraus und uns alle fressen! dachte Hera entsetzt. Zeus brüllte nun ohne Unterlaß. Das Gebrüll war so laut, daß Hera es wagen durfte, Prometheus zu rufen. Sie suchte nun nichts als seinen Schutz und dachte vor Angst an keine List mehr. »Prometheus«, rief sie, »Prometheus, wo bist du?«

»Guck, guck! Guck, guck! Guck, guck!« antwortete es von einer Kiefer herunter.

»Wo bißtu bißtu bißtu«, höhnten die frechen Stieglitze.

»Da! Da! Da!« krächzten die Raben.

»Pro-mäh-mäh-mäh-mäh-mähthäus«, meckerten die Bekassinen.

Wütend stampfte die Göttin mit dem Fuß ins Moos.

»Was willst du, Hera?« fragte dicht hinter ihr eine Stimme. Hera fuhr herum. Aus einem Ölbaum, dessen jahrhundertealter Stamm wie ein Gebirge zerklüftet war, trat der Gesuchte. Seine Lippen und seine Hände glänzten.

»Hier«, sagte er und reichte Hera ein paar Oliven, »hier, koste, das schmeckt viel besser als Ambrosia! Gaia nennt sie die Ölfrucht. Sie stillt den Hunger und hilft gegen jedes Leiden. Koste doch!«

»Was soll uns das jetzt«, sagte Hera zornig. »Hörst du nicht unsern Herrscher brüllen und den Wahnsinn sein Brüllen überschreien? Vielleicht wächst ein neuer Hundertarmiger in seinem Schädel.«

Das Brüllen schüttelte Eicheln aus den Ästen.

Hera fiel Prometheus um den Hals und schluchzte.

»Ich will nicht länger mit Zeus leben«, rief sie, »ich will zu dir ziehn, Prometheus! Ich kann nicht mehr!«

»Schwester«, sprach Prometheus, »es wäre nicht gut für uns alle, wenn du jetzt den Herrscher verließest.« Er schob sie sacht von seiner Brust. »Sieh«, sprach er, »dein Mann ist krank, das fremde Wesen in seinem Kopf hat ihn so launisch und tückisch gemacht, doch ich habe ein Mittel, ihm zu helfen. Ich habe es hier im Wald verborgen. Bevor wir aber mit der Heilung beginnen, muß Zeus uns versprechen, sein Amt wieder gut und gerecht auszuüben.« Und er dachte, da er dies sagte: Ich weiß genau, Hera, wonach du strebst. Du möchtest das Übel deines Bruders ausnutzen, dich selber zur Herrscherin aufzuschwingen. Doch dann würde es noch schlimmer werden, als es jetzt schon ist. Ich halte zu Zeus. Ich bin überzeugt, er wird sich ändern.

»Waiwaiwaimeinkopfmeinkopfmeinkopf!« brüllte es ganz in der Nähe, und nun verkroch sich Hera im Ölbaumstamm. Das Unterholz knackte; das Reisig krachte; Zeus erschien, und da er seinen Gehilfen gewahrte, stürzte er mit geballten Fäusten auf ihn zu. »Warum kommst du nicht, wenn ich rufe?« so heulte er, und seine Augen waren nach oben gedreht, und die Adern von Stirn und Schläfen waren dick wie Schlangen. Sein Haar war vom Dickicht zerzaust, sein Gesicht zerschunden. Prometheus wollte sich rechtfertigen, da ertönte wieder die helle Stimme: »Laß mich endlich hinaus! Ich will ans Licht!«

»Wer ist das?« fragte Prometheus. »Wen hast du da eingesperrt?«

Und er rief, ohne Antwort abzuwarten: »Sei ruhig da drinnen! Beweg dich nicht! Wir müssen beraten, wie du herauskannst.«

»Gut«, rief die Stimme, »ich warte!« Der Kopfschmerz ließ etwas nach. Wimmernd und ächzend erzählte Zeus die Sache mit Metis.

»Nun ist es klar«, sagte Prometheus, »Metis hat in deinem Schädel ihr Kind geboren, und das wächst nun und sprengt dich. Die Metis hast du klein wie eine Beere machen können, aber nicht ihr Kind.«

»Ich halt's nicht mehr aus!« stöhnte Zeus. »Ich habe mir schon vorgenommen, mich in ein Wesen ohne Kopf zu verwandeln, dann wäre ich die Schmerzen los. Aber dann könnte ich ja nie mehr wieder zurück, ich hätte dann ja keinen Mund, den Spruch auszusprechen. Was soll ich nur anfangen, mein Lieber? Wai, wai, wai, ich verwandle mich doch!«

»Wir müssen dir ein Loch in den Schädel schlagen, Bruder Zeus«, erklärte Prometheus, »damit das Kind heraussteigen kann. Der Stimme nach scheint es ein Mädchen zu sein.«

»Erraten!« rief die helle Stimme.

»Mein Schädel ist ja viel zu hart«, ächzte Zeus, »ich habe ja schon alles ausprobiert. Selbst Gaias Schwertblatt kann ihn nicht öffnen. Es biegt sich, und ein Stein zerspringt.«

»So wird ihn die Schärfe des Eisens spalten«, sprach Prometheus.

Er legte die Hände gehöhlt vor den Mund und rief dreimal feierlich in die Tiefe des Waldes: »Schmied, komm heraus!« Nach dem dritten Ruf teilte sich das Gebüsch, und ein rußgeschwärzter Mann erschien. Er hinkte an einer goldenen Krücke; über der Brust trug er einen Lederschurz, und in seiner Linken baumelte ein blitzendes Ding.

Zeus fuhr erschrocken zurück.

»Wer ist das?« schrie er. »Den kenne ich nicht! Was will der? Was hat der da in der Hand?«

Der Schmied trat näher.

Voll Neugierde versuchte Hera durch das Ölbaumholz zu lugen, doch in ihrer Augenhöhe war der Stamm rißlos. Sie mußte sich auf die Zehen recken und konnte dennoch vom Schmied nichts als ein rotes Haarbüschel erblicken.

»Es ist dein Sohn Hephaistos, den du vom Olymp geworfen hast«, erklärte Prometheus.

»Weggerutscht ist er mir«, rief Zeus, »ich wollte ihn hochheben, um ihn sorgfältig zu betten, da hat er gezappelt und ist mir einfach weggerutscht.

Endlich finde ich dich, mein Söhnchen! Welche Freude! Wie lange habe ich dich schon gesucht! O wai, mein Schädel, mein armer Schädel! Was hältst du da in der Hand, mein Söhnchen?«

»Eine Axt«, sprach Hephaistos mit rauher Stimme, »eine Axt aus Eisen, Väterchen.«

»Und was willst du mit der Axt aus Eisen, Lieber?« fragte Zeus.

»Dir den Schädel spalten, Väterchen«, sagte Hephaistos und ließ die Axt blitzen.

In diesem Augenblick verlor Hera, die sich zu hoch auf die Zehen gereckt hatte, das Gleichgewicht und fiel aus dem Ölbaum.

»Sieh da, meine Schwester und Mitregentin«, sprach Zeus und setzte sich auf einen Baumstumpf. Hera zog sich am Laub eines Busches hoch, da wurde dahinter Poseidon sichtbar, und plötzlich traten auch Ares, Artemis und Apollon und ein wenig später auch Hebe, Demeter und Kore aus dem Dickicht. Sie alle waren durch das schauerliche Gebrüll in den kretischen Wald gelockt worden, und als dann Hephaistos mit dem Beil erschien und Hera und Poseidon sich zeigten, dachten sie, nun werde Gericht über Zeus gehalten, und da wollte keiner von ihnen fehlen.

In ihren Mienen stand Hohn und Haß.

»Willkommen, ihr Himmlischen«, sprach Zeus und starrte auf das Beil.

Einen Herzschlag lang war es völlig still, und da war es, als schalle aus dem Dickicht das gräßliche Lachen des stummen Kratos.

»Die beiden Schakale sind auch da«, sprach Zeus vor sich hin, »und da drunten lauern Bruder Hades und Vater Kronos, und vor mir steht mein verstoßener Sohn mit der Axt in der Hand, mir den Schädel zu spalten. So also habt ihr euch das gedacht! Seit langem schon wittre ich euren Verrat, liebe Schwestern und Brüder. Aber noch ist es nicht soweit!«

Er sprang auf und schrie: »Ich will ein Riese sein und bis zum Himmel ragen!«, und in diesem Augenblick wuchs er bis zum Himmel auf, doch ebenso riesenhaft wurde das hämmernde Eingeschlossene in seinem Schädel. Es war, als ob Gebirge gegen seine Stirn polterten. Heulend wünschte er sich in seine alte Gestalt zurück. »Macht mit mir, was ihr wollt!« wimmerte er. »Ich kann nicht mehr!«

Hephaistos wiegte das Beil.

»Schlag zu!« flüsterte Hera. »Schlag zu, schlag zu!«

Ares lockerte seine Muskeln, Kore aber verhüllte vor Angst ihr Gesicht.

»Bruder Zeus«, sprach Prometheus, »wir wollen dir nichts Böses tun. Hephaistos wird dir den Schädel öffnen, doch vorher mußt du schwören, ein besserer Herrscher zu sein. Deine Willkür muß ein Ende haben. Versprich uns das!«

Die Eingeschlossene in seinem Kopf begann wieder mit den Fäusten zu hämmern.

»Genug jetzt!« rief sie. »Genug geschwatzt! Ich will endlich hinaus! Tut etwas, sonst breche ich mir selbst einen Ausgang!«

»Schlag zu!« heulte Zeus. »Ich verspreche alles!«

Prometheus rieb die Stirn des sitzenden Zeus mit Öl ein, dann zog er aus einer Höhle im Olivenstamm einen Becher, der mit einem goldfarbnen Getränk gefüllt war, und auch der Becher war aus Gold und sein Fuß aus Rubin.

Zeus starrte den Becher mißtrauisch an. Er fürchtete, nun selbst vergiftet zu werden, so wie er damals Kronos vergiftet hatte. Gleichzeitig aber war er trotz dieser Furcht und trotz seiner Schmerzen von dem nie geschauten Gefäß entzückt.

»Wo hast du das denn gefunden?« fragte er und drehte den Becher langsam in seiner Rechten. »Auf keinem Stern habe ich je so Schönes gesehen.«

»Hephaistos hat ihn gefertigt«, erwiderte Prometheus. »Hephaistos hat viele schöne Dinge geschaffen, die es vorher nicht gab. Trinke ohne Furcht. Es ist bester Nektar, und es sind die Früchte des Weinstocks darin gekocht. Dieser Trank mildert alle Schmerzen.«

Zeus nickte, doch da er den Becher zum Mund hob, wurde der Kopfschmerz still. Die Eingeschlossene konnte nämlich durch die Augen des Zeus wie durch Fugen sehen, und nun sah sie das goldene Blitzen des Bechers und glaubte, das Licht breche schon zu ihr herein.

Da der Kopfschmerz verschwand, setzte Zeus den Becher ab, doch in diesem Augenblick begann die Eingeschlossene wieder zu hämmern.

»Schlag zu, schlag zu!« heulte Zeus und streckte Hephaistos die Stirn

entgegen, doch als das Beil blinkend in die Höhe stieg, schlang Zeus die Arme um seinen Kopf. Hephaistos hielt inne, da sprangen Poseidon und Ares heran und drehten Zeus die Arme auf den Rücken. Hephaistos hob wieder das Beil, und da er es hob, zischte ihm Hera ins Ohr: »Schlag zu, so kräftig du kannst, mein Sohn! Nun ist er in unsrer Gewalt! Hau ihn entzwei!« Das hörte Zeus, und er wand sich verzweifelt in den Fäusten seines Bruders und seines Sohnes, da fuhr das Beil schon hernieder, und seine Schneide war so scharf und ihr Schlag so genau, daß er den Schädel nur so weit spaltete, um ein igelhaft zusammengekrümmtes Wesen herausspringen zu lassen, das sich im Fallen zu einer schlanken und göttergroßen Jungfrau reckte.

»Da bin ich«, sagte das Mädchen, »ich heiße Athene. Fuh, war das eng und heiß da drinnen! So also seht ihr aus. Ich kenne euch ja alle vom Hören, aber sehn konnte ich euch nur, wenn ihr ganz nah vor dem Väterchen standet. Du Große bist wohl Hera? Sei gegrüßt!«

»Sei gegrüßt, Athene, du liebes Kind«, sprach Hera und legte den Arm um die Schultern der Hauptentsprungenen. Dabei dachte sie wütend: Dieser Hephaistos ist ja ein schrecklicher Tölpel. Er hätte Zeus entzweihacken können. Nun ist alles auf lange Zeit dahin!

Und sie dachte besorgt: Hoffentlich hat er mein Gezischel nicht gehört. Ach was, er wird es schon nicht gehört haben! Und wenn, dann leugne ich's oder sage, es war Gaias Stimme oder der Wind.

Prometheus betupfte die gespaltene Stirn mit Öl, preßte die Knochenränder aneinander und umwand sie mit Heilkraut und Efeuschnüren. Der Erste der Götter saß noch ganz dumpf und verwundert da und starrte auf die Befreite und die Runde um sie. Langsam begriff er, daß er nicht zu den Hundertarmigen geworfen werden sollte. Vorsichtig, in winzigen und auch jeweils nur um ein winziges weiter ausgreifenden Rucken drehte er den Kopf hin und her, dann wagte er, ihn zu heben und zu senken, und schließlich rollte er ihn im Nacken, so wie ein Bach einen Kiesel rollt. Die Wunde war kaum zu spüren. Frei von der Angst und frei von Schmerzen, fühlte er sich nun so froh und gelöst wie noch nie.

Jetzt kenne auch ich das Gefühl, das Prometheus Glück nennt! dachte er.

Er trank einen Schluck Wein, erhob sich und trat vor das Mädchen.

»Sei gegrüßt, Athene«, sprach er und neigte sich zu ihr nieder und küßte sie auf die Stirn. »Schön bist du«, sagte er, »noch schöner als Aphrodite. Du hast mich ja genug geplagt, nun sollst du mich fortan nur noch erfreuen.«

Er hat nichts gehört, dachte Hera beruhigt, er würde sonst loswüten! Athene stand jetzt zwischen ihr und Zeus, und um sie herum stand verlegen die Götterfamilie, und da sie nicht wußten, was sie nun tun sollten, traten sie von einem Bein aufs andre und lächelten.

»Es ist kalt hier«, sagte die nackte Athene, »aber das macht nichts, die Freiheit ist herrlich. Das also ist die Welt! Sie gefällt mir. Wie süß die Luft schmeckt! Ah, und der Wind im Haar und der blaue Himmel!«

Da erblickte sie den Becher, den Zeus weggestellt hatte.

»Oh«, sagte sie überrascht, »was ist das?«

»Ich schenke ihn dir«, sagte Hephaistos, »ich mache mir einen neuen. Gib acht, er ist schwer. Er ist pures Gold.«

»Mach mir auch einen Leibschurz aus Gold«, rief Athene, »und auch einen Schutz für den Kopf, daß das Haar nicht so flattert. Wirst du das können?«

»Ich meine schon«, sagte Hephaistos. Er wurde rot und krümmte sich über seine Krücke. »Für dich will ich mir Mühe geben«, versicherte er. Er wollte mit lieblicher Stimme sprechen, aber zu seinem Ärger klang sie ganz heiser und rauh.

Athene aber stieß einen Freudenschrei aus. »Wie bist du tüchtig!« jauchzte sie. »Ich glaube, ich mag dich.«

Sie umarmte den Schmied und rief noch in seinen Armen: »Fuh, du färbst ja ab! Es ist schrecklich, so schwarz und schmierig herumzulaufen. Warum bist du nicht weiß wie die andern? Was ist das, was dir da auf der Haut klebt?«

»Ich nenne es Ruß und Asche«, sagte Hephaistos. »Man wird nun mal so, wenn man mit Feuer umgeht.«

»Kann man das nicht abreiben?« fragte Athene. Sie goß Wein über Brust und Stirn des Schmiedes und säuberte ihn mit Moos.

Danach kämmte sie ihn, so gut es eben mit fünf Fingern gehen mochte.

»Sieh an, wie schmuck du jetzt aussiehst«, sagte sie. Dann ging sie reihum und begrüßte jeden mit Handschlag, den Ares aber, der sich mit aufgeplusterter Brust vor Demeter und Kore gedrängt hatte, ließ sie aus.

»He du!« schrie Ares. »Du siehst mich wohl nicht? Ich bin dir wohl zu klein, was?«

Er schlug eine dumme Lache an und packte das Mädchen an der Schulter, doch Athene fuhr wie der Wind auf der Ferse herum und schlug ihm den Arm hinunter.

»Rühr mich nicht an«, sagte sie scharf. »Du bist Ares, nicht wahr? Dein Brüllen hat mir noch nie gefallen.«

Ares ballte knurrend die Faust, doch er wagte nicht, zuzuschlagen. Von diesem Augenblick an wußten die beiden, daß sie für immer Feinde sein würden. Die anderen Götter freuten sich, denn keiner mochte Ares leiden. Nur Aphrodite beeindruckte sein ungeschlachtes Gehabe, aber die war ja jetzt nicht hier.

Während Athene die Götter begrüßte, war Zeus zu Hera getreten und hatte ihr, was er seit der Titanenschlacht nicht mehr getan, die Spitzen des Haares geküßt. Nun klatschte er in die Hände. »Auf zur Wohnstatt, ihr Guten«, rief er, »auf zur Wohnstatt, seht ihr denn nicht, wie die arme Kleine bibbert und friert! Meine hohe Schwester, habe die Güte, sie zu geleiten. Räum ihr den wärmsten Platz ein. Meinetwegen laß Aphrodite zur Seite rücken.«

»Sehr gern«, sagte Hera und hakte Athene unter.

»Geht nur voran«, sagte Zeus, »ich komme nach. Ich möchte nur noch Hephaistos danken. Auch du kannst gehen, treuer Prometheus. Ich werde deinen Dienst nie vergessen, mein Lieber.«

Kratos und Bia bestrafen einander

Die Götter waren zu ihren Höhlen zurückgegangen.

Zeus und Hephaistos blieben allein.

»Mein lieber, lieber Sohn«, sprach Zeus und legte beide Arme auf die Schultern des Schmiedes, »mein lieber, viellieber Sohn, ich danke dir. Du hast mich zweifach erlöst in dieser Stunde: von meinen Schmerzen, aber vor allem von der quälenden Sorge um dein Geschick. Prächtig bist du gediehen, Söhnchen, jedes Glied ein echter Gott! Du mußt mir deine Erlebnisse genau berichten, denn du ziehst doch wohl jetzt zu uns, mein Lieber, und erfreust uns mit deiner Gegenwart.«

»Gern, lieber Vater«, stotterte Hephaistos beglückt und erregt und schrecklich verlegen, weil er nicht recht wußte, was dann aus seiner Werkstatt im Wald werden sollte.

Vielleicht kann ich sie mitnehmen, dachte er. Wenn der Olymp erzhaltig ist, wäre das möglich! Und er versuchte Zeus zu erklären, was eine Erzmine und was eine Schmiedeesse, ein Amboß, ein Hammer, eine Zange, ein Blasebalg und eine Schmelzgrube sei. Zeus tat so, als verstehe er alles, und befühlte dabei die Schneide des eisernen Beiles. Er hieb nach einem handgelenkdicken Eschenstamm und kappte ihn mit einem Hieb, danach prüfte er wieder die Schärfe und fand sie um nichts vermindert.

»Großartig«, rief er, »das hast du also im Blasebalg gefunden?«

»Auf dem Amboß geschmiedet, Vater Zeus, geglüht und geschmiedet«, erwiderte Hephaistos geduldig. »Aus Erz und Feuer wird im Schmelzofen Metall, und aus Metall und Mühe auf dem Amboß dann diese Schärfe. Ich hab dir das doch soeben erklärt.«

»Und wo hast du den Schmelzofen gefunden, Söhnchen?«

»Den hab ich auch gemacht, Vater Zeus.«

»Und den Amboß, mein Söhnchen?«

»Den hab ich auch gemacht, lieber Vater.«

»Und das Erz hast du auch gemacht, mein Söhnchen?«

Hephaistos seufzte.

»Nein, Vater Zeus, das hab ich gefunden«, sagte er.

»Na siehst du, das ist ja meine Rede!« erwiderte Zeus. Er holte abermals aus und schlug einen Eichenast von doppelter Dicke des Eschenstamms ab. Diesmal mußte er dreimal zuhaun, aber auch danach war die Schneide nicht beschädigt.

»Sag, spaltet das auch Granit?« fragte er.

»Das könnte das beste Beil nicht«, entgegnete Hephaistos.

»Aber gibt es ein andres Ding, das so was könnte?«

Hephaistos zögerte mit der Antwort.

»Söhnchen«, sprach Zeus, »ich will dir meine dritte Sorge offenbaren, und die ist nicht nur meine Sorge allein. Unser Reich ist von Ungeheuern bedroht, von Scheusälern mit hundert Armen und hundert Beinen. Sie sind tief im Erdinnern eingeschlossen, aber sie rütteln an ihren Kerkerwänden, und wenn sie freikommen, sind wir verloren. Einmal haben wir sie besiegt, aber nun sind unsre Schwerter zerhauen und schartig, und mit Steinen und Knüppeln können wir sie nicht abwehren.« Er drehte das Beil im Handgelenk, und als es in der Sonne blitzte, schien es, als schneide es das Licht. Die Augen des Gottes funkelten. »Befreie uns auch von der letzten Sorge, mein Lieber«, bat er. »Schaffe uns die schärfste Waffe, die dein Amboß zu blasen vermag!«

»Ich will mir Mühe geben, Vater«, sagte Hephaistos, doch seine Stimme klang merkwürdig bedrückt. Zeus beobachtete ihn aufmerksam. Der Schmied schaute auf das Moos und den quarzigen Grund, als ob er durch den Boden zu den Ungeheuern hinabblicken wollte. Eine Weile stand er so und schwieg, nur der Stein unter seiner Krücke knirschte. Zeus ließ kein Auge von ihm. »Manchmal habe ich sie heulen hören«, sagte Hephaistos schließlich wie im Selbstgespräch. »Es war furchtbar: Kein Tier heult so, auch kein Sturm und kein Feuer...« Er wollte hinzufügen: »Sie tun mir leid«, aber statt dessen sagte er: »Du meinst also, sie bedrohen uns?«

»Sie können schon morgen über uns herfallen«, erwiderte Zeus.

Hephaistos wurde immer nachdenklicher. Gaia hatte ihm oft, wenn abends die Feuer in der Höhle brannten, von den armen Hundertarmigen erzählt, die in Kälte und Finsternis eingesperrt seien und darum so bitterlich seufzten und heulten, und da hatte Hephaistos sich seiner Stunden auf dem Distelfeld erinnert, und er hatte geträumt, ein Schwert zu schmieden, das den Kerker der Ärmsten zerschnitt und sie befreite. Am Tag aber, in den Minen, hatte ihm wieder vor den Heulenden gegraut, und so zwischen Grauen und Traum hatte er über ihnen gehaust und Erz gebrochen und manchmal bei ihrem Heulen gedacht, es heule sein eigenes einsames Herz. Denn mitten im siebenten Jahr seines Lebens bei Gaia hatte er einmal die Kinder Poseidons im Meer tollen sehen, und da war ihm seine Einsamkeit so zum Leid geworden, daß es ihm den Atem abschnürte. Vor Sehnsucht und Hilflosigkeit zitternd, war er ein Stück ins Wasser gehumpelt, um mit den Jauchzenden zu spielen, doch da er ja nicht schwimmen konnte und sein Rufen und Winken unbemerkt blieb, war er in seine Werkstatt zurückgekehrt und hatte so wild auf das Eisen eingeschlagen, daß er sein bestes Stück verdarb. In der Nacht dann hatte er über das mißhandelte Metall geweint, und am nächsten Morgen war er, vom Verlangen nach einem Gefährten getrieben und doch von einer unerklärbaren Scham gehemmt, heimlich wie ein Luchs zum Strand geschlichen, entschlossen, sich diesmal, was auch danach geschehe, in die Wellen zu werfen. Doch da war ihm auf halbem Wege Prometheus begegnet, und der hatte ihm von den Göttern auf dem hohen Berg Olymp und von seiner, des Hephaistos, göttlichen Abkunft erzählt und ihn getröstet, daß, wenn er nur wage, den Schädel des Zeus zu spalten und ihn von seinen Kopfschmerzen zu befreien, die Stunde der Heimkehr nahe sei. Hephaistos hatte dies nicht glauben wollen; ungläubig hatte er mit Prometheus das Beil geschmiedet und ungläubig noch den Schlag geführt, doch nun war die Voraussage in Erfüllung gegangen, die Einladung, zum Olymp zu ziehen, war ausgesprochen, und nun gingen Hephaistos die Mahnworte Gaias nicht aus dem Sinn: Sie werden dich loben, sie werden dir schmeicheln, und du wirst ihnen folgen, und das wird dein Verderben sein …

Hatte Gaia gelogen, als sie vor den Göttern warnte? Hatte sie gelogen, als sie ihm die Hundertarmigen als gepeinigte, hilflose Wesen schilderte? Oder log nun Zeus, oder logen gar die eigenen Augen und Ohren? Wie sollte dieser gütige Vater ein böser Mann, wie diese unfaßbar schöne Hera eine böse Frau sein? Aber Zeus hatte doch Angst vor ihr gehabt, oder war das nur ein Spiel gewesen, so wie auch die Hirsche im Spiel einander drohten und einander erschreckten und mit gesenktem Geweih aufeinander losrannten, um am Ende doch wieder im versöhnten Verein die Eschenrinde abzuknabbern?

Hephaistos fand sich nicht mehr zurecht.

Zeus ahnte, was in seinem Sohn vorging, und er fürchtete, der Schmied könne die Uralte rufen.

Da kam ihm ein Einfall.

»Söhnchen«, sagte er rasch, »bring mir das Beil, das Granit zerschneidet, und du sollst die schönste der Göttinnen zur Frau bekommen.«

»Hera?« fragte Hephaistos verwirrt.

»Ach was«, erwiderte Zeus, »ich sagte dir doch: die Schönste, und das ist Aphrodite, die Meerschaumentstammte. O Söhnchen, Söhnchen, keine Beschreibung kann ihren Liebreiz schildern! Ich wollte sie ja selbst heiraten, das gestehe ich, doch ich gebe sie dir, mein Herzenssohn. Schaff mir die Waffe und mach sie so scharf, daß sie hundert Arme mit einem Hieb abhaut! Dann werden uns die Ungeheuer nicht mehr bedrohen, und du wirst dich der schönsten Göttin erfreuen.«

Bei diesen Worten schwindelte es Hephaistos, so wie ihn geschwindelt hatte, als Hera und die anderen Göttinnen und schließlich die nackte Athene vor seinen Augen erschienen waren. In diesen Augenblicken war ihm gewesen, als trete sein Leben Schritt für Schritt aus einer grauen, düsteren Höhle in den blendenden Tag, und später dann, als er schon mit Zeus allein war, hatte er plötzlich denken müssen, daß alles Gold nur dazu da sei, sich an den Hals dieser Wunderwesen zu schmiegen, und alle Edelgesteine nur darum erstanden, einstmals auf ihrem Haar zu glühen. Hätte Zeus ihm Hera versprochen, er hätte ihm jeden Dienst dafür gelobt – aber wer war Aphrodite? Der Name klang berauschend, doch wen verbarg er? War dies der Betrug, vor dem Gaia gewarnt hatte?

»Was zögerst du, Söhnlein?« fragte Zeus ungehalten.

Hephaistos brachte vor Verlegenheit keinen Ton heraus. Schließlich wagte er zu stammeln, daß er ja Aphrodite nicht kenne. Da verwandelte sich Zeus in einen Wirbelwind, raste nach dem Olymp, packte die schlafende

Göttin, und als er mit ihr in den Armen vor seinem Sohn erschien, sank der in die Knie. Sie ist ja hundertmal schöner als Hera, dachte er fassungslos.

»Gefällt sie dir?« fragte Zeus lächelnd.

»Vater«, sprach Hephaistos, »ich kenne ein Erz, in dem die Kraft des Feuers schläft. Gaia hat mit verboten, es zu brechen, doch ich will dir eine Waffe daraus schmieden. Um Aphrodites willen tue ich alles!«

Die Schlafende blinzelte.

»Wecke sie nicht!« rief Hephaistos. »Sie soll mich so nicht erblicken! Ich bin schmutzig und humple auf einem Bein. Ich will ihr anders erscheinen. Lebe wohl, Vater! Wenn die Sonne dreimal gestiegen und gefallen ist, siehst du mich wieder. Ich werde dir bringen, was du begehrst.«

Er stemmte sich an seiner Krücke hoch und humpelte flink und ohne sich noch einmal umzudrehn in den Wald. Zeus bettete Aphrodite nahe der Küste ins Moos, dann kehrte er zurück und setzte sich auf einen Gneisblock.

»Wo bleibt ihr?« rief er nach einer Weile. »Ich warte!«

Da teilte sich ein Lorbeergebüsch, und Bia und Kratos traten heraus. Bia lächelte, und Kratos lachte.

»Was lachst du, Kratos«, fuhr Zeus ihn an, »und was verbirgst du, Bia, für krumme Gedanken hinter deiner glatten Stirn? Kommt näher, Freunde, näher, noch näher – halt, nicht zu nahe! So, da bleibt stehen. Und nun erzählt.«

»Was sollen wir dir denn erzählen, Herr?« fragte Bia. Er versuchte Zeus unbefangen ins Gesicht zu blicken und schaute sofort wieder zur Seite. Kratos, der aufgehört hatte zu lachen, verzog den Mund.

»Ich höre«, sagte Zeus nach einer Weile.

»Ich höre«, wiederholte er, da die beiden schwiegen, »ich höre!«

Ein dummes Lachen des Kratos.

Und wieder Schweigen.

Zeus wiegte das Beil.

»Ich verstehe deinen Willen nicht, Herr«, sagte Bia unsicher. So hatte der Gebieter noch nie zu ihnen gesprochen. Wußte er etwas von ihrer Begegnung mit Atlas?

Zeus stand auf, hieb ein paar Schlingpflanzen ab, warf sie Kratos zu und setzte sich wieder.

»Da«, sagte er, »da, stummer Kratos, nimm das und binde deinen Bruder.«

Da band Kratos seinem Bruder Bia die Hände auf dem Rücken und danach die Beine um Knöchel und Knie zusammen, und Bia ließ es wortlos geschehen.

Wenn ich nur wüßte, was Zeus weiß, dachte er, da er gebunden wurde, und Kratos, da er seinen Bruder band, dachte Ähnliches, nur dumpfer und statt in Worten in Ängsten. Zeus schwieg. Weiß er von unserm Gespräch mit Vater Atlas? fragte sich Bia ratlos, da der Strang seine Beine umwand. Von seinem Bemühen, die Titanen zu wecken? Von seinen Aufträgen an uns? Und wenn er was weiß, wieviel weiß er dann?

Zeus schwieg.

Kratos zog die Schlinge so fest, daß die Knoten ächzten. Sein Bruder konnte nun kein Glied mehr rühren.

Auf jeden Fall muß ich den Unschuldigen spielen, dachte Bia, da schnippte Zeus mit dem Finger, und da stieß Kratos den Bruder um.

Bia fiel ins Gestrüpp.

Zeus winkte, und Kratos rollte seinen Bruder vor den Gneisblock. Bia konnte das Gesicht des Sitzenden nicht mehr sehen, nur dessen Beine bis zu den Knien, und die waren reglos wie der Stein. Aber da ertönte hoch über ihm die Stimme seines Herrn, und da erschrak er, obwohl sein Herr so sanft wie noch nie sprach.

»Schlag deinem Bruder ins Gesicht, guter Kratos«, sprach Zeus ganz leise, und Bia dachte, daß Kratos nicht richtig zuschlagen werde. Doch da hörte er Zeus sagen: »Schlag richtig zu!«, und Kratos schlug, so kräftig er konnte, und dann trat er auf Verlangen des Herrschers dem Bruder ins Gesicht und in den Leib, und dann handelte der losgebundene Bia ebenso an seinem Bruder Kratos, den nun *er* band, und diesmal brauchte Zeus nicht zu mahnen, beim Schlagen keine Kraft zu sparen. Bia schlug und trat, als liege Zeus statt des Bruders vor ihm.

»Genug«, sagte der Herrscher schließlich, dann hieß er die beiden vor sich niederknien.

Auf ihren Köpfen wuchsen Beulen und auf ihren Schultern und Schen-

keln blaugrüne Flecken. Eine Beule sah aus wie ein Fliegenpilz, eine andre wie ein Tannenzapfen. Die Götter hätten gejubelt, hätten sie die verhaßten Spitzohren so sehen können.

Sogar die Tiere schmunzelten, und die klugen Häher schrien die Nachricht eifrig im Wald aus. »Dresche, Dresche!« schrien sie. »So ist's recht! Prächtige Dresche für den gräßlichen Kratos!«

In ihrer einsilbigen Sprache klang das: »Dräsch, dräsch! Rätsch, rätsch! Prätsch, dräsch, grätsch, krätsch!«

»Schlag! Schlag! Schlag!« ereiferte sich die Wacholderdrossel.

»Bia auch! Bia auch! Bia auch!« verlangte der Bussard.

»Feste, feste, feste, feste!« schnalzte die kleine Klappergrasmücke.

Kratos jaulte, und Bia schnaufte.

»Das laßt euch eine Lehre sein«, sagte Zeus, und er sprach noch immer ganz sanft und leise. »Glaubt ihr, ich kenne eure Umtriebe nicht? Glaubt ihr, ich weiß nicht, mit wem ihr tuschelt? Glaubt ihr, ihr könnt mich hintergehn? Glaubt ihr das wirklich? Antwortet!«

In Wahrheit wußte Zeus fast gar nichts und überhaupt nichts von dem Gespräch mit Atlas. Er hatte nur aus Heras unbedachtem Ruf zu Hephaistos auf Umtriebe, ihn zu stürzen, geschlossen, und wenn es auch durch den glücklichen Ausgang der Schädelspaltung offenkundig war, daß Heras Pläne nicht weit gediehen sein konnten, so mußten doch bestimmte Vorbereitungen getroffen worden sein. Wenn Hera sich aber nach Verbündeten umgesehen hatte, so war der Gedanke gar nicht so abwegig, daß sich seine Schwester und Gemahlin auch an sein Helferpaar herangemacht hatte. Es gab nur zwei Möglichkeiten: Entweder die beiden wußten etwas von Heras Plänen, so war jetzt die beste Gelegenheit, sie zu überführen, oder sie wußten nichts, dann konnte man ihnen beweisen, daß sie unfähig waren, und sich durch großmütige Nachsicht ihrer Ergebenheit noch mehr versichern. Den beiden entging, daß Zeus ihnen keinen einzigen Tatbestand auf den Kopf zugesagt, sondern nur allgemein gesprochen hatte. Sie glaubten sich als Parteigänger des Atlas durchschaut und wußten vor Angst nicht aus noch ein.

An Hera dachte keiner von ihnen.

»Antwortet!« schrie Zeus, denn nun schrie er.

»Antwortet! Ich warte, bis der Häher noch dreimal schreit!«

»Dresche!« schnarrte es begeistert aus einer Pinie. Der Häher glaubte, die Prügelei werde von neuem beginnen, und vor Aufregung taumelnd, machte er sich auf den Weg in den Nachbarwald, die Neuigkeit durch die Wipfel zu plärren. Seine Bürzelfedern leuchteten weiß durch das schummrige Baumgrün. »Dresche!« schrie er im Taumelflug, und »Dresche! Dresche!« noch aus der Waldestiefe.

Zeus lüftete sich vom Sitz.

»Verzeih unserm Vater, Erhabener!« rief Bia und warf sich im Knien über die Füße seines Herrn. »Es war die Sehnsucht nach seinen Söhnen, die ihn hierhergeführt hatte. Er wollte uns nur einmal noch sehen, drum kam er herauf.«

»Atlas?« fragte Zeus verblüfft. In seiner Frage klang so viel Erstaunen, daß auch der stumme Kratos begriff, daß Zeus von ihrem Gespräch mit dem Vater nichts wußte. Mit unbeholfenen Ächzlauten versuchte er Bia zu warnen, doch das war nicht nötig. Auch Bia hatte sofort die Ahnungslosigkeit dessen erkannt, der sich als allwissend aufspielte. Nun hätte er sich selbst grün und lila haun mögen, daß er auf Zeus hereingefallen war und den Vater verraten hatte.

»Atlas, ja, ja, ich weiß«, wiederholte Zeus mit gespielter Gleichgültigkeit.

Nichts weißt du, dachte Bia wütend, und auch Kratos dachte Ähnliches, nur dumpfer und statt in Worten in höhnischer Freude.

»Wie kam er an Hades vorbei?« fragte Zeus.

»Dein hoher Bruder Hades war bei deinem hohen Bruder Poseidon«, antwortete Bia.

»Ich weiß«, sagte Zeus, dem diese Kunde neu war, »und wer war noch dort?«

»Deine Schwester Hera, unsre hohe Herrin«, antwortete Bia.

»Und wer noch?«

»Sonst niemand.«

Fern rauschte das Meer.

Jetzt hab ich dich, Hera, jetzt hab ich dich! dachte Zeus triumphierend.

Heras Pläne gingen *doch* weiter, als er geahnt hatte. Daß Atlas Ränke spann, machte ihm keine Sorgen. Er wußte, daß die Titanen ruhig waren, und mit ihrem Anführer allein würde er fertig werden. Nachgehen mußte man dieser Sache gewiß einmal, doch das hatte Zeit.

»Berichtet von Hera«, forderte er.

Bia hatte die Gedanken des Zeus im eigenen Denken mitvollzogen. Er wußte jetzt genau, was sein Herr hören wollte, und sprudelte alles heraus, was Hera jemals Ungehaltenes und Erbostes über ihren Bruder geäußert. Er berichtete jeden Klatsch und Tratsch, und wenn ihm eines ihrer Worte nicht kräftig genug schien, log und bog er es einfach zurecht. Auch die anderen Götter schonte er nicht. Als er seinen Bericht beendet hatte, drückte er die Füße des Herrschers abermals mit beiden Händen an seine Stirn und bat noch einmal: »Verzeih unserm Vater, Erhabener! Er hat dich nicht erzürnen wollen. Es war die Sehnsucht, die ihn trieb.«

Zeus überlegte. Die beiden waren doch eifriger, als er glaubte, und offenbar wirklich bereit, ihm nützlich zu sein. Daß Atlas mit ihnen Verbindung gesucht hatte, war erklärlich, und daß sie ihn zu decken versucht hatten, war es auch. Letzten Endes war beides sogar gut, denn mit diesem Fehltritt hatte er sie in der Hand. Er konnte ihn jederzeit zum Anlaß nehmen, sie neu zu beschuldigen und sogar zu bestrafen. Darum hielt er es nun für angebracht, sie noch eine Weile in Ungewißheit zu lassen, und tat so, als ringe er um seinen Entschluß. Er dachte, sie würden in Ängsten zappeln, und Bia ging darauf ein und spielte den Bangenden. Er fürchtete nur eins: daß Kratos lache, aber sein Bruder beherrschte sich.

»Es war ein ernstes Versäumnis von euch, solch einen Vorfall nicht sofort zu melden«, entschied Zeus schließlich, »doch ich will euch und eurem Vater noch einmal verzeihn. Eure Züchtigung soll für diesmal genügen. In Zukunft aber werdet ihr jedes Wort berichten, das einer der Götter oder der Titanen, ja das eines der Tiere wider mich ausstößt. Jedes Wort, ach, was rede ich, jeden Blick, jede Gebärde, ja jeden Gedanken! Jawohl, jeden Gedanken, glotzt nicht so blöd! Wißt ihr nicht, daß man auch Gedanken sehen kann? Sie zeigen sich in den Augenwinkeln, auf den Lippen und zwischen den Brauen, und sie klingen im Lachen wie im Schweigen mit. Drum schärft eure Augen und spitzt eure Ohren, sonst ist euer Platz für ewig da drunten – ihr wißt, was ich meine! Habt ihr mich verstanden?«

»Vollkommen, Erhabener«, erwiderte Bia, und jetzt lachte Kratos, und jetzt war das Lachen am richtigen Platz.

»Nun erzählt mir alles noch einmal«, verlangte Zeus, und er sagte gnädig: »Ihr dürft aufstehn.«

Da standen die beiden auf und standen, ohne sich den Schmutz von den Knien zu wischen, und Bia dachte, es wäre nützlich, auch im Stehen Demut zu zeigen, und so stand er, ohne zu mucken, und hielt die Hände flach und fest an die Schenkel gepreßt. Selbst als eine Schnake ihn stach, rührte er sich nicht. Kratos grinste ihn an und stand wie immer: unordentlich, ein Bein gebogen und eines durchgestreckt, die Arme baumelnd, die Hände geballt, und mitunter lachend, und Bia dachte, es sei sehr von Vorteil, Zeus sehen zu lassen, wer von den Brüdern der Eifrigere war. Dabei berichtete er noch einmal, was er von Heras Unmut wußte. Er hatte ein gutes Gedächtnis und wiederholte auch seine Lügen genau.

Zeus nickte befriedigt und besorgt. Vor ihm stand das Bild einer Verschwörung, die weit genug gediehen war, daß er sie packen und richten konnte. *Wie* aber sollte er sie packen? Wenn er zuschlug und die Götter zur Abwehr sich gegen ihn zusammentaten, mußte er unterliegen, selbst wenn ihm Hephaistos das schärfste Beil brachte. Sie hatten ihn bei Athenes Geburt zwar geschont, allein *für* ihn war eigentlich – von Hephaistos abgesehen – nur Prometheus gewesen. Aus den Mienen der andern hatte nichts als Haß und frohlockende Gnadenlosigkeit geblickt. Aphrodite war nicht dabeigewesen, sie hätte vielleicht zu ihm gehalten, aber sie war schwach und träge und im Kampf ohne Wert. Nein, jetzt konnte er auf keinen Fall zupacken; er mußte auf eine günstigere Gelegenheit warten, und die kam nur, wenn nun *er* ein Heer wider Hera warb. Es war ihm klar, daß er sich anfangs dabei nur auf Prometheus stützen konnte.

Das wurmte ihn.

Er hat eine Art, die mich rasend macht, dachte er. Seine Rechtschaffenheit geht einem auf die Nerven: »Das ist gut, das ist schlecht, das ist brav, das ist bös, das ist richtig, das ist falsch« – wer soll das nur aushalten! Aber ich muß die Zähne zusammenbeißen und ihn ertragen. Ich werde oft mit ihm im Wald sein. Wenn er Tiere um sich hat, ist er erträglich. Es geht nun einmal nicht anders. Es muß eben gehn!

Auch ein zweiter Umstand machte ihm Sorge. Bia hatte eine solche Fülle von Unbotmäßigkeiten der Schwester und Gemahlin, aber auch der andern Geschwister ausgebreitet, daß er einiges zu vergessen fürchtete. Und dabei war doch jede Äußerung wichtig; Prometheus mußte man mit Beweisen überhäufen, und hier *waren* Beweise angehäuft! Nun hatte sich ja Bia erstaunlich viel gemerkt, aber konnte das Gedächtnis eines Dieners besser als das seines Herrn sein? Außerdem gedachte Zeus sich auch alles Belastende über die Spitzohren zu merken, und das konnte er ja nur selber tun.

Bia hatte seinen Bericht beendet und stand noch immer stramm und grade.

»Ich habe das alles bereits gewußt«, sagte Zeus, »doch ich sehe, daß ihr wachsam seid.«

Er nickte Bia gnädig zu, und erst jetzt fiel ihm dessen Haltung auf.

»Wie lümmelhaft du dastehst!« fuhr er Kratos an. »Nimm dir ein Beispiel an deinem Bruder! Steh auch grade und reglos!«

Da stellte sich auch Kratos wie Bia auf. Als aber eine Mücke ihn stach, schlug er nach ihr.

»Du sollst stillstehn!« befahl Zeus belustigt. »Gilt dir ein Mückenstich mehr als mein Befehl?«

Da stand Kratos still, und die Mücke stach ihn in die Beule, die wie ein Tannenzapfen aussah.

Zeus stand auf und ließ sein Beil im Sonnenlicht schaukeln. Das gespiegelte Licht tanzte in den Kronen und überhuschte golden die verschatteten Nester. Bia und Kratos standen noch immer, als wären sie Steine. Zeus lächelte, als er im Eisenglanz vier piepsende Drosselküken unterm Flügel der zeternden Alten erblickte, und plötzlich hätte er vor Freude den Wald und all seine Wesen umarmen mögen. Heras Verschwörung war gescheitert; Hephaistos würde ihm das schärfste Beil schmieden; der Kopfschmerz war fort, Athene befreit, und auch der Spalt im Schädel schmerzte nicht mehr. Triumphe über Triumphe, was zählte da der kleine Ärger! Vorsichtig tastete er die Wunde durch das Blatt ab und fühlte, daß sie fast verheilt war. Da nahm er den Verband herunter und reckte sich mit dem Beil in der Hand, und da konnte er sich vor Freude nicht mehr beherrschen und verwandelte sich in einen Windhauch und umarmte wirklich den ganzen Wald.

Bia und Kratos sahen es unbewegt.

»Ihr dürft euch jetzt rühren«, rief Zeus, da er wieder als Gott vor ihnen erschien. Die beiden streckten ein Bein vor und spreizten die Finger, und Kratos schlug nach einer Mücke auf seiner Nase und schlug sich nur eine neue Beule. Nun lachte Bia, und nun lachte auch Zeus, und da lachte schließlich auch Kratos wieder.

»Wascht euch im Meer und bleibt heute im Wald«, befahl Zeus, »die hohen Götter brauchen euch in diesem Zustand nicht zu erblicken.« Die beiden dankten und rannten zur Küste. Und nun auf, sagte Zeus zu sich, auf zum Olymp! Der heutige Tag hat mir eine schöne Tochter, einen tüchtigen Sohn, zwei atmende Steine, die Freiheit vom Kopfweh, eine wichtige Kunde und ein überaus gutes Versprechen gebracht. Welch eine Wende! Es ist kaum zu fassen! Nun will ich mich ausruhn und fröhlich sein.

König Zeus

Am frühen Morgen des dritten Tages, seit er Zeus verlassen, erschien Hephaistos auf dem Olymp. Er fuhr in einem Wagen aus Gold mit zwei goldenen Rädern, die er mit den Händen drehte. Es war, als rolle eine hellere Sonne als die des Himmelsgewölbes in langsamer Würde den Berg hinan. Der Glanz weckte die Götter und Göttinnen, die um diese Zeit noch in ihren Moos- und Laubbetten lagen. Den Schlaf aus den Augen reibend, krochen sie aus ihren Höhlen im Stein, und da sie das rollende Gold erblickten, jauchzten sie laut und klatschten entzückt in die Hände. Hephaistos suchte Aphrodite, aber die schlief noch fest. Da aber erschien schon Zeus und schwang sich zu seinem Sohn auf die Plattform vor dem Sitz, und Hephaistos rollte den Wagen in die Wohnhöhle des Herrschers.

Die Götter sammelten sich neugierig vor dem Eingang, doch Kratos und

Bia drängten sie zurück. Zeus hatte ihnen befohlen, niemanden in die Nähe zu lassen, wenn er mit seinem Sohn Hephaistos rede, und so verwehrten sie selbst Hera die Rückkehr in ihre eigene Wohnstatt.

»Geduldet euch nur ein Weilchen, liebe Brüder und Schwestern!« rief Zeus den Ungehaltenen zu. »Hephaistos bleibt ja jetzt immer bei uns. Wir werden uns bald zum Rat versammeln.«

Da beruhigten sich die Götter und schlüpften wieder in ihre Betten, denn es war draußen noch recht frisch. Athene lud Hera ein, die Wartenszeit bei ihr zu verbringen. Sie bewohnte mit Aphrodite, die gerade von Ares träumte, ein kleines Steingemach neben dem Schlafraum des Herrscherpaares. Hera nahm die Einladung an. Kaum daß sie außer Hörweite der Spitzohren war, begann sie auf Zeus zu schimpfen, doch Athene verteidigte ihn.

»Er muß sich doch mit seinem Sohn aussprechen«, sagte sie, »er ist doch der Vater.«

»Und ich bin die Mutter«, entgegnete Hera.

»Der Vater hat größere Rechte«, sagte Athene.

Da fuhr Hera aber auf! »Warum?« sagte sie. »Das seh ich nicht ein! Ich habe ihn geboren! Ich habe ihn in meinem Leib getragen! Ich habe als Mutter das größere Recht auf ihn!«

Da die beiden so stritten, hielt Zeus seinen Sohn umarmt, und noch während er ihn an seine Brust drückte, fragte er: »Hast du mir das Versprochene mitgebracht?«

Hephaistos nickte, zog eine langgestreckte goldene Büchse unter dem Wagensitz hervor und klappte sie auf. Begierig sah Zeus hinein und sah einen gedrungenen grauschwarzen Stab und einen ebenfalls grauschwarzen, in eine haarfeine Spitze auslaufenden Kegel mit zapfenförmig gehöhlter Grundfläche.

Er hatte ein Beil oder Schwert erwartet, dessen Blatt vor Schärfe sprühte. Als er den Stab und den Kegel sah, war er enttäuscht.

»Was ist das?« sprach er. »Das hat ja nicht einmal eine Schneide. Und die Spitze da bricht doch beim ersten Zustoßen ab. Was soll ich damit?«

»Nimm!« sagte Hephaistos bestimmt. Zeus griff nach dem Stab und ließ ihn fast fallen.

»Viel zu schwer als Knüppel«, sagte er, und sein Mißmut wuchs.

»Schüttle ihn«, verlangte Hephaistos.

Zeus schüttelte den Stab, so kräftig er konnte, aber nichts geschah. Dann schüttelte er auf Geheiß seines Sohnes auch den Kegel, und wieder geschah nichts.

»Machst du dich lustig über mich, Schmied?« fragte er drohend.

»Verzeih, Vater«, erwiderte Hephaistos, »ich wollte dir nur die Kraft dieser Waffe richtig vor Augen führen. Sie ist wirkungslos, solange die Teile getrennt sind. Doch nun sieh dies hier!«

Er nahm, gegen den Wagen gelehnt, um nicht umzufallen, den Stab in die Linke und den Kegel in die Rechte und schob den Stab in die zapfenförmige Höhlung. Beide, Stab und Kegel, paßten genau ineinander und waren wie eins.

»In dieser Spitze sitzt die Kraft des Feuers«, erklärte Hephaistos, »und in diesem Stab die Kraft des Metalls. Allein sind sie wirkungslos, selbst wenn sie nah nebeneinanderliegen. Vereinigst du sie, sind sie unwiderstehlich.«

Er zeigte durch das Eingangsloch der Höhle auf eine Eiche am Fuß des Olymps.

»Siehst du diese Eiche, die dort einsam im Steingeröll steht?« fragte er.

Zeus nickte.

»So komm«, sagte Hephaistos und setzte sich mit dem Stab in den Wagen und rollte ihn unter das Tor. Die Götter waren der Kühle wegen wieder in ihre Mooslager vergraben; der Platz lag leer, nur Kratos und Bia hielten vor der Wohnstatt des Herrschers Wache. Hephaistos hieß sie zur Seite treten, dann hob er den zusammengesteckten Stab wie einen Speer auf die Schulter, zielte gegen die Eichkrone, holte aus und schleuderte den Arm ruckhaft auf das Ziel zu, ohne jedoch die Waffe loszulassen. Es sah so aus, als habe er den Wurf nur vorgetäuscht, denn der Stab blieb ja in seiner Hand, allein ein Donner erschütterte die Luft, und aus der haarfeinen Spitze flog ein weißer Blitz in die Eichenäste, die sofort zu brennen begannen.

»Der Blitz«, stammelte Zeus ergriffen, »der Blitz …« Seine Augen waren aufgerissen und rot wie das Feuer unter den Felsen. »Der Blitz«, stammelte er, »du hast mir den Blitz gebracht, mein Söhnchen! Du hast Kronos das Geheimnis entrissen! Wie habe ich davon geträumt! Nun ist er mein!«

Überwältigt starrte er in die Flammen, die das steigende Sonnenlicht überlohten. Er hatte oftmals gegrübelt, wie er sich in einen Blitzeschleuderer verwandeln könne, denn er konnte ja nur sich, nicht den Gegenständen um ihn eine andre Gestalt verleihen. Sein zerhauenes Schwert etwa vermochte er zwar mit dem eigenen Gestaltwechsel wachsen oder schrumpfen zu machen, allein ein Blitz wurde nie draus, und selber Blitz zu werden, hatte er aus Furcht, an der eigenen Hitze zu zerglühen, nicht gewagt. Dann hatte er die Gewitter beobachtet und schließlich gewünscht, eine Wolke zu sein, aber das war auch nicht das Rechte gewesen, da hatte er nur klatschnaß und grämlich quer über dem kretischen Wald gehangen, und die Bäume hatten ihn am Bauch gekitzelt und die Stürme ihn fast auseinandergeblasen. Nun hielt er die Wolke in seiner Hand – aber wie viele Blitze saßen denn in dieser Kapsel? Sehr viele konnten es nicht sein, denn die Kapsel war nicht eben groß. Oder schlüpften sie da drinnen aus wie die Schlangen aus dünnhäutigen Eiern? Und wie lange dauerte es dann, bis so ein blaues Blitzlein heranwuchs? Und mußte man es füttern, und was aß es? Feuerchen oder kochende Luft oder auch Nektar, oder was Schlangen fressen? Aber was fraßen Schlangen denn eigentlich? Fragen über Fragen, und Hephaistos sagte kein Wort.

Vorsichtig begann Zeus sich zu erkundigen.

»Wie viele Blitze sind da noch drinnen, mein Söhnchen?« fragte er.

Hephaistos strahlte übers ganze Gesicht.

»Soviel du nur willst, Vater«, erwiderte er.

»Und wenn ich zehn will?« fragte Zeus mißtrauisch.

»Dann schüttle zehnmal«, sagte Hephaistos.

»Und wenn ich hundert will?«

»Dann hundertmal.«

»Und tausend?«

»Dann tausendmal.«

Da stürzte Zeus mit einem heiseren Aufschrei zum Wagen und entriß dem Schmied den Donnerstab und schleuderte seinen Arm wie eben Hephaistos den seinen nach jener Eiche, und da flog ein zweiter Blitz hinunter und setzte den Stamm vom Stumpf auf in Brand.

Von den Donnerschlägen aufgeschreckt, lugten die Götter aus ihren Höhlen. Ein Gewitter war zwar nichts Ungewöhnliches, aber die Donnerschläge an diesem klaren Morgen und aus nächster Nähe waren doch seltsam! Hera streckte als erste den Kopf ins Freie. Zeus sah sie und nickte grimmig. Er hob die Waffe mit beiden Händen über den Kopf und trat vor die Höhle.

»Heraus zum Rat!« rief er. »Heraus mit euch, ihr geliebten Verschwörer! Heraus mit dir, du mein treues Weib; heraus, liebe Brüder und Schwestern und Kinder! Ich glaube, wir haben etwas zu bereden.«

»Was soll das, Bruder?« sprach Hera verwirrt.

Zeus antwortete nicht, ja er lachte nicht einmal. Welche Wende war wieder geschehen! Alle Götter des Olymps waren nun versammelt, und auch einige vorwitzige Okeanosmädchen hatten sich aus den Bergbächen zu ihnen gesellt. Selbst die träge Aphrodite war aus ihrem Moosbett gekrochen, und da Hephaistos sie erblickte, umklammerte er mit beiden Händen die goldene Brüstung seines Wagens.

»Was soll das, Bruder?« fragte Hera ein zweites Mal, aber Zeus achtete nicht auf sie. Er lehnte sich an den Wagen im Höhlentor und hielt den Stab wie eine Lanze und musterte Gesicht um Gesicht. Die Götter ließen es in dumpfem Warten geschehen, und auch Hera fragte kein drittes Mal. Als Zeus ihr in die Augen sah, vermochte sie, wie vor drei Tagen Bia, dem Blick nicht standzuhalten und sah zur Eiche hinab, die im Fels verlohte. Da krümmte Zeus den Finger und winkte Athene.

»Tritt zu mir, liebes Kind«, sprach er feierlich, »du hast keinen Anteil an der Verschwörung. Und auch du tritt zu mir, schaumentstiegene Aphrodite, und auch du tritt zu mir, mein trefflicher Sohn Hephaistos, der meinem Herzen stets teuer gewesen ist. Her zu mir auch Kratos und Bia, ihr Treuen! Ihr anderen aber hört mich an, und höre auch du, Bruder Poseidon da unten ihn deinem fischwimmelnden Meer, und du, Bruder Hades zwischen den schwarzen Strömen, und höret auch ihr, Titanen in der Dunkelheit! Von

Anfang an habe ich eure verruchten Pläne gekannt, denn wisset, ich bin der Gott, der das leiseste Flüstern der Herzen vernimmt! Mein Ohr durchhorcht das Weltall, und nichts entgeht ihm; mein Auge durchdringt die zähesten Finsternisse; meine Zunge schmeckt jeden Frevel; meine Nase wittert jeden Verrat; meine Hand faßt jeden Empörer; meine Ferse zermalmt alle Ungeheuer, und mein rächender Blitz vollstreckt meinen strafenden Willen! Seht diese Eiche! Sie hat mir mißfallen, und nun verbrennt sie zu Asche. Seht dort an der afrikanischen Küste jene Palme! Sie reckt sich über Gebühr in die Lüfte. Mir scheint gar, sie will mir gleichen. Ich mag es nicht dulden!«

Er holte zielend mit dem Stab aus, da schrie Hephaistos entsetzt: »Nein! Nicht!«, und er schrie, daß der ganze Wald dort verbrennen werde, da der Blitz dieser Waffe tausendmal heißer als jeder Blitz aus der Wolke sei, aber da hatte Zeus den Stab schon geschüttelt, ein Donner dröhnte, weißes Licht knirschte, und sprühendes Feuer breitete sich über die Palmwedel aus und regnete in den Niederwald. Im Nu stand der grüne Strand in Flammen; glühende Datteln und Kokosnüsse zischten wie Sternschnuppen durch die Lüfte; Orangen und Zitronen zerplatzten zu kochendem Duft, und aus den in gelber Hitze zerstäubenden Büschen rasten Paviane, Löwen, Giraffen, Antilopen, Gazellen, Schakale, Elefanten und Rhinozerosse und stürzten sich in den breiten Strom Nil. »Mein ist der Blitz!« schrie Zeus über das Heulen der Tiere und das Bersten der Bäume den schaudernden Göttern zu, und noch ehe Hera begriff, daß ihre Pläne gescheitert waren, fielen Kratos und Bia auf einen Wink ihres Gebieters über sie her.

Hera brüllte um Hilfe; sie glaubte, nun zu den Hundertarmigen gesperrt zu werden, und riß sich verzweifelt los, Zeus den Donnerstab zu entreißen, da stellte ihr Aphrodite ein Bein, sie stürzte, und Kratos und Bia warfen sich auf sie, und die Götter standen und schwiegen und hätten alles geschehen lassen, doch da hatte schon Zeus, der immer noch den Aufstand fürchtete, die Spitze des Stabs gegen den Fels vor ihren Füßen gestoßen, und da erbebte der Olymp; der Blitz fuhr in die brodelnde Mitte des Planeten und schleuderte flüssige Glut durch die dünnsten Stellen des Erdgrunds, die kraterhaft platzten, und die Erschütterung war so groß, daß Hades entsetzt von seinem Sitz auffuhr und durch den Trichter eines heute verschütteten Vulkans zum Olymp hinaufsah. Auch Poseidon rannte mit Weib und Kind aus seiner bebenden Grotte, und Prometheus, der sich unterwegs zum Mond befand, kehrte mit hastigen Armschwüngen zum brennenden Heimatstern zurück.

Dort hatte Zeus die gefesselte Hera an den Haaren in die Höh gehoben und schwenkte sie in der Runde und rief: »Da, seht sie euch an, die Erbärmliche, die mir die Herrschaft entreißen wollte! Sie dachte, sich über mich zu erheben – nun gut, so mag ihr Wille geschehen. Vorwärts, Kratos und Bia, hängt sie an den höchsten Zacken des Olymps und bindet ihr einen Felsblock an die Füße, so groß, wie ihr ihn nur finden könnt! Sie soll die Schwere ihrer Schuld fühlen, bis es mir gefällt, sie herunterzunehmen. Und weh dem, der wagte, ihr beizustehen! Er würde für alle Ewigkeit neben ihr baumeln.«

Hera schluchzte und flehte um Gnade und heulte um Beistand, aber die Götter duldeten stumm, daß Kratos und Bia ihre Schwester und Mutter banden und hängten. Wie sollte man gegen den Blitz ankämpfen! Sie waren wohl alle unsterblich, und der heißeste Strahl konnte sie nicht töten, doch war es schon ein Unterschied, ob man mit heilen Gliedern oder verbrannten Lungen und zerschmortem Herzen unsterblich war. Und gegen Schmerzen waren sie alle empfindlich, wie da erst gegen ewigen Schmerz. Oder wenn der Blitz sie zerstückelte – war es dann etwa trostvoll, unsterblich zu sein, wenn man die unendliche Lebenszeit als linke und rechte Hälfte herumhüpfte?

So rührten sie keinen Finger für Hera, ja sie wagten nicht einmal, sich insgeheim zu empören, denn Zeus rief ihnen dieses und jenes aufrührerische Wort zu, das ihm Bia berichtet, und grade weil sein Spitzel manches übertrieben hatte, glaubten sie, Zeus nehme wirklich das Verborgenste ihrer Seele wahr. Denn in ihren Herzenswünschen war nichts zu schlimm und zu arg, als daß sie es nicht gegen Zeus begehrt hätten, und all dies kam jetzt aus seinem Mund zu ihren entsetzten Ohren zurück. Sie schauten bang zu Boden und mühten sich verzweifelt, an gar nichts zu denken, und weil das einfach nicht ging, dachten sie allesamt: Zeus ist der Herr, und Heras

Strafe ist nur gerecht! Selbst Athene dachte: Sie hat versucht, den Sohn wider den Vater aufzuhetzen, das ist ein schlimmer Frevel, der schlimm bestraft werden muß! Als aber Aphrodite hell auflachte, da das Felsgewicht die Arme ihrer Erzfeindin dehnte, wandte sich Hestia stumm ab und ging in die Wohnstatt.

Zeus ließ sie gewähren, doch als dann, durch dieses Beispiel ermutigt, Demeter und Artemis zur Rettung der afrikanischen Steppen und Urwälder eilen wollten, hielt er sie zurück.

»Bleibt!« sprach er. »Bleibt, ich befehle es! Wagt nicht, das Feuer zu stören! Mir gefällt, daß es brennt, und also soll's brennen. Mir behagt sein Duft. Er steigt mir angenehm in die Nase. Es ist ein köstlicher Duft, so würzig und wild!«

Er schnupperte. Der Bratengeruch der Tiere, die sich nicht mehr hatten retten können, stieg bis zum Olymp.

»Brenne, brenne, du Wald!« rief Zeus. »Und auch du, uralte Gaia, fühle meine Macht! Denn fortan herrsche ich über alle Wesen der Lüfte, des Festlands, des Meers und der tiefen Erde, über Götter, Titanen, Tiere und Pflanzen, wie es mir gefällt. Ich werde tun und lassen, was ich will, und ihr werdet nicht dawider sprechen, und was ich euch auftrage, werdet ihr ohne Murren tun. Mein ist der Blitz! Habt ihr das verstanden?«

Da neigten sich alle Götter und Göttinnen vor Zeus und knieten zum zweiten Mal vor ihm nieder, und auch Hades kniete, und Poseidon mit seiner Familie kniete, und Zeus setzte sich, da sie knieten, auf die goldene Plattform des goldenen Wagens und sah auf ihre Nacken und sprach: »Du, mein geliebter Sohn Hephaistos, wirst mir einen Sitz aus Gold anfertigen, so schön wie dein Wagen, nur größer und höher, und auch noch leuchtender soll er sein. Von ihm aus will ich über mein Reich schaun, und in meiner Hand will ich den Blitz halten, und neben mir sollen Kratos und Bia wie aus Stein stehn und lauschen, was ich ihnen befehle.«

Noch leuchtender als Gold, dachte Hephaistos, ist nur Aphrodite! Er sah sie verstohlen an, sie aber sah Zeus an. Er ist wunderbar, dachte sie, und ich werde neben ihm sitzen, und das wird wunderbar sein. Hera wird an der Felsnase hängen, und ich werde neben Zeus auf einem goldenen Sitz sitzen und sie hängen sehen und über sie lachen. Heute geht mein innigster Wunsch in Erfüllung. Welche Wende ist geschehen!

Sie rekelte sich in ihren Fellen, die sie wie alle Götter, und nun auch Athene, mit Efeu zusammengeschnürt um den Leib trug. Es waren Felle großer Hasen, und aus dem grannigen Grau blinkten ihre Schultern und ihre Hüfte. Hephaistos konnte sich, wenn auch blinzelnd, nicht satt sehen. Sie ist schön, sie ist schön, sie ist schön! dachte er, und er dachte an Gaias Höhle und die schwarze Alte, und da dachte auch er: Welche Wende geschah!

»Hast du gehört, mein lieber Sohn?« fragte Zeus, da Hephaistos nicht antwortete. Der Schmied schreckte aus seinem Schwärmen auf.

»Ich will dir einen Thron aus Gold und Edelsteinen bauen, mein Vater«, versprach er.

Zeus nickte erfreut. »Dies Wort gefällt mir«, sagte er, »es klingt feierlich. ›Thron‹, das hört sich anders an als ›Sitz‹! Woher kennst du dies Wort?«

»Gaia hat es manchmal gebraucht«, antwortete Hephaistos.

»Ah ja«, sagte Zeus, »sie kennt alte Wörter, sie kennt sie noch von Uranos her. Uranos hat auf einem Thron gesessen, einem Thron aus Luft, ehe Kronos ihn gestürzt hat. Nun habe ich Kronos gestürzt, und nun will ich auch auf einem Thron sitzen! Dies Wort soll nur mir gehören, und ihr sollt es nur für mich brauchen. Ihr also werdet Sitze haben, aber ich einen Thron. Und ihr werdet sitzen, aber ich werde thronen. Was weißt du noch für alte Worte, Hephaistos?«

Hephaistos überlegte.

»Zum Essen hat sie ›Speise‹ gesagt«, entsann er sich.

»Das ist sehr gut«, rief Zeus, »ihr werdet essen, und ich werde speisen. Ihr werdet Essen essen, und ich werde Speisen speisen, und ihr werdet auf Sitzen sitzen, und ich will auf Thronen thronen!«

Sein Eifer war nicht mehr zu zügeln.

»Was hat denn die Alte zu ›trinken‹ gesagt?« wollte er wissen.

»›Trinken‹, sonst nichts«, erwiderte Hephaistos.

»Das kann nicht sein«, sagte Zeus, »sie muß ein Wort dafür gehabt haben. Hat sie ein eigenes Wort für ›essen‹ gehabt, so muß sie auch ein eigenes Wort für ›trinken‹ gehabt haben. Du hast es nur vergessen. Erinnere dich!«

Hephaistos versuchte, sich genau zu erinnern, und zwar von allem Anfang an. Er entsann sich, wie er hinter Gaia über das Distelfeld gehumpelt war und die Krücke aus der Glut geangelt hatte, allein so leibhaftig er die Höhlenwände und die flackernden Feuer davor sah, an ein Wort für »trinken« entsann er sich nicht. Er erinnerte sich an »Haupt« statt »Kopf« und an »Angesicht« statt »Gesicht« (»Oh, mein Haupt ward weiß und mein Angesicht schwarz«, hatte Gaia manchmal gesungen, wenn sie sich in ihre Ecke zum Schlafen hingehockt hatte), und Zeus übernahm auch diese Wörter, doch daß er kein Wort für »trinken« hatte, ärgerte ihn.

Plötzlich fürchtete er, daß ihm der Nektar gar nicht mehr richtig schmecken werde.

Ich muß Gaia fragen, dachte er, Hephaistos stellt sich gar zu dumm an. Ich werde sie besuchen, und sie wird mir alle Wörter sagen, die sie aus den Ur-Zeiten kennt. Kannst du dir vorstellen, daß auch sie einmal Herrscherin war? Und jung war, und schön, und Mutter der Titanen, Tiere und Pflanzen? Welche Wenden geschehen doch, welche Wenden!

Er wollte gerade denken, daß nun die Zeit der Wenden vorbei sei, da seine Herrschaft ewig andauern werde, da sagte Apollon ehrerbietig: »Und wie willst du selbst heißen, lieber Vater?«

»Dumme Frage«, erwiderte Zeus. »Zeus selbstverständlich.«

»Solch einen Namen hat jeder von uns«, erklärte Apollon, »du Zeus, Hera Hera, Athene Athene, Hephaistos Hephaistos, das ist ja nichts Besonderes. Du aber solltest zu diesem Namen noch irgendwie besonders heißen, weil du eben etwas Besonderes bist. Ich hab's: Du solltest dich ›König‹ nennen! ›König Zeus‹ – das klingt gewaltig! Gefällt es dir?«

»Söhnchen, goldenes Söhnchen«, rief Zeus überrascht, »wo hast du denn dieses Wort her? Das ist ja großartig! Was bedeutet es denn?«

»Nun eben: König. Ich habe es mir ausgedacht, Vater.«

»Darf man denn das?«

»Das hast du zu entscheiden, König.«

Zeus runzelte die Stirn und dachte nach.

»Man darf es«, entschied er schließlich, »man darf es. Die neuen Wörter sind auch so gut wie die alten. Vielleicht sind die alten doch etwas besser. Aber ›König‹ ist gut. Und nun mach mir ein Wort für mein Trinken.«

Apollon überlegte eine Weile. »Treiken« fiel ihm ein, und auch »bliefen« und »staupeln«, aber all das gefiel ihm nicht. Schließlich sagte er: »Was meinst du zu ›schlürfen‹?«

»Ganz gut«, sagte Zeus, »ihr werdet also den Nektar trinken, und ich werde ihn schlürfen! Das genügt für heute. Es dürfen auch nicht zuviel neue Wörter sein, sonst vergesse ich sie wieder. Für heute haben wir ›König‹, ›Thron‹, ›Haupt‹, ›Angesicht‹, ›speisen‹ und ›schlürfen‹, das genügt. Du wirst dir jeden Tag drei neue Wörter ausdenken, Apollon. Und du, Hephaistos, meldest dich, wenn dir alte einfallen. Alte sind doch besser, glaube ich.« Er überlegte, wie er einen feierlichen Abschluß finden und die noch immer Knienden weihevoll entlassen könne, da flog, von der fließenden Lava aufgescheucht, ein Adler den Olymp hinan und krallte sich verwirrt im Fell über seiner Schulter fest.

In diesem Augenblick glaubte Zeus tatsächlich, von einer höheren Art als die übrigen Götter zu sein. Am liebsten wäre er vor sich selbst auf die Knie gefallen, dem König zu huldigen. In diesem Augenblick begriff er auch, daß er nun als König nicht nur andere Wörter als die andern gebrauchen, sondern sich auch anders benehmen mußte. Er führte den rechten Arm mit dem Donnerstab langsam zur Seite, streckte den linken aus und rief würdevoll: »Das edelste der Tiere grüßt den König der Götter!« Und zum Adler gewandt, sprach er: »Willkommen, mein Freund! Du sollst mein Begleiter und Bote sein!«

Das Fell auf der Schulter des Zeus war ein Bärenfell, und der Adler dachte vielleicht, einen Bären gefangen zu haben, denn er rüttelte gewaltig die Flügel und stieß einen gellenden Schrei des Triumphes aus. »Aaahhrr«, schrie er, »aaahhrr!«, und das freute Zeus.

»Hört ihr«, so sprach er, »er sagt mir seinen Namen. Er grüßt mich. Er ist stolz, mein Tier zu sein. Er soll drum als König über die Tiere herrschen, und ihr sollt ihn ›Aar‹ nennen, und nicht nur ›Adler‹! ›Aar‹ klingt so feierlich wie sein Schreien. Sagt alle: ›Aar‹!«

»Aar«, sagten die Götter, die immer noch knieten, und »aaahhrr!« kreischte der Vogel über sie hin. Da lachte Zeus und sagte: »Nun dürft ihr aufstehn«, und da standen die Götter auf und standen wie drei Tage vorher Kratos und Bia, ohne sich die Knie abzuwischen, und Hera hing im Fels und schrie. Der Adler gewahrte die Wehrlose und wollte auf sie zuschießen, aber Zeus hielt ihn an den Fängen fest, und dann band ihn Kratos mit einem Marderfell an den Wagen.

Unten brannte Afrikas Norden.

»Nun geht«, sprach Zeus zu Demeter und Artemis, »nun geht und löscht und bekämpft das Feuer! Poseidon soll euch helfen und Okeanos auch. Und du, Hades, tauche wieder in dein Dunkel und hüte, was dir anvertraut ist. Laß kein Auge von Atlas. Hüte auch Kore, ich will sie dir schicken. Geh hinunter, mein Kind, und harr aus bei dem Mann, dem du gehörst. Führt sie und schützt sie, Okeanosmädchen! Und nun tritt du vor, mein Sohn Hephaistos. Ich habe gestraft, nun will ich belohnen. Du sollst erhalten, was ich versprach.«

Da drehten sich Demeter und Artemis auf ihrem Weg zum Nil und Kore auf ihrem Weg zum Hades noch einmal um, zu sehen, womit der König den Schmied belohnen werde, und als sie sahen, daß er dem Lahmen die schöne Aphrodite zuführte, feixten sie schadenfroh übers ganze Gesicht. Auch Hera sah es, und so arg ihre Qual war, ihr Herz lachte voll grimmiger Genugtuung.

Nun magst du in Rauch und Asche hausen, du schneeweiße Ziege, dachte sie, du wirst ja staunen, wie dir das bekommt! Und Zeus wirst du auch nicht mehr umschmeicheln, der Hinker paßt sicher scharf auf dich auf! Noch einmal stieß sie ein Lachen hervor, dann machte der Stein an den Füßen sie wieder jammern.

Aphrodite war wütend, doch sie verbarg ihre Wut und tat, als freue sie sich über die Vermählung, und sie kraulte dem Schmied, so süß sie nur konnte, den rötlichen Bart. Hephaistos strahlte wie der Morgenhimmel. Er wagte Aphrodite nicht zu berühren, ja er wagte noch immer nicht, sie voll anzuschauen. Er reckte nur das Kinn hoch, damit die süßen weichen Finger ihn auch um den Kehlkopf krabbeln konnten, und als sie das taten, schloß er die Augen und stöhnte vor Lust.

Da tippte ihn Athene auf die Schulter.

»Du hattest mir was versprochen«, sagte sie.

»Etwas habe ich dir mitgebracht«, sagte Hephaistos. Im gebauchten Vorderteil des Wagens, der aus einer Plattform mit geschwungener Brustwehr, dem Sitzbrett und zwei Rädern bestand, lag eine goldene Kappe.

»Das ist, daß dir das Haar nicht so flattert«, erklärte Hephaistos. »Mutter Gaia nennt's einen Helm, weil er den Kopf so gänzlich einhüllt. Mehr habe ich leider nicht geschafft, ich war doch für den Vater beschäftigt. Außerdem hast du ja jetzt, wie ich sehe, was anzuziehen.«

»Das ist Fell«, sagte Athene, »das ist ganz eklig, das schält die Artemis den toten Tieren vom Leib. Es ist blutig und glitschig, und nach ein paar Tagen stinkt es entsetzlich. So laufe ich nicht länger herum. Lieber frieren als stinken!«

»Ich weiß, wie man Felle behandelt, daß sie nicht riechen«, sagte Hephaistos. »Man muß sie in Asche legen und mit Asche abschaben. Ich werde dir's zeigen. Aber ich mach dir ein Fell aus Gold. Seine Versprechen muß man halten.«

Aphrodite hörte auf, ihn zu kraulen.

»Zuerst machst du mir eins«, fauchte sie wütend. »Wie kommt denn Athene dazu, von dir Geschenke zu erhalten! Ich finde das unerhört. Und so einen Helm will ich auch haben! Athene soll ihn mir abtreten. Sag ihr das, hörst du! So sag's ihr doch!«

Da aber hatte Athene den Helm schon aufgesetzt, und als Zeus ihn blitzen und blinken sah, wurde auch er neidisch.

»Du wirst mir auch so etwas ambossen, mein Lieber«, verlangte er. »Ich will auch so was auf meinem Kopf, das heißt auf meinem Haupte haben, damit jeder gleich sieht, wer der König ist. Die Spitze auf dem Helm gefällt mir am meisten. Du sollst mir einen mit sieben Spitzen machen! Und frag Gaia nach einem alten Namen dafür. Mein Helm muß anders als ›Helm‹ heißen.«

»Aber ›Helm‹ ist doch schon der alte Name«, widersprach Hephaistos.

»Dann einen noch älteren!« sagte Zeus.

»Und sieben Spitzen sind auch viel zuviel«, wagte Hephaistos noch einmal einzuwenden. »Gold ist schwer, und deine Wunde ist noch nicht völlig vernarbt. Ein so schwerer Helm wird dich drücken.«

»Dann mach ihn eben leicht«, sagte Zeus ärgerlich, »wofür bist du denn Schmied geworden! Ich will ihn leicht, und mit sieben Spitzen, und aus Gold, und mit einem ganz alten Namen, nicht anders! Nun streng dich an! Wie wird das überhaupt mit deiner Werkstatt?«

Hephaistos zeigte auf den aufgebrochenen Krater.

»In dieser Grube da sehe ich Erz«, sagte er. »Eisen, Kupfer, und Zinn ist auch da. Und ganz tief unten schimmert Gold, und noch etwas anderes, was ich nicht kenne. Vielleicht ist das jenes Erz, von dem ich träume. Ja, hier kann ich mir eine Schmiede einrichten. Ich müßte nur mein Werkzeug holen.« Und er erklärte dem fragenden Zeus, was Werkzeug sei.

»Das ist ein Wort für dich«, sagte Zeus, »das magst du behalten. Ich habe meinen Blitz, und du hast dein Werkzeug, so hat jeder das Seine und ganz nach Wunsch. Nun aber eile, mein Sohn, daß der leichte Helm mit den sieben Spitzen heute noch fertig werde. Mein lieber Sohn Ares soll dir dein Werkzeug tragen helfen. Nein, den Wagen laß hier, das bißchen Zeug kann Ares schleppen, wozu hat er denn sein breites Kreuz! Notfalls nimmt er dich auch noch auf den Rücken. Und nun beeilt euch, beeilt euch, ihr Guten!«

Ares wollte sich erbosen, allein Aphrodite lächelte ihm zu, und da sie dem hinkenden Hephaistos folgte, stapfte er hinter der Schönen her. Die Okeanosmädchen, soweit sie nicht mit Kore gegangen, tauchten in ihre Quellen zurück.

Zeus atmete tief. »Und nun geh auch du«, sprach er zu Apollon, »geh und denke dir Wörter aus! Um mich brauchst du dich nicht zu kümmern, ich habe noch manches zu überlegen. Das Los des Atlas macht mir Sorgen. Ich fürchte, ich fürchte, er langweilt sich auf seiner Asphodelenwiese da drunten. Ich werde ihn beschäftigen müssen.«

Der Norden Afrikas glühte wie Kupfer. An der Ostküste sprang ein Stück Land ab und trieb ins Meer.

Apollon lief Hephaistos nach.

»Warte, Schmied«, rief er, »ich will dir einen Vorschlag machen!«

Aphrodite, die bei jedem Schritt über den beschwerlichen Weg gemault hatte, blieb sofort stehen und lehnte sich an des Ares Schulter.

»Schmied«, sagte Apollon, »wir wollen tauschen. Du machst auch mir ein goldenes Fell, denn das Zeug stinkt wirklich unerträglich, und ich denke mir auch für dich neue Wörter aus. Die bringst du dann dem Vater und sagst, es seien uralte.«

Hephaistos verzog das Gesicht. Es war, als stänke der Vorschlag Apollons ihm noch mehr als dessen ungegerbtes Fell.

»Das kann man nicht machen, das ist nicht ehrlich«, sagte er mit entrüsteter Miene.

Apollon war über die Schroffheit erstaunt.

»Was heißt das: nicht ehrlich?« fragte er. »So ein Wort habe ich noch nie gehört.«

Hephaistos seufzte.

»Es ist ein gräßliches Wort«, gestand er. »Gaia hat es immer gebraucht, wenn ich etwas gemacht hatte, das schlechter als mein Können war. Solche Stücke hat sie in den Sumpf geworfen, und ich hab sie nachts neu schmieden müssen!«

Er seufzte wieder.

»Es hält sehr auf, wenn man ehrlich ist«, bekannte er. »Aber ich kann nun einmal nicht anders.«

»Ich glaube, das verstehe ich«, sagte Apollon.

Ares und Aphrodite setzten sich ins Gras.

»War es schlimm bei Gaia?« fragte Apollon.

»Sehr schlimm«, erwiderte Hephaistos leise. »Ich bin froh, daß ich fort bin.«

Er schüttelte sich.

»Bei ihr war es einfach grauenvoll.«

»Du mußt mir davon erzählen«, bat Apollon. »Ich liebe Geschichten, vor allem so richtig schaurige. Die Okeanosmädchen wissen schöne, von der Titanenschlacht und so, von Ungeheuern mit hunderttausend Armen und Köpfen und vom alten Gott Uranos, der nur aus Himmelsblau bestand. Der hat ein Ende genommen – entsetzlich schaurig! Athene mag auch Geschichten gern. Sie ist überhaupt ein feiner Kerl, auch wenn sie nur ein Mädchen ist. Wir drei sollten zusammenhalten! Die Alten sind komisch, die zanken und zanken sich unentwegt und wollen den ganzen Tag nichts als recht haben. Hestia ist ja nett, aber schrecklich langweilig. Artemis geht auch an, aber die hat nichts als ihre Tiere im Kopf und Demeter nur ihre Pflanzen! Aber mit Athene ist's lustig. Wollen wir Freunde werden?«

»Von Herzen gern«, sagte Hephaistos, und er fügte leise hinzu, daß Aphrodite es nicht höre: »Laß mich erst den Auftrag des Königs erledigen. Dann mach ich euch beiden goldene Felle.«

»Aber der Artemis mußt du auch was machen«, bat Apollon. Er schaute den Schmied treuherzig an. »Sie ist doch meine Schwester, weißt du. Die kratzt mir die Augen aus, wenn ich etwas habe, was sie nicht hat. Irgendwas für ihre Tiere, verstehst du.«

»Also gut«, seufzte Hephaistos, »ich werde auch für Artemis irgendwas schmieden.«

Dann setzten sie ihre Wanderung fort.

Indessen hatte Zeus den goldenen Wagen bestiegen und war vor die ächzende Hera gerollt.

»Wie geht es dir, liebes Weib«, so sprach er, »freut dich deine Erhöhung? Ich kann dir nicht sagen, wie sehr sie *mich* freut. Nun denke nach, wer von uns der Herr ist. Du hast genügend Zeit dafür.«

»Binde mich los«, flehte Hera, »und ich werde nie mehr einen Finger gegen dich rühren!«

Zeus lächelte.

»Einen Finger wohl nicht, aber beide Hände.«

»Binde mich los, Bruder, der Stein zerreißt mich!«

»Hänge noch ein bißchen!« sagte Zeus.

Er setzte die Räder in Schwung und rollte davon und sah, den Donnerstab an die Hüfte gepreßt, über Lande und Meer hin. Afrika brannte noch immer. Die Küsten rauchten, und die Wasser wallten. Das ist *mein* Blitz, dachte Zeus, das war *meine* Hand! Nun habe ich die Macht über euch alle! Nun fühle ich, was Prometheus »Glück« nennt. Allmächtig zu sein, das ist das Glück!

Und dann pfiff er Kratos und Bia zu sich und gab ihnen Befehle.

Verwirrung am Nil

Prometheus war zum Mond unterwegs, um dort nach einem Metall zu suchen, das hart wie Eisen, strahlend wie Gold und durchsichtig wie ruhendes Wasser war. Er wußte, daß Hephaistos von einem Stoff träumte, der die Kälte von seiner Werkstatt abhielt und das Sonnenlicht einließ, und da er sich zu erinnern glaubte, Scheiben eines trüb durchsichtigen Gesteins irgendwo auf dem Mond gesehen zu haben, wollte er seinen neugewonnenen Freund beim Einzug auf dem Olymp damit überraschen. In der Gewißheit, daß der Schmied erst am Abend eintreffen werde, war er im Morgengrau abgeflogen, und als dann tief unter ihm etwas Goldenes gipfelwärts gerollt war, hatte er entzückt gemeint, das Sonnenfeuer spiegle sich im granitenen Sockel des Olymps. Dann aber war Afrika in Flammen aufgegangen, und da hatte er in einer furchtbaren Ahnung den Brand mit der seltsamen Erscheinung am Morgen und diese wieder mit dem Eintreffen des Hephaistos und irgendeiner Tat des Zeus in Zusammenhang gebracht und war eilends zur Erde zurückgeflogen.

Der Schmied hatte ihm nichts von der Waffe erzählt, die er dem Herrscher um Aphrodites willen zu schaffen bereit war, aber dennoch fürchtete Prometheus das Entsetzliche. Die letzten drei Tage waren *zu* friedsam und glückhaf gewesen, und Zeus hatte sich so liebenswert und gutartig und zuvorkommend gezeigt, daß, sosehr man sich darüber freuen mochte, dieser Umschwung fast unglaublich und damit beängstigend schien. Und dann brannte Afrika – und dann zitterte plötzlich der Erdball und torkelte in seiner Bahn und sprühte schwarzen Qualm und zähes Feuer, und als er sich dann wieder eingependelt hatte, hing ein langgestrecktes wimmerndes Wesen am höchsten Gipfel des Olymps, der nun seitwärts am Horizont erschien. War das nicht Hera, war das nicht ihre Stimme? Doch wenn es Hera war, warum hing sie dann am Felsen und warum leistete ihr hier am Göttersitz niemand Beistand? Und was war das für ein goldenes Funkeln, das sich vor ihr wie ein riesiger Käfer bewegte? Schon wollte Prometheus die Richtung ändern, um, ehe er Afrika anflog, eine Antwort auf die verwirrenden Fragen zu finden, da trieb ein jäher Windstoß von Süden ein tausendfaches Geheul an sein Ohr.

Prometheus sah nicht mehr zum Olymp. Hera – das war *eine* Stimme, doch dort brauchten Unzählige seine Hilfe ... Wie ein Sturm stürzte er der Mündung des Nil zu, hinter der eine Wand aus rauchlosem weißem Feuer stand. Der Strom war brüllendes Schwarz; er führte statt Wasser Rachen und Augen und Hörner und dampfende Mähnen und ergoß Heulen anstatt Nässe ins Meer. Die Ufer und auch die Küsten glühten, und ihre Hitze drängte die Tiere in die Mitte des Flußbetts.

Viele waren schon umgekommen; wer das Ufer gestreift hatte, war verschmort, wer nicht mehr als nur ein wenig paddeln konnte, ertrunken, und wer zwischen Kolosse wie das Mammut oder den Behemoth geraten war, zerdrückt und erstickt. Zudem drehte sich diese Tierflut rundum: Die Schwimmer traten die leblosen Leiber unter sich und versuchten auf ihren Rücken dahinzurutschen, und auf die schwimmenden großen Tiere kletterten wiederum unaufhörlich die Massen der kleinen; Trauben von Zwergmäusen verbissen sich in Elefantenohren; Blauäffchen schaukelten jaulend in Löwenzotteln, und die langen Hälse der Giraffen und Strauße schwankten, von Schlangenknäueln überladen, wie Bäume, da der Sturm sie stürzt.

So wälzte sich ein Strom von Todesqual nordwärts, doch auch die offene See bot keine Rettung, denn die Treibenden waren Süßwassertrinker, und das Meersalz zerlaugte alles Weiche in ihrem Gesicht. Mit entzündeten Augen blinzelten sie nach dem Land, doch die Küste dampfte. Es gab nur die Wahl zwischen Meertod und Gluttod.

Prometheus sah diese Not, ohne helfen zu können. Er hatte im Niederfliegen geplant, die Nilmündung aufzureißen und über den heißen Sand zu leiten, damit die Tiere eine Raststätte fänden, doch nun fürchtete er, daß sie bei einem Landungsversuch sofort an ihm hochklettern und ihn auf den Grund der See drücken würden. Sie sprangen ihm ja jetzt schon verzweifelt von den Rücken der sinkenden Schwimmer entgegen, wie würden sie ihn da erst bestürzen, wenn er mitten unter ihnen erschien! Flach überm Meer kreisend, weinte er im Elend seiner Hilflosigkeit.

»Verflucht seist du, Feuer!« schrie er, selber vor Zorn und Ohnmacht glühend. »Verflucht seist du, du grausamstes Element, du grimmigster Feind allen Lebens, du unersättlich fressender Tod!«

Sein Titanenstolz erwachte: Die Ahnen hatten doch einst die Elemente beherrscht, warum unterwarf sich dies eine jetzt nicht seinem Willen? »Erlisch!« schrie er, gegen den Feuersaum stürmend, »erlisch, des Iapetos Sohn befiehlt es dir!«

Doch sein Schrei war nur ein heiseres Röcheln, und aus dem weißen, durchsichtigen Nebel, der die Öde des glühenden Sands überwallte, flakkerten kleine rote Zungen des Hohns. Prometheus versuchte ihren lautlosen Triumph durch Befehle zu brechen, jedoch seine Stimme versagte, und die Hitze trieb ihn vom Festland zurück. Steine zerbarsten mit schrillem Sirren; verdampfende Bergseen zischten; Elefanten, deren Rüssel das Salz zerfraß, trompeteten irr. Nun wollte Prometheus trotz aller Gefahr die Landung zwischen den Tieren wagen, da entdeckte er in der nahen nubischen Ebene einen Hügel, der mitten im Glutsand von Vögeln wimmelte.

Dieser Hügel mußte aus einem Stoff bestehen, der selbst nicht brannte und Hitze auch nicht leitete! Prometheus jagte dorthin und fand seine Vermutung bestätigt. Der Hügel bestand aus einer lockeren Masse verfilzter grauweißer Steinfasern, die sich, dem Glimmer ähnlich, nur sehr viel leichter an Gewicht als dieser, unschwer in Schichten zertrennen ließ.

Er spaltete eine Platte ab und riß mit ihr auch einige der breiten und sehr zähen Wurzeln des dürren Gestrüpps heraus, das als einziges auf dieser Anhöhe wuchs. Dann flog er zurück, warf die Platte nahe der Küste ins Glühen und begann, mit einer Wurzel grabend, von dieser Insel aus die Mündung des Stroms in die vielen Arme und Läufe zu zerteilen, die man heute Das Nildelta nennt.

Er schürfte und hackte mit äußerster Kraft, doch immer mehr der erschöpften Tiere versanken; er hörte ihr armes Flehen in gurgelndem Winseln ertrinken, und der Deltagrund war noch immer so heiß, daß die Kühlwasser auf der Stelle verzischten. Prometheus überlegte, wer wohl die härtesten Hufe habe, um ein Betreten zu erproben, und dachte, ein Dromedarenpaar, das grade die Mündung durchtrieb, auf den Strand zu jagen. Da sah er – und er sah es schaudernder als alles Feuer –, daß der Strom der Tiere, die Kruppen voran, plötzlich rückwärts floß. Es war, als würden die Leiber von einer ungeheuren Kraft aus dem Meer gesaugt und gegen die

Richtung des Flusses quellaufwärts gezogen. Den Titanensohn packte das Grauen. War das Feuer so mächtig, daß es die Ströme umdrehen konnte? Entfesselte das Element, weil er ihm geflucht hatte, seine äußerste, bisher noch unbekannte Kraft und zwang nun das schon gerettete Leben, freiwillig ins Verderben zurückzukehren?

Prometheus konnte nicht wissen, daß Poseidon durch das Festland, das damals Afrika mit Asien einte, einen Graben parallel zum Nil und tiefer als dessen Bett gerissen und dann mit seinem Dreizack die Böschung des Flußufers durchstochen hatte, so daß nun der Nil zum anderen Grund hinabschoß und die Wesen in seinem Lauf mit sich sog.

Dies geschah im Osten, doch auch in andern Regionen waren Helfer am Werk: Okeanos und seine Kinder rollten von Westen her Welle auf Welle über die Brandstätte; im Süden führte Artemis gefährdete Herden zu sicheren Zonen, und Demeter hatte ihr abgestreiftes Schutzfell zusammengeknotet und barg darin die Samenkörner seltener Pflanzen, um sie später in heilen Boden zu säen.

Indes begannen auch die Gletscher der Hochgebirge zu tauen, ihre Schmelzbäche prasselten in die Flammen, und dieser Begegnung entsprang ein Samum und warf das Feuer ins ausgebrannte Land zurück. Noch einmal schlug eine Lohe der helleren Sonne entgegen, dann brach das Element in sich zusammen. Wolken erschienen; der Dampf von den Küsten und Bergen regnete in großen, heißen Tropfen, verdampfte aufs neue und fiel abermals nieder und kühlte so Strich um Strich die Glut. Die Röte wurde gelbbraun, die ausgeglühten Steine zerstäubten. Nordafrika war zur Wüste geworden.

Die geretteten Tiere drängten sich zitternd im Graben Poseidons aneinander, Löwen schmiegten sich an Gazellen und Gazellen an Löwen, ein Steppenwolf schnaufte neben einem Hasen, und die Räuber schnappten nicht zu, und die Schwachen liefen nicht fort. Allen starrten die Zungen wie dürre Äste aus den Mäulern, und da und dort brach eins ums andre ins Knie, und sein Kopf sank welk unters trübe Wasser. Selbst die Krokodile lagen erschöpft. Es gab kein Fell, das nicht versengt, keine Haut, die nicht zerkrallt, kein Auge, das vom Anblick des Todes nicht trübe war.

Eine Gorillamutter wiegte stumm zwei verstummte Kindchen, die einst zu den fröhlichsten Schnatterern Afrikas zählten. Nun hatten die Kleinen nicht einmal mehr die Kraft zum Wimmern, ihre Zungen waren hart wie Kiesel und die Lippen bis tief in die Nasenlöcher hinein weißgedörrt.

Poseidon begriff, daß das Leben der Tiere noch immer bedroht war.

»Hierher, Okeanosmädchen, hierher!« schrie er zum offenen Meer hin, die Hände wie eine Felshöhle vorm Mund. »Lest Muschelgehäuse vom Strand auf und sammelt den Regen! Die Tiere verdursten in dieser Brühe aus Salz und Schweiß!«

»Wir eilen! Wir eilen!«

»Schwimmt unter dem Kontinent durch! Verliert keine Zeit!«

»Meine Töchter eilen!«

Als letzte plumpsten noch zwei Elefantenkälber in den Graben, der heute Das Rote Meer heißt, dann trieben keine Tiere mehr im Strom. Durch das Loch in der Nilböschung tropfte nur noch aschige Lake.

»Wir kommen! Wir kommen!«

Während Poseidon die Uferbresche mit Schlamm verstopfte, flog verrußt und mit starrenden Haaren Artemis heran. Mit kühlen fleischigen Blättern und Honigblüten aus Afrikas Hochland verband sie die schlimmsten Wunden. Okeanoskinder schleppten Regen in Muschelhörnern, und nun stapfte auch Prometheus mit zitternden Knien über die schmale Landbrücke, die Afrika noch an Asien band.

Er lächelte, als er die Tierschar im Graben sah, und dann weinte er.

»Was ist geschehen, Bruder?« fragte er schluchzend.

»Nichts weiter«, erwiderte Poseidon, auf seinen Dreizack gestützt, »König Zeus hat nur seine Waffe erprobt.« Er schaute Prometheus mit bösem Blick an. »*Dein* Hephaistos hat sie ihm geschmiedet«, sagte er langsam, »*dein* Hephaistos, den *du* aus dem Wald geholt hast. Das hast du nun von deinem großartigen Plan, du Krummkopf! Ach, säßest du doch bei deinem Volk in der Unterwelt!«

Prometheus begriff nichts, er fühlte nicht einmal den wahnsinnigen Haß dieses Anwurfs.

»Helft mir!« rief Artemis und zeigte auf eine Eselin mit tief gebauchtem

Unterleib, die stöhnend im Brackwasser stand. »Sie will gebären und hat kein Lager!«

Prometheus und Poseidon betteten die Kreißende in eine flache Schlammmulde, doch die Eselin war so angstverkrampft, daß trotz der heftigen Wehen die Jungen den Schoß nicht verlassen konnten. Artemis rieb dem wimmernden Tier, das sie hilfeflehend mit seinen großen braunen Augen ansah, mit beiden Händen das straffe Fell.

Poseidon wandte sich ab. Ihm graute vor den Geschäften der Frauen und Mütter, und da er gewahrte, daß zwei Araberhengste sich um eine Pfütze verschütteten Süßwassers bissen, eilte er hin und riß sie mit einem Griff in die Nüstern voneinander. Die Hengste bäumten sich wild und schlugen aus; Poseidon zwang sie roh in die Knie und drückte ihre Köpfe zurück. »Wo Wasser ist, bin *ich* der Herr!« schrie er wütend. Auf seinen Lippen war Gischt von Speichel, der gleiche Gischt wie zwischen den Lefzen der rasenden Pferde, und in den Augen des Gotts und den Augen der Hengste war das gleiche Weiß und das gleiche Rot. Über den Nasenrücken des Tiers in der linken Faust rann Blut, seine Halswirbel knackten, und da es sich zitternd ergab, löste Poseidon den Griff, und da ergab sich auch das andre. Der Meergott tränkte sie, die nun ruhig an seiner Seite standen, abwechselnd aus der Schüssel der flachen Hände, und er nahm, auf den Durst der andern nicht achtend, den Okeanosmädchen so lange die vollen Muscheln fort, bis seine Tiere befriedigt schnauften.

Die Hitze war ein wenig milder geworden, und aus dem Geäst eines Hirschgeweihs begannen, wenn auch noch heiser, die frechsten Affenkinder wieder zu schnalzen. Die gebändigten Pferde wieherten hell. Eine Stute fern im Norden gab ihnen Antwort.

»Hörst du, mein Tier«, sprach Artemis besänftigend, »die Gefahr ist vorbei! Die Jägerin steht der Gebärerin bei. Der Wald soll fröhliche Kinder haben.«

Die Eselin begann sich zu strecken, ihre schmalen Schenkel glitten entspannt voneinander, und nun schlüpften aus ihrem Schoß zwei Junge. Die Ohren der Kleinen waren trotz ihrer Weichheit schon prächtig spitz und lang, ihr Fell jedoch war weiß wie Asche und vom Scheitel und Rücken hinab zu den Flanken und waagrecht über die Hinterläufe und übers Gesicht von breiten, brandschwarzen Streifen gezeichnet.

Bei diesem Anblick stutzte die Mutter, dann aber versuchte sie mit ihrer trockenen Zunge diesen Wurf nicht minder zärtlich zu belecken wie Junge von ebenmäßigem Grau.

»Der Schreck zeugt Mißgeburten«, sprach Artemis erbittert. Prometheus konnte sich an den Tierchen nicht satt sehn. »Schau doch, wie niedlich sie sind!« sprach er, aufatmend, in diesem Elend ein wenig Freundlichkeit zu erblicken, und zog zärtlich und sacht, fast ohne Berührung, mit der Fingerkuppe einen der schwarzen Streifen vom Ohr bis zum Ansatz der Kinnbacke nach. Artemis sah ihn haßerfüllt an. »Es sind Mißgeburten«, sagte sie abweisend, »unrein und zwitterhaft. Feuersbrunst hat die Mutter verwirrt; Funken und Aschenglut haben sie besprungen. Was sie ins Leben gesetzt hat, ist nicht mehr von ihrer Art. Wer weiß, was von nun an die Wälder bevölkern wird!«

Sie richtete sich auf, und ihr Haß war so kalt, daß Prometheus zurückwich. »Du hast uns Hephaistos gebracht«, sagte sie mit eisiger Stimme, »das werden wir dir nie vergessen.«

»Was ist denn geschehen?« fragte Prometheus ein zweites Mal, und nun vollkommen hilflos. Da endlich berichtete Poseidon vom Einzug des Schmieds auf dem Olymp und der furchtbaren Waffe des Königs und von Heras Bestrafung.

Prometheus schlug die Hände vors Gesicht.

»Ich kann es nicht glauben!« stöhnte er.

»So glaube deinen Augen, Titan!« sprach Poseidon.

Ein Löwe knurrte. Nachdem sein Durst gestillt war, spürte er Hunger oder auch nur die Lust zu kauen. Er drehte den Kopf und sah an seiner Flanke ein zitterndes Antilopenkitz und schüttelte erstaunt seine mächtige Mähne. Seit wann kam die Beute freiwillig zu ihm? Was war eigentlich geschehen, seit die Palmen sich urplötzlich in Feuer verwandelt hatten? Er hatte sich in den Nil geworfen, das wußte er noch, aber dieser seltsame Graben war doch nicht der Nil! Und was waren das für zweibeinige Wesen, die zwischen ihnen umhergingen, als fürchteten sie weder Zähne noch Pranken, und die aus tragbaren, beinernen Quellen Gazellen wie Panther gleichermaßen tränkten? Benommen biß er in die Luft. Das Kitz wich hilflos zur Seite und rutschte aus, und der Löwe schnappte ein zweites Mal, doch immer noch wie im Traum und ohne zu zielen. Das Kitz senkte klaglos den Kopf; Artemis sprang zu ihm und nahm es auf und wiegte es murmelnd in ihren Armen.

Der Löwe öffnete ein drittes Mal den Rachen; er fauchte und zog fauchend den Kopf zwischen die Schultern und blinzelte nach der entrückten Beute, die noch so nah vor den Zähnen schwebte, und nun hob er die Pranke und prüfte dabei die winzigen Muskeln, mit denen die Krallen aus ihren Knorpeltaschen geschnellt werden, da schwebte Demeter über den Graben und streute ihr Saatkorn aus dem Fellsack, und bei jedem ihrer Würfe keimten Blumen aus dem warmen Schlamm. Ein Duft von Tau und Nacht füllte langsam steigend den Riß des Meerarms, auf dessen Grund der Himmel schwamm. Der Regen hatte sich verloren; der Nil floß träg wie je durch sein altes Bett, und sein Rauschen besänftigte noch einmal jede Regung. Auch der Löwe schloß sein Maul ohne Schnappen und Knurren, und selbst die Paviankinder schwiegen und schauten verzückt auf den blühenden Saum. Die Mutter der Zwillinge lächelte glücklich, und in diesem Lächeln schlief auch der Haß ein. Die Tiere standen im Blau zwischen Sternen und träumten. Da plötzlich schwirrten die Vögel vom nahen nubischen Hügel in einer schreienden Wolke auf.

Der Löwe erschrak und hieb mit ausgescherten Krallen nach dem Wesen vor ihm. Wäre Artemis nicht beim ersten Zucken der Muskeln zurückgesprungen, so hätte die Tatze sie zerfleischt. Nun zerfetzte der Schlag den gespiegelten Himmel, und da begann auch schon die Erde zu dröhnen.

»Zeus kommt!« rief Demeter, die säend den Nordrand des Roten Meeres erreicht hatte. »Kratos und Bia sind bei ihm! Er kommt hierher!«

Die Okeanosmädchen stoben auseinander.

»Er soll uns Rede und Antwort stehn«, sagte Prometheus entschlossen.

Poseidon lachte bitter auf. »Sein Blitz wird dich in Stücke reißen, du Narr«, erwiderte er.

Und er fügte sofort hinzu: »Ich werde solche Worte nicht mehr dulden. Verlasse auf der Stelle mein Reich!«

Die Tritte kamen näher. Der Schlamm schwappte und schlierte. Das Wasser war grau. In der Luft hallte Lärm; der Atem der Löwen roch heiß und schweflig. Ein Gorilla trommelte seine Brust.

Demeter kehrte zurück.

»Verlasse mein Reich!« schrie Poseidon. »Du hast den König gelästert!« Er hob seinen Dreizack über die Schulter; sein Gesicht war dunkle Wut. Die Hengste an seiner Seite stampften. Ihre Zähne waren gelb und breit; sie hätten das Knie eines Stiers zermalmen können. »Geh fort, Titan!« schrie Poseidon. »Du hast nie zu uns gehört!«

Demeter hörte es bestürzt und voll Ekel. Warum duldet Prometheus eine solche Schmähung? dachte sie. Er ist doch niemals feige gewesen! Ihr Blick beschwor den Titanen: Verteidige dich! Doch Prometheus versuchte Zeit zu gewinnen. Schweigend, die Augen jedoch auch nicht senkend, hielt er dem Ausbruch Poseidons stand. Er wollte die Götter nicht unnötig reizen; er war gewillt, Zeus an den Schwur vor seiner Heilung zu mahnen, und brauchte Zeugen, wenn der Herrscher erschien. Poseidon ahnte diese Absicht; er dachte nicht daran, ihr irgendeinen Vorschub zu leisten. Die Zeit der Pläne gegen Zeus war unwiderruflich vorbei, nun ging der Kampf um den zweiten Platz, und jeder war sich selbst der Nächste! Wenn Zeus diesen Narren zerschmetterte, war es nur gut! Sausend bogen die Vögel nach Süden ab. Im Graben erwachten Angst und Mordlust und begannen in Hunderten Stimmen zu reden. Die Kelche der Blumen wurden welk; ihr Honig begann sich zu zersetzen, und sie rochen süß und faul wie verwesendes Blut.

Mütter schrien nach ihren Kindern.

Das Delta war jetzt so ausgekühlt, daß die Tiere zurückkehren konnten. Als erste, noch vor dem Abflug der Vögel, hatten sich Vipern und Ottern in den heißen Sand gewühlt. »Hier ist's warm, hier ist's glatt, hier ist's besser als früher!« zischten sie nun und spreizten wohlig ihre funkelnden Schuppen. »Kommt, beinlose Brüder, herbei, schlanke Schwestern, hier soll unser Reich und unser Tanzplatz sein! Hütet Fersen und Sohlen, ihr anderen!«

Sie glitten pfeifend durch den Sand und ließen ihre Giftzähne blitzen.

»Dies Land bleibt *mein* Reich!« fauchte der Löwe. Wütend peitschte sein Schweif das Wasser. Eine Schwarznatter ringelte sich durch die Flut, und nun schlug der Löwe nach ihr und schlug auf ein Stachelschwein, das eben seine Schleppe aus einem Schlammloch sträubte. Zum ersten Mal und gleich aus sieben Wunden blutend, brüllte er mit seinem Schmerz auch den Zorn über diese Kränkung heraus, und nun kam alles in Bewegung. Im Nu war der Meerarm ein einziges Wimmeln; Feneks flitzten, und Springmäuse spritzten; die Schnellfüßler stoben in die Wüste, und die Räuber setzten ihnen nach. Auch die Affen schwärmten in Herden küstenabwärts, die Frauen und Kinder in der Mitte, die wehrhaften Männer mit gefletschten Eckzähnen um sie herum. An solche wandernden Festungen trauten sich ohne sehr große Not nicht einmal die Panther.

Die Krokodile hoben ungehalten die Köpfe.

»Was ist denn nun schon wieder für ein Aufruhr?« fragten sie gähnend.

»Das naseweise Volk verzieht sich«, schnaufte ein Flußpferd. »Es muß schon in Nubien sein. Schlaft nur ruhig weiter.«

»Das wollen wir auch«, gähnten die Krokodile und taten wieder die Augen zu.

»Es gibt nichts Schöneres als Dösen«, murmelten sie.

»Da sind ja unsre Freunde!« riefen jene Vögel, die man Krokodilwächter nennt. Piepend und fiepend und ganz aufgeregt von ihrem Ausflug nach dem Asbesthügel erzählend, ließen sie sich auf den schuppigen Leibern nieder. Nach uraltem Recht und Brauch spazierten sie auch zwischen den Zähnen der Ungeheuer umher und suchten nach Maden und Würmchen. »Beim Dösen gekrabbelt zu werden ist das Allerschönste«, brummte wohlig ein Alligator. Das Plappern der vorlauten Gesellen verdroß die würdigen Strauße. Gemessen versuchten sie in die Lüfte zu steigen, doch ihre Flügel waren so arg versengt, daß auch sie laufen mußten. Sie stakten anfangs wie die Flamingos, doch als ein Schakal sie zu jagen begann, liefen sie schneller als die Giraffen.

Nur der Marabu, seinem Schnabel vertrauend, schritt langsam wie je.

Poseidon ließ den Titanensohn stehen. Er schwang sich auf einen der Hengste und jagte, den anderen an der Mähne, durchs Meer nach dem

Norden und sprang übers Land und jagte weiter zu seiner Grotte. Die Hengste rannten so wild, daß der Gischt sie trug. »Aus dem Weg, ihr Delphine, aus dem Weg, ihr Haie, der König des Meeres zieht seine Bahn!« rief Poseidon durch den sprühenden Salzschaum. Kreta flog vorüber, die Inseln, die Riffe. »Schneller«, brüllte er, »schneller! Zeigt, was ihr könnt!« Die Hengste rasten. Welche Weite! Sie jauchzten, daß endlich ein Ritt sie erschöpfte. »Schneller«, schrie Poseidon, »ihr tragt einen König!« Er riß das zweite Pferd ans erste und saß nun mit breiten Beinen über beiden Rücken und hielt den Dreizack zwischen den Hälsen und spießte im Sturm Rochen und Barben auf. »Schneller! Noch schneller!« Blutiger Schaum troff, Bläschen der Lunge. »Noch schneller!« Weiß eine Wand, Poseidon riß beide Mähnen zurück. Die Hengste überschlugen sich mit dem Schädel zur Kruppe. Poseidon lag auf der Sandbank. Die gebrochenen Rippen schmerzten; er schrie nicht. Triton stürmte aus der Grotte.

»Trockne sie!« rief Poseidon im Liegen. »Gib ihnen süßes Wasser! Führ sie zu uns und brich ihnen Klee! Es sind meine Tiere!« Triton gehorchte.

Poseidons Ritt hatte genau so lange gedauert, als Artemis brauchte, das Kitz zu den Zebrakindern zu betten. Nun trat sie an Prometheus heran.

»Auch ich verbiete dir mein Reich«, sprach sie, und sie sprach es voll Haß. Ihr Haß klang feierlich, weder mit Wut noch mit Furcht untermischt. Er war rein und kalt und schwer wie Silber. Prometheus hatte das Mädchen nie richtig ernstgenommen. In diesem Augenblick erst begriff er die Wucht und Strenge ihrer Gefühle, wenn er sie auch nicht teilen konnte.

Artemis hatte das Kitz ans Ufer gelegt und streckte beschwörend die Hände aus. Dem Dreizack hätte Prometheus getrotzt. Vor den nackten Händen des Mädchens erschrak er.

»Wage nie wieder, den Wald zu betreten«, sprach Artemis, »ich werde die Reißzähne auf dich hetzen. Wolfsrudel sollen dich jagen und Bären deine Rippen zerknacken! Der Marder soll dir ins Genick springen, der Eber deine Därme zerreißen! Erwarte weder Gnade noch Mitleid! Die Welt ist in Wirrnis. Sei verflucht!«

Sie nahm das Kitz auf den Arm und entlief. Die Zebrajungen ließ sie liegen. »Bleib!« rief Prometheus ihr nach, doch sie lief so flink wie ein Reh.

Der Boden bebte. Schlagen von mächtigen Flügeln erscholl. Nun trotteten auch die Schakale fort.

Nur noch die Dickhäuter und die Eselin mit ihren gestreiften Neugeborenen blieben im Graben.

»Sei klug und erzürne den König nicht«, sprach Demeter zu Prometheus. Sie hatte schweigend fortgehen wollen, doch nun redete sie und gab dem Titanen die Hand. Das Verhalten ihres Bruders Poseidon fand sie so abscheulich, daß sie sich mit ihm nicht gleichsetzen mochte.

»Leb wohl«, sprach sie. »Leb wohl, mein Freund!«

»Auch du willst mich verlassen?« fragte Prometheus traurig.

»Ich verlasse euch alle«, sprach Demeter. Sie hatte den Fellsack weggeworfen und sich in ihr verfitztes Haar gehüllt. Prometheus entdeckte erst jetzt, daß sie nackt und daß sie trotz Ruß und Asche schön war.

»Bleib bei uns, Demeter!« bat er.

Er hatte wie immer sagen wollen: »Bleib bei uns, Schwester!« Doch nun sagte er: »Bleib bei uns, Demeter!«

Die Göttin schüttelte den Kopf.

»Ich kehre nie mehr zum Olymp zurück«, sagte sie leise. »Die Luft dort widert mich an. Ich will in den Saaten schlafen, wenn sie keimen und sprießen, und mich zum Sommer in ihrem Schatten bergen, und wenn Schnee fällt, grabe ich mich in die Erde, so wie das Samenkorn es tut. Du bleibe in Afrika, Titan! Tief im Innern sind hohe Berge und kühle Seen, dort ziehe hin und laß Zeus auf seiner Felszacke walten. In Afrikas Hochland sah ich Blüten aus Regenbogen und Bäume, deren Duft blau wie Nebel wallt.«

»Willst du mit mir gehen?« fragte Prometheus.

Demeter schüttelte wieder den Kopf. »Ich will allein sein«, sagte sie fest. »Nur Kore möchte ich manchmal sehen. Ich liebe sie wie eine eigene Tochter. Ihr Los ist so traurig. Jedes Saatkorn darf im Frühling ans Licht, und das Mädchen soll ewig im Dunkeln schmachten. Ich werde sie nie vergessen. Leb wohl, Titan!« Einen Augenblick zögerte sie, ob sie Prometheus zum Abschied küssen solle, dann drückte sie seine Hand an ihre Stirn und verschwand.

Die Spur ihres Haars in der Luft war hell.

Ich bleibe, sprach Prometheus zu sich selbst, ich bleibe! Wenn alle andern auch fliehn, ich bleibe! Ich werde Zeus zur Rede stellen!

Die gestreiften Eselchen iahten.

Die Erde dröhnte.

Zeus erschien.

Er stapfte mit schwerem Schritt durch den wüsten Sudan bis zum Toten Meer. Auf der linken Schulter trug er den Donnerstab, auf der rechten saß, mit Riemen aus Fell gebunden, der Adler. Der König keuchte unter dieser Bürde; seine Nase hing tief hinab, und manchmal schnoberte und schnupperte sie. Der Bratenduft hatte sie auf dem Olymp so süß gekitzelt, daß Zeus nicht mehr Herr seiner Lust gewesen und vom goldenen Wagen weg schnurstracks nach Afrika gelaufen war. Er hatte gedacht, eine Brandstätte wie manchmal vordem im kretischen Wald zu finden: verkohlte Stämme, veraschtes Gestrüpp, und darunter den garen, duftenden Schmaus, doch er hatte nur Sand und Sand und nichts als Sand gesehen, die Ebene bis zum Horizont hin Sand, und im Wandern nur Sand und darüber nur Himmel, und dann auch Sand in der Luft, als die Tiere flohen. Nun, hinterm seltsam seichten Nil, stieß er auf einen zweiten Strom, in dessen trübem Schlamm sich Elefanten und Nashörner suhlten, und dahinter, so sah man, lag wieder Wüste. Von Asche und Glut auch hier keine Spur! Was ist denn das für ein breites Flußbett? dachte er wie vordem der Löwe. Das gab es doch bislang noch nicht! Er schnoberte, doch kein Quentchen an Duft war mehr zu spüren. Auch der Blutgeruch der Blumen hatte sich verflüchtigt.

Er drehte sich um und schnoberte in die afrikanische Wüste.

Sie roch nach Sand und nach sonst nichts.

Wo sind denn die Braten hingeraten? dachte er voll Ärger. Hat Gaia sie etwa hinabgeschlungen? Das sähe ihr ähnlich! Ist dieser Graben etwa ihr schamlos offenes, raffendes Maul? Sie soll nicht wagen, mich zu reizen! Ich will ihr den Schlund mit Blitzen stopfen!

Er wiederholte für sich zum tausendsten Male: Ich habe Blitze, soviel ich will! Ich kann auf jeden Feind hundert Blitze schleudern und noch einmal hundert und noch einmal hundert und habe doch immer so viel wie vordem! Ich bin der König! Keiner hat mehr Blitze als ich!

Da schmatzten Schritte.

Zeus schrak auf. Prometheus kam auf ihn zu. Dem König war es gar nicht recht, daß sein Gehilfe plötzlich zwischen den Dickhäutern erschien und seine Gier sah. Er fühlte sich ertappt, obwohl seine Freßlust nicht zu erraten war.

Der Adler kreischte.

»Sei gegrüßt, Bruder Zeus!« sagte Prometheus mit zitterndem Ernst.

»Was machst du denn hier?« antwortete der Herrscher. Es sollte unbekümmert klingen, doch es klang nur unsicher.

»Ich suche dich, Bruder Zeus.«

»So komm herauf!«

Ein Windstoß fegte über die Wüste. Heißer Sand fuhr Zeus in die Augen. Er deckte sie mit den Händen, da fiel ihm der Donnerstab von der Schulter. Prometheus kletterte ans Ufer. Wütend hob Zeus die Waffe auf.

Vor Wut begann er zu knurren, und auch sein Magen und seine Eingeweide knurrten.

»Wo ist denn die Brandstätte?« fuhr er Prometheus an. Der hatte jede Rede erwartet, nur diese nicht.

»Da«, sagte er verblüfft und wies in die Wüste. »Da, Bruder Zeus. Das ist dein Werk!«

»Und wo liegen die verbrannten Tiere?«

Hinterm Nilufer tauchten die Schnüffler auf.

»In der Luft«, sagte Prometheus, der jetzt völlig verwirrt war. Was sollten diese Fragen? Sah Zeus denn nicht, was geschehen war? Hatte ihn nun doch ob seiner Untat der Wahnsinn gepackt?

»In der Luft, in der Luft«, äffte Zeus ihn nach, »was soll denn das heißen? Ich sehe nichts in der Luft. Willst du mich verhöhnen?«

Kratos und Bia stapften näher.

»Sie sind zu Rauch verbrannt, und der Rauch ist verflogen«, erwiderte Prometheus. Er blickte auf den grauen Kegelstab, den Zeus an sich gezogen hielt. Sollte dies etwa die schreckliche Höhle der Blitze sein?

»Ist das deine neue Waffe?« fragte er zweifelnd.

»Ja«, sagte Zeus, »das ist sie. Hephaistos hat sie mir auf dem Amboß geschmiedet. Ich glaube aber, sein Werkzeug ist zu heiß gewesen. Wenn der Blitz die Tiere zu nichts verbrennt, muß er mir eine kleinere machen.«

Prometheus verstand immer weniger. Seit wann betrachtete Zeus die Tiere als seine Feinde? Er hatte sich doch nie um sie gekümmert, und als Ares mittags einmal rohes Fleisch verschlungen, hatte er ihn aus der Wohnstatt gewiesen. Wozu wollte der Bruder nun Tiere töten, und wozu brauchte er ihre Kadaver? Wahrhaftig, Artemis hatte recht, die Welt war in Wirrnis!

Zeus trat an den Rand des Roten Meeres. Bei seinem Anblick wurden sogar die Dickhäuter unruhig, und die Krokodile wühlten sich in den Schlamm. Auch die Eselin zwang sich auf die Beine und stupste ihre Jungen an.

»Wir müssen fliehen«, sagte sie, »hier droht Gefahr! Dieses federlose Zweibein dort droben will töten. Sein Blick ist voll Freßlust. Los, los, steht auf, wir müssen fort!«

Die Jungen rieben die mausgrauen glänzenden Nasen an den Fesseln ihrer Mutter und lachten.

»So weit kann der doch gar nicht springen«, sagte das eine.

»Der hat doch gar keine Zähne«, sagte das andere.

»Oh, ihr Dummköpfe«, stöhnte die Mutter, »steht auf!«

Dies wäre ein Braten, dachte Zeus bei ihrem Anblick. So frisch und saftig! Der müßte schmecken! Soll ich umsonst halb Afrika durchtrottet haben? Ich will es doch noch einmal versuchen!

Das Unheil witternd, rannten die Elefanten und Nashörner donnernd Indien zu. Auch die Eselin kletterte, um die Gefahr von ihren Jungen abzuwenden, von ihnen fort, die Böschung hinauf.

Zeus hob die Waffe und zielte.

»Was willst du?« fragte Prometheus voll böser Ahnung.

»Noch einmal den Blitz erproben«, knurrte Zeus. Und er sagte, ein zweites Mal auf die Kletternde zielend, nun mit klarer Stimme: »Du hast ihn ja noch nicht gesehn, meinen Blitz. Auch du sollst seine Kraft kennenlernen!«

Er führte, sein Ziel im Auge, den Stab zurück. Prometheus begriff.

»Halt ein!« schrie er. »Du darfst sie nicht töten. Sie hat Junge, die ohne sie umkommen müssen! Da unten in der Mulde, siehst d-«

Aber da hatte Zeus die Waffe schon geschüttelt, und ihr Blitz zerstäubte das Muttertier.

»Tatsächlich«, raunzte Zeus verdrossen, »sie lösen sich auf! Nicht einmal Rauch!«

Die Zebrakinder blökten entsetzt. Nun versuchten sie, Flanke an Flanke gestützt, auf die Beine zu kommen, aber ihre Knie zitterten so, daß sie, kaum stehend, wieder zusammensackten.

Zeus setzte mißmutig die Waffe ab. Prometheus sprang ihm an die Kehle, und Kratos und Bia warfen sich über Prometheus. Noch ehe er seine Finger um den Hals des Herrschers geschlossen hatte, lag der Titan überwältigt am Boden. Kratos drückte ihm das Gesicht in den Sand, Bia preßte, in seinen Kniekehlen kniend, ihm die Hände am Rücken hoch, und Zeus, den Donnerstab zwischen den Schenkeln, fesselte ihn mit Fellstreifen, die Bia seit dem Erscheinen des Adlers stets um seinen Fellschurz gewunden trug.

Prometheus versuchte nicht mehr, sich zu wehren. Bia rollte den Zusammengeschnürten vor den König, der, die Waffe wieder in der Hand, sich unwillkürlich nach einem Thron umsah. Kratos bemerkte diesen Blick. Er warf sich zu Boden und krümmte sich.

Zeus zögerte. Eine solche Unterwürfigkeit hätte er nie für möglich gehalten. War es eine List? Was aber sollte sie bezwecken? Zögernd setzte er sich auf den lebendigen Sitz.

Prometheus nahm Abschied von der Welt. Nie mehr werde ich den Blauhimmel sehen, dachte er, nie wieder den Wald, nie wieder den Schnee, nie wieder Demeter. Nun muß ich für immer zu Kronos ins Dunkel. Ach, sähe ich nur noch einmal den Himmel!«

Denn er sah nur das Fell des Bia, der vor seinem Kopf stand.

Zeus drückte dem Titanen die Spitze des Donnerstabs auf die Brust.

»Du wolltest mit mir sprechen, mein Bruder? Ich höre.«

Bias stinkendes Fell und der Schaft des Stabs.

»Heiße Bia zur Seite treten!« verlangte Prometheus.

»Ich habe keine Geheimnisse mit dir«, entgegnete Zeus. »Du wolltest mit mir sprechen. Nun sprich!«

Ich werde mich nicht erniedrigen, dachte Prometheus. Ich werde nicht sagen, was Zeus hören möchte. Dies sind meine letzten Worte. Ich werde sie nicht zum Lügen noch zum Flehen gebrauchen.

Das hilflose Blöken der Jungen.

Gräue.

Gestank.

»Zeus«, so begann Prometheus zu reden, »Zeus, du bist ärger als Kronos, denn du weißt, daß es böse ist, Tyrann zu sein. Du hast die Hoffnung gemordet, Zeus. Mit dir ist nur Schlechteres gekommen. Wohin sind unsere Träume entschwunden! Ich hasse dich, Zeus, ich hasse dich!«

Bia verschlug es den Atem. So hatte noch keiner zu reden gewagt! Mit einem Mal mußte er denken, daß auch Prometheus ein Titanensohn wie er war, und da verachtete er seinen gekrümmten Bruder.

»Hast du zu Ende gesprochen?« fragte Zeus.

»Ich habe alles gesagt«, antwortete Prometheus. Und dann sagte er leise: »Ich bin in deiner Gewalt. Du wirst tun, was du tun wirst. Laß mich noch einmal den Himmel sehen!«

»Warum denn?« fragte Zeus. Er fragte es langsam, beinah gleichgültig, und in einem Ton, der deutlich machte, daß er keine Antwort erwartete.

Er spielt mit ihm, dachte der stumme Kratos, da fragte Zeus ebenso langsam und ohne Bewegung: »Warum, mein Bruder, zürnst du mir?«

»Wie kannst du noch fragen!« schrie Prometheus. »Du hast deinen Schwur gebrochen. Hephaistos hat dich von der Qual befreit, und du hast versprochen, gerecht zu regieren!«

»Ich weiß nicht, was du redest, mein Bruder«, sprach Zeus, »ich habe gar nichts versprochen.«

Nun glaubte Prometheus wirklich, er träume, doch Zeus fuhr fort: »Ihr habt zwar alle davon geredet, doch ich habe keinen Schwur getan. Ich verstehe nicht, was du mir vorwirfst. Versuche dich zu erinnern! Ich tat keinen Schwur.«

Da Zeus dies sagte, sah Prometheus den kretischen Wald vor sich und Zeus auf dem Quarzblock und Hephaistos mit dem Beil und Hera im Ölbaum, und er hörte auch Stimmen, brüllend und zischend, doch ein Schwurwort des Herrschers war nicht dabei.

»Ich habe keinen Schwur getan«, wiederholte Zeus. Er winkte Bia mit einem Schlenkern des kleinen Fingers, zur Seite zu treten, und nun sah Prometheus vorm Blau das Gesicht des Gehaßten, und nun sah er nur mehr dieses Gesicht.

»Du sprachst von unseren Träumen, Bruder«, begann Zeus zu reden, »doch sieh, jeder träumt einen andern Traum.« Er beugte sich über den Liegenden, und seine Augen waren nachdenklich und groß. »Hera träumt nur davon, Aphrodite mit dem Beil zu zerhacken; mein Bruder Poseidon träumt, mir die Macht zu entreißen und die Frau wegzunehmen; Ares träumt von Blut, die Titanen vom Aufstand, und drunten wird von Ungeheuern die Freiheit geträumt. Du träumst, daß es anders werde, Bruder, und davon träume in Ewigkeit! Ich aber bin der König. Welche Träume soll ich erfüllen? Ein jeder hält den seinen für gut, doch das Gute des Einen ist das Unheil der Andern. Haben wir darum zehn Jahre gegen Kronos gekämpft, daß nun wir uns zerfleischen? Ich träume von Ordnung und werde sie schaffen. Denn ich habe die Macht dazu!«

Er stand auf und hob den Donnerstab über Prometheus.

»Sieh«, so sprach er, »ich habe den Blitz, der alles besiegt. Auf ihn gründe ich mein Reich.«

Prometheus hatte diese Rede voll Staunen angehört. So hatte der Herrscher noch nie gesprochen. Prometheus war auf Beschimpfungen gefaßt gewesen, auf Drohungen, Prahlen, Geschwätz und Geschrei, vorbeisausend an seinen Ohren wie Wind – von dieser Rede aber hörte er jedes Wort, und er konnte nicht anders, als dazu mit seinem Herzen zu nicken. Auch Zeus fühlte, daß er sich mit dieser Rede verändert hatte. Es war nicht seine Absicht gewesen, so zu sprechen, er hatte tatsächlich schreien und schimpfen und prahlen und drohen wollen. Aber dann war ein Gedanke in ihm mächtig geworden und hatte seine Worte mit sich gerissen, und nun war es Zeus, als wisse er dank ihnen jetzt mehr und wolle nach ihnen in Zukunft anderes als vordem. Zugleich aber erschien ihm dies Neue und Andre als sein eigentliches Streben, das bislang durch widrige Umstände nicht zum Tätigsein gekommen war. Er hatte nie von einer Ordnung geträumt, doch da er es jetzt tat, hatte er nie etwas andres getan, es war nur nicht ausgesprochen worden ... Entsinnst du dich, damals jener Abend ... Damals im Wald vor dem Kampf gegen Kronos ... In der Sonne das Blitzen der Schwerter und tiefe Ruhe ... Er träumte, da sah er Kratos am Boden. Angeekelt stieß er ihn um.

»Steh auf!« befahl er. Kratos sprang auf. »Du wirst dich nie wieder zum Sitz krümmen!« sprach Zeus. »Ich will das nicht haben. Verstehst du mich?«

Kratos verstand gar nichts, doch er nickte eifrig. Auch Bia verstand nicht alles. Daß Zeus den Kratos umstieß, verstand er gut; daß er ihm aber verbot, sich jemals wieder als lebendigen Thron dem König zu Füßen zu werfen, war unbegreiflich. Wenn er, Bia, dem Blitz geböte, er würde niemals anders sitzen als auf den Rücken der Beherrschten, ja, er würde auf ihren Leibern auch stehen und gehen! Doch vielleicht plante der König gerade das und wollte nur auf eine beßre Gelegenheit, mehr Zuschauer zum Beispiel, warten! Also nickte auch Bia wie sein Bruder Kratos. Zeus aber achtete nicht mehr auf sie. Er sah auf Prometheus. Prometheus schwieg.

»Löse seine Armriemen«, befahl Zeus.

Bia starrte ihn an: Meinte Zeus das ernst?

»Du sollst ihm die Armriemen lösen«, wiederholte Zeus unwillig, und da löste Bia die Fellstreifen, die Zeus dem Prometheus dreifach um Brust und Oberarme gewunden hatte. Will der König mit ihm kämpfen? dachte er, da Prometheus, die Schultern rollend, sich in den Hüften aufrichtete. Und er dachte ratlos: Will der König unsre Treue prüfen? Hat er eine List vor, stellt er uns auf eine Probe? Sieht er etwas, was wir nicht sehen? Unauffällig schaute er sich um.

Sand, nichts als Sand, und der Schlamm des Grabens.

Da hörte er wieder die Stimme des Königs.

»Schwöre«, sprach Zeus, »schwöre, nie mehr gegen mich zu handeln!«

Prometheus dehnte die Brust und schwieg. Es war das Schweigen eines Erwachenden. Bis zu diesem Augenblick hatte er mit einem Spruch gerechnet, der ihn auf ewig ins Dunkel warf. Nun dröhnte sein Ohr von unbegreiflichen Worten, gegen die zu sprechen nicht möglich war.

»Löse ihm auch die Beinfesseln«, befahl Zeus, und diesmal gehorchte Bia, ohne zu zögern.

Prometheus erhob sich.
»Du sollst mir keinen Gehorsam schwören«, sprach Zeus. »Schwöre, daß du nicht an meine Macht rührst!«
Prometheus schwieg. Auch er dachte nun an den Wald und den Traum vor der Schlacht und die Küsten der anderen Welt im Abenddunkel. Nun wirft er ihm den Blitz ins Gesicht, dachte Kratos, da sagte Zeus, die Arme über der Brust kreuzend: »Laß Frieden zwischen uns sein, Prometheus.«
Und er sprach: »Siehe, Prometheus, ich schwöre dir Frieden! Schwöre auch du!«
Da kreuzte auch Prometheus die Arme über der Brust.
»Ich schwöre dir Frieden, Bruder Zeus«, sprach er voll unbändiger Hoffnung, und nun sah er den Himmel als Gewölbe, das beide Schwüre überdachte. Alles ist gut, frohlockte sein Herz, Zeus hat sich seiner Träume erinnert, er hat zum Anfang zurückgefunden, mit dieser Bitte um Frieden ist Kronos endgültig überwunden. Laß Frieden sein! In diesem Schwur laß uns das neue Reich beginnen!
Einen Augenblick standen die beiden Titanensöhne in Schweigen vereint mit gekreuzten Armen, dann schlugen sie, als geschehe die eine Bewegung im Spiegel der andern, die Arme zurück und ließen sie sinken und standen, Ebenbilder an wortloser Würde, aufrecht voreinander im weißen Sand, und Prometheus streckte die Hand aus, sie dem Bruder zu reichen, da zog Zeus mit einer kaum sichtbaren Raffung den Donnerstab an sich; Kratos und Bia traten schräg hinter den König, und da war bei dem einen die Macht und beim andern der Traum.
»Geh deiner Wege, Titan«, sprach Zeus, »und hüte dich, die meinen zu kreuzen! Wir haben einander Frieden geschworen, wir wollen nun dafür sorgen, daß keiner ihn bricht. Du wirst den Olymp nicht betreten und auch nicht das Land, das um ihn liegt, und ich werde für das Land deiner Wahl ein Gleiches tun. Du magst im Wald leben wie zuvor, in Kreta, in Afrika, wo du willst, und ich werde dein Reich in Ewigkeit meiden. Du magst auch hinunter zu Hades ziehen, doch dann bleibe für immer bei den Deinen, es gibt danach keine Rückkehr mehr. Dies, Titan, ist der Spruch des Königs der

Götter: Was je zwischen uns war, ist vergangen! Wahre du den Frieden, ich werde ihn hüten! Und nun laß uns gehn.«

Zeus wartete nicht auf Antwort. Als Sturmwind brauste er nach dem Olymp zurück, und Kratos und Bia, die schlechten Flieger, folgten ihm schwankend mit schweren Schlägen. Prometheus sah sie in der Bahn der dunklen Wolke erst Raben, dann Fliegen, dann Mücken werden, dann war der Himmel so leer wie sein Herz. Auch die Spur von Demeters Haar leuchtete nicht mehr.

Prometheus brach in die Knie.

»Verflucht seist du, Zeus, du Betrüger!« schrie er. »Verflucht seist du, König, verflucht seist du, Gott!« Sein Rufen hallte über die Wüste und schreckte die Zebrakinder auf.

Sie blökten kläglich.

»Ja, ja, ihr braucht Hilfe«, murmelte der Verstoßene und schritt zum Ufer, doch als er auf der Böschung erschien, zwangen sich die Kleinen abermals hoch, und nun kamen sie auf die Beine und stakten Flanke an Flanke aus ihrer Mulde in die arabische Wüste hinein.

Prometheus sah sie hinwanken und wußte dumpf, daß sie dem Durstod entgegengingen, aneinandergelehnt in hilfloser Ohnmacht, stolpernd im Sand und von Schlangen bedroht, und er sah sie kleiner werden und schließlich verschwinden und stand auf der Böschung und rührte sich nicht.

Ein Krokodil glotzte ihn träge an, dann tauchte es in den Schlamm zurück.

Nun bin ich allein, dachte Prometheus, der Olymp ist mir von Zeus, das Meer von Poseidon, der Wald von Artemis verwehrt. Auch Hephaistos, der brummige Schmied, der gute Gefährte, ist weggegangen, Demeter hat mich verlassen, und Gaia, die Alte, ist klein wie ein Mohnkörnchen und redet nur noch wirres Zeug. Was soll ich nur tun? Am besten ist's, ich gehe zu meinen Brüdern und Schwestern zwischen den schwarzen Flüssen und lagre mich neben Epimetheus und träume mit ihm von der Vergangenheit. Mag sich hier Zahn in Zahn und Klaue in Klaue schlagen! Was schert es mich noch! Ich gehe hinunter!

So dachte er, da war ihm, als ob er aus dem dünstenden Schlamm eine Stimme seinen Namen flüstern höre.

»Ach, Mütterchen«, rief er, »Mütterchen Gaia, du Treues, du Gutes! Ich weiß, daß dich das Leid deines Enkels rührt. Doch sag, was kannst du für mich tun?«

»Gar nichts, mein armes Söhnchen, gar nichts«, sagte die Stimme.

Gaias Abschied

»Gar nichts, mein Söhnchen, gar nichts«, wiederholte die Stimme, »aber ich will dir ein Abschiedswort sagen.«

»Wo bist du denn«, rief Prometheus, »ich sehe dich nicht!«

»Hier«, erwiderte die Stimme, und nun klang sie von der Fußspitze des Titanensohns her.

Prometheus sah in den Schlamm und sah ein schwarzes Käferchen krabbeln.

»Ja«, sagte der Käfer, »ja, das ist die mächtige Mutter des Lebens, in eine so kleine Gestalt ist all meine Kraft gedrängt. Aber noch kann ich sprechen, und so will ich dir raten. Höre gut, Söhnchen, höre gut! Wenn ich gesprochen habe, ist all mein Rat vertan, dann wird sich mein Mund nie wieder öffnen, und ich werde nur noch sein, was ich immer war: Erde.«

»Sprich, Mütterchen«, flüsterte Prometheus. Er ließ sich auf die Knie nieder und streckte die Hand aus. Das Käferchen kroch auf ihren Rücken, und da war es so schwer, daß es die Hand in den Boden preßte. Prometheus legte sich bäuchlings hin, und Mutter Gaia sah ihm ins Gesicht. Sie hatte die Gestalt jenes Käfers, den die Menschen dann Skarabäus nannten, nur daß sie bedeutend kleiner war.

»Sprich, Mütterchen, dein Enkel hört«, drängte Prometheus. Und er bat: »Verlaß meine Hand wieder, Mütterchen, du wirst ja schwerer und schwerer und schwerer und bist nun so klein, daß ich dich kaum mehr sehe! Du lastest ja wie ein Fels und zerdrückst mir die Knochen. Ich kann deine Schwere nicht mehr ertragen. O laß ab, meine Hand versinkt! Nein, sage nicht, daß du machtlos bist!«

Da rollte das Käferchen, das schon wie ein Mohnkorn klein war, sich vom

Handrücken in den Schlamm hinunter und war nun ein Körnchen Schwarz unter Schwarzem, und dies Körnchen hob zu reden an.

»Ach, so viel ist zu sagen, so viel ist zu sagen«, plapperte die Alte, »wo fang ich da an! Wohl da es begann, da fang ich auch an, wo es begann, da fang ich an, wo's begann fang an an anananan!« Ihre Stimme, eben noch ein Wispern, schallte über den Schlamm und die Wüste, doch je lauter ihre Worte hallten, desto mehr verdunkelte sich ihr Sinn. Prometheus hatte wachsende Mühe, ihn zu erfassen, und manches blieb verworren und rätselhaft. Die Alte sprach von Vorgängen, von denen Prometheus nichts wußte, und nannte Namen und Wörter, die ihm unbekannt waren; so das Wort »Elemente«, das immer wieder ihre Rede durchzog, oder auch das Wort »Natur«. Zudem sprach sie auch solcherart, daß Wörter mit gleichem Endklang wie eben »begann« und »an« ihre Gedanken beschlossen, und sie wiederholte oft Dutzende Male Silben und Laute, die ihr gefielen, und verlief sich in diesen Wiederholungen wie in einem Wald. Dennoch wagte Prometheus nicht, Gaia zu unterbrechen und um eine Erklärung zu bitten. Er wußte, daß sie immer hielt, was sie ankündigte, und wenn sie erklärt hatte, sie werde nach dieser Rede verstummen, so würde das auch sicher geschehen. So horchte und lauschte er angestrengt, und später dann wollte ihm dieses Zuhören als schwierigste Leistung seines Daseins erscheinen – freilich vor seinen Leiden am Kaukasus! Denn Gaia sprach durch viele Stunden, und was sie erzählte, war die Geschichte der Welt.

»Söhnchen«, so hatte Gaia begonnen, »Söhnchen, mein Söhnchen, mein schönes Söhnchen, ich fange an, wo es begann! Im Dunkel, Söhnchen, Dunkel und Düster, nicht einmal Geflüster, Schlaf rings und alles öde und leer, wie käme da wohl etwas her? Die Elemente noch alle vermengt, kalt, warm, feucht, trocken durcheinandergedrängt, so fing es an, als alles begann: noch nicht Tag noch nicht Nacht noch nicht Frau noch nicht Mann! Vier Elemente die Urgestalt: trocken und feucht und warm und kalt, vermischt und vermengt, vermengt und vermischt, da war noch nicht Licht, doch auch Finsternis nicht, nur Dunkel, Söhnchen, und Elemente, Dunkunkunkunkel und Elementente, troffeu und kalwa marawakafako« – in solcherart wirrer Rede, und dazu noch in einem leiernden Singsang, hatte die Alte berichtet, und Prometheus hatte diesen und den folgenden Worten entnommen, daß am Anfang das Dunkel gewesen sei, nicht Finsternis und nicht Licht, eben Dunkel, aber stoffliches Dunkel, eine Art dunkler Dampf, trocken und feucht, warm und kalt, licht und finster in einem, ein wüstes Gemisch, ein Chaos, wie Gaia es nannte, oder auch, wie sie sagte, ein Tohuwabohu, das lange vor den Titanen gewesen und dann irgendeinmal zu wirbeln und kreisen und wehen und gären begonnen hatte, um schließlich in zwei Gestalten auseinanderzufließen: in Uranos, das trockene, helle, kalte, allesumarmende männliche Himmelslicht, und in Gaia, die warme, feuchte, dunkle, allesempfangende Erde, die Mutter, die Modderhafte, das Mütterliche, das sich selber auch die Materie nannte. Kaum voneinander getrennt, hatten sich die beiden wieder vereinigt und den Urstoff aufs neue vermengt und geschieden: das Trockne und Kalte zum Lehm, das Trockne und Warme zum Feuer, das Feuchte und Kalte zum Wasser und das Feuchte und Warme zur Luft, und aus diesen neuen Elementen hatte sich dann das unermeßliche Reich der Natur geformt. Aus Luft und Feuer waren die Gestirne hervorgegangen, aus Wasser und Feuer die Gesteine, aus Wasser und Erde das Lebendige und aus Wasser und Luft die Wetter und Witterungen: der Regen, der Nebel, die Wolken, der Hagel, der Tau, der Reif und der glitzernde Schnee …

Danach hatten Gaia und Uranos leibliche Söhne und Töchter als Wächter über die immer noch gärenden Elemente im Weltall hervorgebracht: Phoibe, Atlas, Okeanos, Tethys und alle andern Titanen bis zu den Jüngsten, Rhea und Kronos, doch dann waren aus der Urmutter Schoß furchtbare Geschöpfe hervorgegangen, Kottos, Briareos und Gyes, die Hundertarmigen, das wildeste, gierigste, ungestümste, durch nichts gehemmte und gezügelte Leben, das sofort über die eigene Erschafferin hergefallen und darum in den härtesten Stein gesperrt worden war. Danach hatte sich Gaia gesträubt, noch mehr solcher Nachkommen hervorzubringen, doch da Uranos nicht nachließ, sie zu bedrängen, rief sie die Söhne wider den unersättlich begehrenden Mann zu Hilfe, und Kronos zerstückelte nachts mit einem sichelförmigen Quarz den Vater und warf die blutigen Glieder ins aufschäumende Meer …

Bis dahin vermochte Prometheus der Alten zu folgen, und er glaubte ihren Singsang noch dahin verstehen zu können, daß dem blutigen Schaum ein Mädchen – Aphrodite – entstiegen sei, dann aber war die Rede der Alten wirrer und wirrer geworden, sie hatte von Entstehung und Untergang gesprochen, von dem Einen, das ins Viele zerfalle, und den Vielen, die ins Eine zurück sich sehnten, vom Leben, das den Tod, und vom Tod, der das Leben begehre, und davon, daß die Elemente einander Sühne leisten für ihre Ungerechtigkeit gemäß der Verordnung der Zeit... Einmal war ihre Rede noch verständlich geworden, da hatte sie Prometheus beschworen, ihre armen Kindlein, die Hundertarmigen, aus dem Stein zu befreien und statt ihrer die Götter einzukerkern, die Unholde, die das eigene Kind aus dem Nest geworfen, was kein Schakal, keine Krähe, keine Ratte je getan haben würde.

An dieser Stelle hatte der Zorn sie übermannt, und sie hatte ohne zu reimen und leiern geschrien: »Sogar die unverständigen Pflanzen mühen sich ab, daß ihr Samenkorn nahrhaften Boden finde; Fische mit kaltem Blut in den Adern hegen die Brut im eigenen Maul, die furchtsamste Wachtelhenne wirft sich dem Geier entgegen, ihre Küken zu schützen, nur die Götter verschleudern das eigene Kind! Ach, und ich habe sie so begabt, meine beste Kraft habe ich ihnen verliehen!« Vor Wut und Gram hatte Gaia eine lange Weile geschluchzt, dann war ihr wieder Verworrenes über Gesetz und Macht und Schicksal von den Lippen gekommen, Anrufe und Beschwörungen, die schließlich in folgenden, kaum noch zu vernehmenden Worten ausklangen: »Söhnchen, mein Söhnchen, nun muß ich enden mit leeren Händen kann dir nichts spenden nicht Hilfe dir senden aber vertrau den Elementen vier sind es vier nicht Pflanze noch Tier nicht Wasser allein noch harter Stein wähl einen Brocken warm kalt feucht trocken in deine Hände die Elemente menge die mele die elementele menentene te leme meleme...«, und dann war ihre Stimme im Gemurmel verschollen, und der Schlamm hatte noch einmal gegluckst, und nun lag er still, und das Abendrot glühte.

»Sprich weiter, Großmütterchen, sprich weiter!« bat Prometheus und ließ, noch immer am Ufer liegend, den bereits zäh gewordenen Schlamm durch seine Finger rinnen, doch die Stimme war verstummt, und kein Körnchen wog schwerer als ein andres. Da fühlte der Titanensohn Tränen aufsteigen und schämte sich ihrer und preßte auch sein Gesicht in den moddrigen Grund und blieb so die Nacht hindurch auf dem Küstensaum liegen. Er lag, ohne zu schlafen, aber auch ohne etwas zu denken oder zu empfinden als dumpfe Trauer. Es war ihm, als ob er schon ein Schatten wie seine Brüder und Schwestern sei, und er sehnte sich danach, in Ewigkeit so fühllos liegenzubleiben, doch am Morgen zwangen ihn Kälte, Hunger und Durst dennoch auf die Beine. Taumelig stand er auf, da sah er vor sich im getrockneten Schlamm die eigne Gestalt und das eigne Gesicht.

Hermes

Aber das bin ja ich, dachte er verblüfft, das ist ja mein Ebenbild! Die Frühsonne schien ihm ins Gesicht. Blinzelnd sah er zum anderen Ufer, wo die Eselsfüllen in der Böschung gelegen, und fand auch das Bild ihrer Leiber in den Lehm geprägt.

Erstaunt, und Hunger und Durst vergessend, kauerte sich Prometheus nieder und betastete die harten Ränder des getrockneten Schlamms, der seine Gestalt so getreu bewahrt hatte. Tatsächlich, das ist meine Brust, dachte er, das ist mein Arm, das ist meine Hand, das sind meine Beine, das ist mein Fuß, das ist mein Gesicht! Sogar die Augenbrauen sind noch zu spüren! Das Morgenlicht funkelte in den Höhlungen des Abdrucks; mit seinem Steigen wanderten Helle und Schatten, und da war es, als lächle der Liegende und drehe die Augen, ja es schien, als senke und hebe sich seine Brust.

Er will mir etwas sagen! durchfuhr es Prometheus, und in diesem Augenblick glaubte er Gaia zu hören: »Trocken und feucht, warm und kalt, menge die Elemente, menge ...« Mit einem Satz sprang er auf die Beine. War nicht der Schlamm trocken und feucht, warm und kalt, waren in ihm nicht Erde, Wasser und Feuer vermengt und dazu noch tausenderlei Säfte und Kräfte des Lebens, das Blut und der Schweiß und die innersten Substanzen der umgekommenen Tiere und Pflanzen, ja dauerte in ihm nicht auch die unzerstörbare, unsterbliche Gaia, die Allmutter, die ewige Materie, fort?

»Ich höre dich, Mutter, sprich zu deinem Kinde!« so flüsterte er, und der Liegende öffnete die Lippen, und wieder hörte Prometheus die Worte: »Trocken und feucht, warm und kalt, menge die Elemente, menge!«

»Mütterchen Gaia«, rief Prometheus und rutschte im Nu den steilen Küstenhang in den Graben hinab, »ich wußte doch, daß du dein Kind in der Not nicht verläßt!« Er schöpfte mit beiden Händen Lehm und begann ihn zu formen, und der Lehm war gerade so feucht und so trocken, so warm und doch schon so kalt, daß er sich willig den knetenden Händen fügte und jede Form annahm, die sie ihm gaben.

Prometheus begann einen Rumpf zu wölben, und es war ihm, als wachse der Lehm von selbst zur gewünschten Gestalt. »Ich werde mir Gefährten schaffen«, sprach er, die Rippenbögen kerbend, »ich schaffe dem Planeten ein neues Geschlecht! Es wird anders sein als die Titanen und Götter, und anders auch als die Pflanzen und Tiere. Wir werden uns eine Insel im Südmeer suchen, dort wollen wir unser Reich erbauen. Liebe und Gerechtigkeit werden darin herrschen. Es wird eine Insel der Glücklichen sein.«

Arme und Beine fügten sich an den Rumpf. Ein Taumel von Freude und Schöpferdrang überkam den Titanen. Essen und Trinken waren vergessen. Lange und sorgfältig hatte er die schwierigen Gelenke der Ellbogen, Knie, Hände und Finger geformt; nun hob sich der Hals aus den Schultern, nun rundete sich der Schädel, nun spalteten sich die Lippen auf und wuchsen die Schläfenhänge über die Backenknochen. Glattes Haar oder Locken? Kräuselhaare. Ungläubig betrachtete der Schöpfer sein Werk.

Das Lehmwesen stand frei auf den Beinen, ohne daß man es zu stützen brauchte. Sie waren zwar ein wenig kurz, diese Beine, und die Arme waren ein wenig lang, und der Bauch war ein wenig rundlich geraten, aber was wollte das besagen, da wahr- und leibhaftig ein Gleichgestaltetes vor ihm stand, nur eben, daß dieses Gleichgestaltete noch kein Leben besaß. Jedoch wie konnte Leben in ihm sein, da es ja weder Mann noch Frau war. »Du sollst ein Mann sein«, sprach Prometheus und schuf seinem Gefährten das Glied der Mannheit, und nun, so hatte er gehofft, würde den Lehm ein

Ruck durchfahren, eine Art inneres Niesen oder Schnauben, ein verzückte Verlangen nach dieser Welt, ein Augenaufschlagen und Armeausbreiten und Stammeln und tiefes, seliges Atmen – aber nichts dergleichen geschah. In täuschender Ähnlichkeit stand das Geformte vor seinem Schöpfer, aber kein Leben regte sich in ihm. Sorgsam prüfte Prometheus die Gestalt. Nichts war vergessen, wenigstens nichts, was er für wichtig ansah. Der Kehlkopf war da, das Kinn, die Ferse, sogar die Nägel der Finger und Zehen. Was nur hatte er falsch gemacht oder übersehen? Sollte Gaia ihn getäuscht haben? Das konnte nicht sein. Sicher hatte er ihre Worte nicht richtig verstanden. Was aber sollte er jetzt tun? Nach ihr zu rufen, das wußte er genau, war sinnlos, sie würde ja doch nicht antworten. Trotzdem rief er nach ihr, und das dreimal.

Keine Antwort kam.

Er puffte den Kloß vor den Bauch.

»Sag doch was!« schrie er.

Der Kloß blieb stumm.

Am liebsten hätte Prometheus wieder geheult.

Da merkte er, daß dort, in der Bauchmitte, wohin er sein Geschöpf geknufft hatte, eine Delle entstanden war, und da begriff er, daß sein Lehmgefährte zwar gerade die rechte Mischung von trocken und feucht zum Gebildetwerden, aber nicht für einen Gang durch die Welt mit ihren Steinen und Stacheln und Dickichten aufwies. Dazu war er ja viel zu weich! Jeder Fingerdruck verformte ihn schon – was sollte da erst geschehn, wenn er stürzte oder sich an einem Ast stieß oder durch eine Hecke schlüpfen mußte! Jeder Strauch würde ihn ja in Stücke reißen, und jedes Bächlein, das er durchwatete, löste seine Füße auf. Nein, er mußte erst in der Sonne trocknen, der Lehmfreund, und hart werden wie jenes liegende Abbild, erst dann würde er zum Leben erwachen! Behutsam nahm der Schöpfer sein Werk in die Arme und trug es auf den Küstensaum in die Sonne.

»Trockne, Gefährte«, sprach er, »trinke Sonne und Wind! Härte dich für dein Dasein, es wird auch auf der Insel der Glücklichen Härte brauchen! Inzwischen will ich dir eine Gefährtin schaffen.«

Nun bildete er eine zweite Gestalt, und diesmal machte er den entgegen-

gesetzten Fehler: Die Beine gerieten sehr lang und die Hüften sehr schmal, und statt des Bauchs wurde das Hinterteil ziemlich rundlich.

Macht nichts, dachte er, die beiden werden sich schon vertragen! Sie sollen auch gleich einander erblicken, wenn das Leben in sie kommt! Er trug auch die Lehmfrau auf das Ufer und stellte sie drei Schritte vor dem Lehmmann auf, dann betastete er seines Erstgeschaffnen Schultern und Hüften. Die Masse war schon wesentlich härter, aber immer noch etwas zu weich. Die werden Augen machen, die zwei, wenn sie die Augen auftun und einer dem andern ins Auge fällt, dachte Prometheus, und da er sich dies in Gedanken ausmalte, mußte er lachen. Nun hätte er gern etwas gegessen, doch er vertrieb sich den Hunger mit seinem Werk. Er schuf noch vier Schlammgefährten, zwei Frauen und zwei Männer, und sie gelangen ihm immer besser. Der letzten Frau ließ er das Haar bis zu den Kniekehlen wallen, und der letzte Mann glich seinem Erzeuger so genau, daß selbst das Auge wie seines blickte.

Nun müßte der erste ja trocken sein, dachte Prometheus, als der sechste beendet war. Er hatte dies zwar schon beim vierten gedacht, doch aus Furcht vor einer Enttäuschung hatte er sich gescheut nachzuschauen. Er hatte auch immer noch gehofft, daß ein Ruf, ein Schrei, ein Jauchzen oder auch ein Brüllen den Beginn des Lebendigseins melden würde, aber er hatte vergeblich die Ohren gespitzt. Nun konnte er nicht länger warten. Er trug den vierten, fünften und sechsten nacheinander auf die Böschung, dann nahm er allen Mut zusammen und faßte den ersten an der Schulter. Die Gestalt war trocken und fest und flimmerte in honiggoldner Bräune wie die Haut ihres Schöpfers, und kein Fingerdruck, und auch kein Schlag, hinterließ eine Spur.

Doch sie blieb stumm und starr wie vordem. Verzweifelt rüttelte Prometheus sein Ebenbild, aber es war nur getrockneter Schlamm in Prometheusgestalt, sonst gar nichts.

Vielleicht muß nach Gaias Willen die Frau als erste ins Leben treten? dachte Prometheus. Allein auch die Frau war fühllos und reglos.

»Mütterchen Gaia«, rief Prometheus, »du bist doch in diesen Geschöpfen da! Höre mich, Mütterchen, gib mir ein Zeichen! Bewege ein einziges Fingerglied!«

Nichts.

»Mutter«, schrie Prometheus, »sprich zu mir! Ich zertrümmere sonst diese Lehmaffen und gehe hinunter zu den Schatten!«

Nichts.

»Mutter, ich weiß nicht mehr, was ich tue!«

Nichts.

Prometheus ballte die Fäuste und hob sie, um seine Geschöpfe zu zerschmettern, da hörte er jenseits des Meers aus der Wüste ein Schlurfen. Eine unbekannte Gefahr fürchtend, sprang er in den Graben zurück und duckte sich in die Mulde der Eselsfüllen, dann blickte er ins arabische Land und sah ein kleines Wesen den Sand durchschlurren. Das Dingchen hatte zwei Kugelschalen an seine Füße gebunden und stieß sich mit einem Stab voran. Prometheus traute seinen Augen nicht. Das Unbekannte kam rasch näher, und da gewahrte Prometheus, daß es ein etwa vierjähriger Knabe war, der auf zwei Schildkrötenrücken durch den Sand rutschte und dabei heiter vor sich hin pfiff.

Am Grabenrand machte der Knabe halt.

Prometheus richtete sich auf.

»Was treibst du denn da?« fragte das Kind, auf die Gestalten am Ufer zeigend. »Ich schau dir schon eine Weile zu.«

Nun traute Prometheus auch seinen Ohren nicht.

»Wer bist du denn, du Knirps?« fragte er verwundert.

»Ich bin Hermes«, sagte das Kind in einem Tonfall, als sei es eine Schande, ihn nicht zu kennen. Sein Gesicht war mädchenhaft weich und von einer solch bezaubernden Anmut, daß sie auch durch den recht breit geratenen Nasenrücken nicht beeinträchtigt wurde. Die Ohren waren lieblich klein, der Mund in den Winkeln spitzbübisch nach oben gezogen, die Haare von kurzgelocktem Braun. Die Stirn wölbte sich hoch, war aber nirgendwo kantig, und die zarten Brauen überdeckten zwei sehr große, hellblaue, trotz ihres lebhaften Ausdrucks ruhig und klug die Umwelt erforschende Augen, die nun ein ganz kleines bißchen spöttisch auf den verblüfften Prometheus blickten.

»Ich bin auf dem Weg zu meinem Väterchen, mußt du wissen«, fuhr das

Kind fort und stützte sich dabei auf seinen Stab, einen Eschenschößling, »da habe ich dich von der kretischen Küste aus kneten sehen. Meine Augen sind nämlich fabelhaft scharf, mußt du wissen. Was machst du denn da?«

»Geschöpfe«, sagte Prometheus, dem nichts anderes einfiel. Hermes lachte. Sein Lachen klang herzlich und herzhaft überlegen, jedoch ohne jede Schadenfreude.

»Es klappt wohl nicht ganz?« fragte er voll solch spitzbübischer Unschuld, daß Prometheus ihm nicht böse sein konnte. »Ein bißchen sehr kurze Beine, nicht?« meinte Hermes, auf den erstgebildeten Lehmmann zeigend.

»Sag mal«, versetzte Prometheus, »wer bist du denn eigentlich, du entsetzlich naseweiser Hermes? Ich habe deinen Namen noch nie gehört. Sicherlich hast du dich verkleidet. Du siehst wie ein Kind aus und redest so klug wie einer mit zehn Millionen Jahren. Und wer ist dein Väterchen, und woher kommst du?«

Und plötzlich, mit jäher Hoffnung: »Sag, schickt dich Gaia?«

»Ich könnte auch erwachsen sein«, entgegnete Hermes, »aber ich will nicht. Als Erwachsener ist man immer derselbe, verstehst du, als Kind aber kann man noch alles werden. Außerdem erfährt man mehr. Vor einem Kind hat keiner Geheimnisse. Man redet und redet, und ich höre zu. Na, so weiß ich eben eine unheimliche Menge. Aber nun sag mir, wer du bist. Halt, sag es nicht, ich will es herauskriegen. Ha, und schon hab ich's: Du bist Promi, nicht wahr? Ich meine: Prometheus.«

»Das stimmt«, entgegnete Prometheus, der aufgehört hatte, sich zu wundern. »Woher kennst du mich denn? Ich habe dich doch nie gesehen.«

»Wer solltest du denn sonst sein«, sagte Hermes. »Wärest du ein Titan, so lägest du unten bei Hades, wärest du ein Gott, so säßest du auf dem Olymp, außer du wärest Poseidon, dann schwämmest du im Meer. Nur Artemis und Demeter durchstreifen die Lande, und das sind Frauen. Der Apollon zieht auch manchmal umher, doch der geht nie so weit und hat blaues Haar, und du hast braunes. Und Kratos und Bia kannst du auch nicht sein, die kenne ich von Angesicht. Und außerdem«, fügte er hinzu, »siehst du auch nicht aus wie ein krummer Spitzel.«

»Schönen Dank«, erwiderte Prometheus, »schönen Dank. Woher hast du denn all diese Kunde?«

»Na, vom Zuhören, ich sagte es doch. Wir liegen nämlich den ganzen Tag auf der Asphodelenwiese, wir Titanenkinder, und dein Bruder Epi erzählt Geschichten, der hat ein fabelhaftes Gedächtnis. Na, und dann schnattern die Fischmädchen, die Okeanosmädchen, und dann erzählen auch andere, Großvater Atlas oder Hyperion, der kam ja noch eine Weile mit der Sonne um die Welt herum. Und dann taucht Väterchen auf und stellt den Frauen nach und verspricht ihnen das Blaue vom Himmel herunter, dabei erfährt man auch allerlei, von seinem Krach mit Hera zum Beispiel. Und manchmal erzählt sogar Uranos von den urururururururältesten Zeiten.«

»Uranos? Ich denke, der ist von Kronos zerstückelt worden?«

»Na ja, ist er ja auch«, räumte Hermes ein, »aber wir haben ihn gesammelt und wieder zusammengesetzt. Die Okeanosmädchen haben ihn stückweis aus dem Meer geklaubt, das heißt, er ist noch nicht ganz vollständig, aber so ziemlich. Einiges fehlt noch, aber er ist ja ein alter Mann und gräßlich grämlich, doch erzählen kann er, das muß man ihm lassen! Die größeren Kinder werden dann immer gescheucht, die sollen das nicht hören, nur ich darf bleiben, weil ich noch klein bin. Das ist der Vorteil, da siehst du's! Übrigens hat er früher auch mal geknetet, der Uranos, nur gewaltiger, und mit viel heißeren Massen.«

Prometheus wußte wahrhaftig nicht mehr, wo ihm der Kopf stand.

»Ich könnte dir wahrscheinlich sagen, warum es nicht geklappt hat«, schwätzte der Knabe. »Was hast du denn so alles genommen?«

»Den Feuerschlamm.«

»Ah ja, die alte Mischung Gaias. Aber der muß ja viel länger gerührt werden, damit geht's nicht von heute auf morgen! Damals hat Uranos ein paar Millionen Jahre gerührt, und jeden Morgen ist Tau und jeden Mittag sind Blitze hineingemengt worden. Was soll denn das Ganze überhaupt werden?«

Da berichtete Prometheus dem Kind sein Schicksal. Einen Augenblick hatte er überlegt, ob Zeus es sei, der ihn aushorchen oder zu einem Bruch des eben geschlossenen Friedens verleiten wolle, doch dann tat er diesen Argwohn entschlossen ab. Zeus hätte auch in der Gestalt eines Kindes sein Wesen nicht verleugnen und auch nie eine solche Anmut gewinnen können. So öffnete der Titanensohn dem Knaben sein Herz und erklärte ihm, warum er sich Gefährten für seine Insel im Südmeer schaffen wolle und wie er dabei bislang verfahren sei.

»Hm«, sagte Hermes daraufhin, »den Tau ersetzen Blut und Tränen, das ist schon richtig. Und ein Zeusblitz muß gleich Hunderttausenden gewöhnlicher sein, wir haben ja den einen in die Unterwelt fahren sehn. Das war ein Bild, kann ich dir sagen: der Blitz in den schwarzen Fluß, und danach der Schwefelregen ... Übrigens: Hast du den Lehm von der Stelle genommen, in die der zweite Zeusblitz geschlagen hat?«

Prometheus verneinte.

»Das müßtest du aber tun«, sagte Hermes ernst, »glaub mir, ich versteh mich auf solche Sachen. Also nimm von dort! Die Lehmversammlung da oben kannst du sowieso kaputthauen. Heule nicht, nimm sie als Probestücke. Aber auch mit dem Eselslehm wird dir etwas fehlen. Was gibst du mir, wenn ich dir's sage?«

»Geben?«

»Na ja doch, wir tauschen; ich sag dir das Geheimnis, und du gibst mir was von gleichem Wert. Ich bin nicht so dumm, daß ich mich unentgeltlich plage wie der gute, brave Blasebalgtreter. Also sag, was gibst du mir?«

»Was soll ich dir denn geben, Kleiner?« sprach Prometheus müde. »Sieh mich doch an: Ich habe nichts, nicht einmal einen Platz, wo ich sein darf, außer hier in dieser Wüste.« Und da er sah, wie der Knirps den Mund zu verziehen begann, fügte er schnell hinzu: »Ich kann dir nichts anbieten außer meiner Freundschaft.«

»Tss«, machte Hermes, »fabelhaft viel scheint das nicht zu sein, sonst würdest du nicht Lehmklöße zu Freunden kneten. Aber meinetwegen: Ich sage dir, was deine Mischung noch braucht, und ich darf mir später einmal von dir was wünschen. Natürlich was Angemessenes. Einverstanden?«

Prometheus nickte und kreuzte die Hände über der Brust, doch Hermes sagte: »Das ist ein alter Brauch, der gefällt mir nicht. Wir wollen einander die Hände reichen. Das soll heißen: Deine Hand gehört mir, wenn du deine Abmachung nicht hältst, und umgekehrt auch.«

Da gaben die beiden einander die Hand, und Prometheus fühlte einen festen Druck in der seinen, als ob nicht die Hand eines Kindes es sei, die da zugriff.

»Abgemacht«, sagte Hermes und zog seine Hand zurück, »ich darf mir also irgendeinmal etwas wünschen. Und nun zu deinen Geschöpfen! Es ist doch ganz einfach. Wasser, Feuer und Erde hast du genommen. Du hast das vierte Element vergessen, die Luft.«

»Daran hab ich gedacht«, verteidigte sich Prometheus, »drum hab ich sie zum Trocknen gestellt, da umstreicht sie die Luft doch von allen Seiten.«

»Von außen schon«, erwiderte Hermes, »aber sie ist nicht eingemengt.«

»Und wie meng ich sie ein?«

»Du mußt Atem in deine Geschöpfe hauchen, Prometheus«, sprach Hermes, und nun sprach er sogar ein wenig feierlich, »und du mußt es genau in dem Augenblick tun, da sie vom feuchttrocknen Zustand in den trockenfeuchten übergehn. Nur dann können sich die Organe bilden. Verpaßt du diesen Moment, mußt du neu beginnen, und du hast nicht sehr viel Stoff zu Versuchen. Der langt so gerade für drei, und zwei brauchst du ja. Du wirst schön schwitzen vor Angst, das sag ich dir jetzt schon! Und noch etwas will ich dir raten: Mische deinen Atem mit dem eines weiblichen Wesens. Ich glaube, das könnte wirklich etwas Neues ergeben. Sonst schaffst du am Ende doch wieder nur den alten Schlag.«

Prometheus sah das Kind voll unverhohlener Bewunderung an, und Hermes gab durch ein winziges Lächeln zu verstehen, daß er eine solche Bewunderung erwartet habe, doch daß sie nicht ausgesprochen werden müsse. So wandte Prometheus nur ein, daß er keine Frau hier habe und sein Ratgeber, wie er annehme, nicht weiblich sei.

»Das bin ich in der Tat nicht«, erwiderte Hermes, »obwohl ich's manchmal ganz gern wäre. Aber lassen wir das. Ich werde dir eine Helferin schikken. Es wird sich schon eine finden, Athene vielleicht oder Demeter, notfalls auch Hebe.«

»Du willst auf den Olymp gehen, Hermes?« fragte Prometheus erschrocken.

»Ich sagte dir doch, daß ich zu meinem Väterchen ziehe.«

»Und wer ist dein Väterchen?«

»Na Zeus doch, wer sonst! Meine Mutter ist Maia, die Atlastochter. Aber bei ihr, bei den Schatten, ist's langweilig, trotz all der Geschichten. Ich will nicht nur welche hören, ich will welche erleben. So habe ich beschlossen, ein Gott zu werden und mich bei Väterchen auf dem Olymp anzusiedeln. Zwölf sind schon dort, und ich werde der dreizehnte sein. Dreizehn ist eine gute Zahl, eine Glücksbringerin. Glaubst du auch an Zahlen, Prometheus?«

»Nein«, sagte Prometheus schroff, der nicht eingestehen wollte, daß er sich unter einem Glauben an Zahlen nichts vorstellen konnte. Und so fragte er denn, ohne sich lange auf eine Unterhaltung über diesen neuen Gegenstand einzulassen: »Mußt du denn den ganzen Weg laufen? Kannst du nicht fliegen?«

»Leider schon nicht mehr«, erklärte Hermes, »das hab ich wohl durch das lange Liegen da unten verlernt. Hephaistos muß sich was einfallen lassen und mir etwas schmieden, ein paar künstliche Flügel oder so. Aber an den Schuhen, verstehst du, nicht auf dem Rücken wie bei den Raben. Doch diese Schalen sind auch nicht schlecht. An der Küste liegt so was jetzt massenhaft, da muß sich manches draus machen lassen.«

Er winkte Prometheus zu sich und sagte ihm vertraulich ins Ohr: »Eine Schildkrötenschale, drei getrocknete Kuhdärme und ein Akaziendorn oder eine ganz feste Schuppe, könntest du damit was anfangen?«

»Nein«, erwiderte Prometheus ehrlich.

»Wirklich nicht?«

»Wirklich nicht.«

»Aber ich schon«, sagte das Kind so altklug, daß Prometheus lachte.

»Beeile dich«, sprach er, »ich warte auf dich!«

»Gut«, sagte Hermes und schlurfte davon. Doch er hatte kaum drei, vier Schritte getan, da rief ihn Prometheus wieder zurück.

»Höre, Hermes«, sagte er eindringlich, »wenn eine Göttin und ich den Atem spenden, wird da das neue Geschlecht nicht unsterblich werden?«

»Natürlich«, entgegnete Hermes, »willst du das nicht?«

»Nichts weniger als das«, antwortete Prometheus. »Unsterblich sein macht träge, und ich will meine Geschöpfe doch tätig. Nein, eine unsterbliche Göttin kann ich bei diesem Werk nicht gebrauchen.«

»Aber du bist ja auch unsterblich, Prometheus«, sagte das Kind, »wenn du deinen Atem allein gibst, wirst du nichts ändern.«

Prometheus überlegte.

»Ich muß ihn mit sterblichem Lebenshauch mischen«, sagte er schließlich, »und ich weiß auch schon mit welchem: mit dem Atem von Amalthea! Sie ist zwar nur eine Ziege, aber du wirst kein Geschöpf finden, das sie an Vorzügen überträfe: tapfer, wenn sie ihre Kinder verteidigt, aber nicht tollkühn, ein wenig gefräßig, nun ja, und ein wenig geschwätzig, aber so treu und so herzensgut! Laß mich die Amalthea holen!«

»Das kannst du ja tun«, sagte Hermes, »du brauchst mich doch jetzt nicht mehr. Den Blitzlehm wird dir keiner wegtragen. Und wenn du fliegen kannst, bist du schnell zurück.«

»Ach, Hermes, willst du mir nicht helfen?« bat Prometheus. »Ich habe furchtbare Angst, den rechten Augenblick zu verpassen. Mehr als einmal darf ich ja nicht patzen. Und wenn es zu lange dauert, muß Amalthea zu ihren Kitzen.«

»Vielleicht hat sie grad keine!«

»Sie hat immer welche.« Prometheus faßte die Hand des Kindes und sprach traurig: »Hermes, Lieber, was soll ich dir bieten! Ich habe doch nichts. Ich will dir ein zweites Versprechen für später geben.«

»Na gut«, sagte Hermes nach kurzem Nachdenken, »unter einer Bedingung. Wenn aus deinem Plan wirklich was wird und einmal ein neues Geschlecht herangewachsen ist, dann soll es mir jedes Jahr etwas schenken und sich an diesen Tag erinnern. Wir wollen das Ganze ein Opfer nennen. Bist du einverstanden?«

»Morgen ist der Tag mit den kürzesten Schatten. Einigen wir uns auf diesen Tag?«

»Nein, das muß genau sein: auf den Vortag! Und wenn dein neues Geschlecht hundert Köpfe zählt, soll es das erste Mal geschehen. Heut ist übrigens der günstigste Tag für dein Beginnen: der Tag vor der kürzesten Nacht. Also schlag ein!«

»Es sei«, sagte Prometheus, und sie gaben einander wieder die Hände.

»Und nun beeil dich«, rief Hermes, da Prometheus in die Lüfte stieg, »ich muß heute noch auf den Olymp, heut ist auch für mich der günstigste Tag!« Als der Flieger entschwunden war, verwandelte sich der Knabe in einen Jüngling. Nun wollen wir nach Väterchen schauen, sprach er im Geiste und spähte, mit der flachen Hand die Augen beschattend, über Wüste und Meer und Gebirge bis zum Olymp. Da sah er Zeus auf dem goldenen Thron, von den Göttern umringt, den Blitz in der Rechten, auf der Schulter den Adler, und Hephaistos stand vor ihm und setzte ihm etwas auf den Kopf, das rund und siebenzackig war und siebenfarbig im Sonnenglanz gleißte.

»Was ist denn das?« fragte Hermes verwundert. »Das kenne ja selbst ich noch nicht.«

Atlas wird Stein

»Es ist eine Krone, Vater Zeus«, sprach Hephaistos, »und ihr siebenfarbiger Glanz über dem Gold soll verkünden, daß du über allen der König bist.«

Zeus nahm die Krone in die Hand und drehte sie im Licht und wog sie.

»Sieh an«, sagte er, »ein Helm, und mit sieben Spitzen, und leichter als der Helm der Athene, und glänzender als das Gold, und er hat auch einen Namen für mich allein. Es geht also, wenn man nur will. Das muß ich loben!«

Er setzte die Krone wieder aufs Haupt, und ihr Funkeln spiegelte sich in den Helmen der Götter. Denn Hephaistos hatte einem jeden einen Helm aus purem Gold und dazu noch ein besonderes und ebenfalls goldenes Geschenk mitgebracht: dem Apollon einen Speer, dem Ares ein riesiges Schwert, der Artemis einen Bogen samt Köcher und Pfeilen, Athene ein Paar Sandalen mit goldenen Riemen, Demeter einen Krug, Hebe eine Schale und einen Becher, Hestia ein Kohlebecken, Poseidon einen Dreizack und Aphrodite schließlich einen Gürtel aus haarfeinen Goldfäden, in dem die heimlichsten Kräfte dieses Metalls eingeflochten waren: Um wessen Leib dieser Gürtel mit der Schnalle eines Schlangenmauls sich schloß, der wurde, und wäre es selbst einer der Hundertarmigen gewesen, von jedem, der ihn ansah, in ungestümster Liebe begehrt.

Die meisten dieser Stücke – und dazu noch ein Gewand, das Hera, und eine unsichtbar machende Kappe, die Hades zugedacht war – hatte Hephaistos schon früher als Geschenke für Wesen geschaffen, die ihn aus seiner Einsamkeit retten würden, und so hatte er die jauchzenden Götter und Göttinnen aus vollen Händen bescheren können, bis Zeus ihn mißmutig gefragt, ob der König denn leer ausgehen solle. »Dem Höchsten das Beste, und das Beste zuletzt«, war darauf die Antwort des Schmieds gewesen, und nun saß Zeus auf seinem Thron, der höher und breiter war als der rollende Wagen, und trug eine Krone auf seinem Haupt, die jeden Goldhelm überglänzte. Und dennoch war der König verstimmt: Der Schmied hätte die anderen Götter nicht vor ihm, ja nicht einmal am selben Tag mit ihm beschenken sollen. Darum knurrte Zeus, nachdem ihm Hephaistos die Namen der verwendeten Edelsteine – Diamant, Smaragd, Rubin, Opal, Amethyst, Saphir und Türkis – mit feierlicher Stimme genannt hatte, das wolle er ja gar nicht wissen; er habe bestimmt, was zu schaffen sei, das Weitere sei des Schmiedes Sache! Doch als er die betretene Miene des also Abgefertigten gewahrte, lenkte er ein.

»Ich bin mit dir zufrieden, mein Sohn«, bestätigte er, »wenngleich ich doch glaube, daß sie ein wenig drückt, deine siebenfach leuchtende Krone. Hier überm rechten Ohr etwa drückt sie. Aber das kannst du später beheben. Hast du dir Gedanken über unsere Wohnstätten gemacht?«

Da verklärte sich das rußige Gesicht des Schmieds vor Eifer, sein ausgestreckter Arm beschwor ein Rund, und seine gewölbte Hand schien die Bauten, die er nun nannte, darauf niederzustellen.

»Hier auf diesem Platz, überm ewigen Grün des Tals und unterm ewigen Schnee des Gipfels, will ich eine Burg aus Gold und Edelsteinen errichten«, erklärte er mit leuchtenden Augen, als sehe er das Werk seiner Hand schon im Sonnenlicht sprühn. »Der König und seine Gemahlin sollen sie bewohnen, und dort wird auch der Festsaal der Götter, eine Halle aus Gold und Silber, sein. Rings um die Königsburg wird jede Gottheit ein Heim aus Silber und Kupfer haben, das ich Haus nennen will. Dahinter werden sich kupferne Vorratslager befinden, und um all diese Behausungen wird sich eine Mauer aus Steinquadern ziehen, die unsre Wohnstatt vor wilden Tieren oder anderen Feinden schützt. Hades und Poseidon bleiben, nehme ich an, wo sie jetzt sind, doch sollten sie uns besuchen wollen, werden in der Königsburg für sie Gastzimmer bereitstehen. So habe ich mir das Ganze vorgestellt. Ist mein königlicher Vater mit dem Plan zufrieden?«

Der Schmied erwartete Freudenjauchzer, doch Zeus dachte schweigend nach, und die Götter wagten nicht, ihn zu stören. Wieder verdroß den König, daß der Abstand zwischen ihm und den andern nicht genügend gewahrt schien. Es wäre ihm lieber gewesen, er hätte allein ein Haus erhalten und die Götter wären in den Höhlen geblieben, doch dann dachte er, es komme alles auf die Ausführung an.

»Der Plan scheint ja ganz gut«, sagte er schließlich, »doch zufrieden bin ich erst, wenn ich alles sehe. Also fang an! Wann bist du fertig?«

»Natürlich braucht das viel Zeit«, gestand der Schmied.

»Warum denn viel?« entgegnete Zeus mit drohendem Erstaunen. »Du hast doch in einer Nacht allerhand geschaffen: den Thron, die Krone, die zwölf Helme und all dies andere Zeug. Warum soll der Burgbau da langsamer gehen? Denn mit der Burg willst du doch beginnen?«

»Gewiß«, entgegnete Hephaistos, »gewiß.« Er hatte zwar zuerst für die Frauen Häuser bauen wollen, damit sie endlich aus ihren kalten, düsteren Höhlen herauskämen, doch er fand nicht den Mut, Zeus zu widersprechen. »Gewiß«, stimmte er ein drittes Mal zu, allein nichts von Gewißheit klang darin.

Zeus verstand diesen Ton genau. Es ist deine Schuld, lieber Sohn, dachte er, daß ich dich so streng behandle. Hättest du nur mir allein deine Geschenke gebracht, den Thron und die Krone, dann hätte ich dir gezeigt, wie ein König dankt. Vor allen andern hätte ich dich in die Arme geschlossen und zum Festmahl geführt und dich an meine Seite gesetzt. So aber hast du dich mit allen gemein gemacht, sogar mit Hestia und Ares, und darum sei auch nur einer von vielen! Lerne daraus!

Abwartend, mit beginnendem Trotz, die Stirne kraus, die Krücke unterm Arm, stand der Schmied vor ihm. Mit den Zehen des rechten Fußes, der unter dem lahmen Hüftgelenk hing, schnippte er ungeschickt einen Kiesel. Diese kleine Bewegung rührte Zeus, und er lüftete sich schon vom Thron, den fleißigen Sohn doch noch in die Arme zu schließen, da fiel sein Blick auf die goldnen Sandalen der Athene. Ihre Füße leuchteten, die des Königs waren braun und bloß!

Voll kalter Wut nahm Zeus wieder Platz.

»Dann sind wir ja einig«, sagte er, »fang also an! Bis morgen könnte die Burg wohl stehen. Dann magst du meinetwegen ein paar Tage verschnaufen. Schluß jetzt mit dem Gerede! Vorwärts, ans Werk!«

»Gewiß«, erwiderte Hephaistos, und nun willenlos. In der Stimme des Königs klang der Ton, den er fürchtete und vor dessen Klirren er wehrlos war. So hatte auch Gaias Stimme geklungen, wenn sie der Zorn zu packen drohte, und da hatte er nichts mehr erwidert, nur schweigend gehorcht. »Wie mein König befiehlt«, sprach Hephaistos und hörte auf, mit dem Zeh einen Kiesel zu schnippen, und wenn seine Stirne jetzt noch krauser sich faltete, so darum, weil er heftig nachdachte, wie dieser Auftrag zu schaffen sei. Daß die Götter mit zupacken müßten, schien ihm unabdingbar; dann könnten – bei äußerstem Fleiß – bis zum Abend die Wände errichtet werden. Aber würden die Götter ihm helfen wollen? In seinen Augen standen sie immer noch so hoch über ihm, daß er sich um ihre Gunst mühn zu müssen glaubte.

Schüchtern wagte er, Zeus um die Hilfe der Männer zu bitten, und sofort befahl der König auch die Frauen ans Werk. Die Götter murrten über die Mühsal, und am bösesten fluchte der Kraftprotz Ares, doch grade ihn trieb Hephaistos gnadenlos an.

»Bei diesem Tun bist *du* der Herr, und alle müssen dir gehorchen«, hatte Zeus gesprochen, und jeder hatte es gehört. Hephaistos ließ die Götter nicht zu Atem kommen. Die Männer türmten die Wände auf, die Frauen mußten Goldplatten spalten und die Kinder des Meergotts Silber zu Fäden ziehn. Dies alles sah Hermes und schmunzelte.

Meine Ahnung, dachte er, meine Ahnung! Gut, daß ich nicht auf gradem Wege zu Väterchen gegangen bin. Heut abend werde ich mich zeigen. Bis dahin wird ja das Gröbste geschafft sein!

Das aber sah noch gar nicht so aus. Der Schmied hätte dringend auch Kratos und Bia benötigt, aber die beiden waren nicht da.

»Sie sind in meinem Auftrag unterwegs, sie sind unabkömmlich«, erklärte Zeus, der von seinem Thron den Werkenden zusah und nicht dran dachte, Hand anzulegen. Auch Aphrodite war nach zwei Beilschlägen wieder ins Moos gekrochen, und ihr sah man es wortlos nach, um sich mit Hephaistos nicht anzulegen. Demeter war fern, und Hera hing noch am Felsen.

»Wo ist denn dieser Prometheus?« maulte Ares.

»Von Prometheus wird nicht gesprochen!« entgegnete Zeus.

Doch er fügte, da er den stummen Unwillen nun allzusehr wachsen spürte, erklärend hinzu: »Ich habe Prometheus verboten, den Olymp zu betreten. Er ist ein Titan und gehört nicht zu uns Göttern. Mag er zu den Seinen ziehn, mag er sich eine Insel suchen! Sein Name wird hier nicht mehr genannt!«

Diese Nachricht kam für die meisten nicht unerwartet noch unwillkommen. Artemis, Ares, Aphrodite, Poseidon und Hera waren Prometheus ausgesprochen feind, doch auch die andern – außer Athene – hätten ihn nicht als Freund empfunden. Er war ja selten unter den Göttern, und etwas an ihm war wirklich fremd.

Selbst Hephaistos hatte nicht daran gedacht, Prometheus ein Geschenk mitzubringen. Jetzt fiel es ihm ein, und es ärgerte ihn.

Ich werde ihn aufsuchen und ihm etwas schenken, nahm er sich vor.

Doch der Bau ging weiter, und nach ein paar Minuten war Prometheus vergessen.

»Das eine schwöre ich mit sämtlichen Eiden«, knurrte Poseidon, »wenn diese Burg einmal fertig ist, mache ich keinen Finger mehr krumm!«

»Ich auch nicht«, stöhnte Ares, der Goldmassen schleppte.

»Das schwere Zeug könnten doch meine Pferde ziehen«, schlug Poseidon vor. Triton hatte das kaum gehört, da sprang er auch schon, sie zu holen, und sie halfen prächtig.

»Wir müßten mehr davon haben«, murrte Poseidon.

»Wir müßten lauter Tiere für diese schandbare Mühe haben«, begehrte Ares auf. »Es ist eine Schmach, daß Götter sich schinden! Die Quader türmen könnten zum Beispiel doch Bären. Oder Elefanten oder Gorillas, oder was weiß ich! Und Platten zuhaun könnten auch Spechte. Artemis sollte ihnen das beibringen, anstatt wie eine Geiß durch die Wälder zu traben.«

Das hörte Artemis, und sie warf ihrem Bruder eine goldene Schindel an den Kopf. Es gab eine kleine Schramme, der Rede kaum wert, doch Ares heulte und erklärte, nicht mehr weiterzukönnen.

Apollon verband ihm den Kratzer mit Heilkräutern.

Jammernd wollte sich Ares in die Höhle trollen.

»Weitergebaut, mein wackrer Sohn!« rief Zeus, doch Ares sträubte sich.

»Ich bin schwer verwundet«, stöhnte er, »erschöpft, krank, kaputt, erledigt, fast verblutet! Ich muß jetzt ruhen, ich nehme sonst Schaden.«

Er kroch in die Höhle und warf sich ins Moos.

»Komm heraus!« drohte Zeus.

Ares stöhnte und heulte.

»Komm heraus!« rief Zeus. »Ich spaße nicht!«

Ares heulte noch lauter.

»Ich sag es zum letzten Mal«, befahl Zeus. Er sagte es gar nicht laut, doch mit klirrender Stimme. »Gehorche, oder ich schleudre den Blitz nach dir!«

Das wirst du schon bleibenlassen, dachte Ares und fläzte sich wimmernd auf sein Mooslager hin. Aphrodite aber erkannte am Funkeln der Augen, daß es Zeus ernst war. Da wurde ihr bang um Ares, und sie trat, den goldenen Gürtel um die Hüfte, in das Tor seiner Höhle.

»Komm heraus, starker Ares«, bat sie, »tu's mir zuliebe! Du bist ja der Stärkste von allen. Wie sollen sie ohne dich fertig werden, du Herrlicher!«

Da konnte Ares nicht widerstehen und verließ die Höhle und türmte mit Poseidon und Apollon wieder Quader. Nun ging Aphrodite von einem der Männer zum andern und lächelte jedem zu, und Zeus sah mit Wohlgefallen die Burgmauern über die Schöne wachsen. Das Gold war von grünlichem Glanz, als rage ein Wald aus Licht in den Himmel, und zwischen dem Goldgrün und der Bläue strahlte in eisigem Weiß der Schnee. Quellen sprangen aus dem Felsen und stürzten neben dem Tor in die meeroffene Tiefe. Die roten Früchte der Eiben leuchteten aus dem Tal. Die Wiesen zur See hin waren bunt wie der Vogelschall, und von ihnen weg zogen schwarze Fichten einen Saum bis hin zu jener Ferne, wo die Erde den Himmel trägt.

Zeus reckte sich auf seinem Thron. Ja, das war ein Sitz, der eines Königs der Götter würdig war, und nun brauchte er auch die Ergänzung durch nicht mehr so wuchtige Bauten aus Silber und Kupfer, so wie der König erst dadurch zum König wird, daß weniger Große ihn umringen. Nichts von Verschnaufen nach dem Burgbau! Lächelnd schaute der König auf den tüchtigen Sohn, der die Säulen für das Portal mit Quarzstaub schliff. Artemis und Athene deckten das Dach. Da karrten Kratos und Bia ihren Vater Atlas gefesselt vor den Thron.

»Sei gegrüßt, Atlas, Fürst der Titanen«, sprach Zeus.

»Der bin ich nicht«, erwiderte Atlas, »der Fürst der Titanen ist Kronos. Ich bin nur ein Schatten, nicht würdig der Ehre. Dennoch werde ich dich nicht grüßen, du jüngster der Thronräuber! Und auch sprechen werde ich nicht eher, bis daß du meine Fesseln löst.«

»Baut weiter!« rief Zeus den Göttern zu. Hephaistos setzte hauchdünne Glimmerplatten in die Fensterluken. Aber so dünn sie auch waren, dem Licht verwehrten sie noch immer den Weg. Athene schloß das Goldschindeldach.

»Halt«, rief Hephaistos hinauf, »in der Mitte laß eine Öffnung frei, daß Licht und Luft in den Festsaal können!«

»Und wenn's schneit oder regnet?«

»Der Platz darunter wird ausgespart!« rief Hephaistos hinauf. »Wir werden so etwas einen Hof nennen!«

»Dann bin ich ja fertig, und Artemis auch!«

»So kommt und schmückt das Portal mit Jaspis!«

»Fang mich auf!« rief Artemis und sprang vom Dach. Da fiel ihr erst ein, daß der Schmied ja lahmte. Sie ruderte mit den Armen, doch nun war es zu spät, um noch aufzufliegen. Sie stürzte auf Hephaistos und riß ihn in die Mulde mit Quarzstaub. Nun hätte Ares schadenfroh lachen können, allein er hatte nur Augen für Aphrodite.

Atlas würdigte die Burg keines Blicks, und er sah auch nicht auf, als Artemis beim Hinunterstürzen kreischte. Er schwieg und schaute in den Himmel, als stünde dort noch die Burg des Kronos.

»Du bist stolz, Fürst der Titanen«, sagte Zeus schließlich. »Solange du unter den Deinen bist, muß ich euch fürchten. Ist es nicht so?«

Atlas blieb stumm.

Hephaistos und Artemis rappelten sich auf.

»Antworte nur auf eine einzige Frage, Titanenfürst«, drängte Zeus. »Wenn ihr damals gesiegt hättet und ich in eure Hände gefallen wäre – was hättet ihr da mit mir gemacht?«

Atlas blieb stumm.

»Ich kann dich nicht zum Sprechen zwingen«, sagte Zeus, »ich wollte Übereinkunft zwischen dir und mir. Auch du solltest meinen Spruch als gerecht empfinden. Nun fühle in ihm nur meine Macht!«

Er stand auf und schritt, ohne sich umzusehen, in die Richtung des Sonnenuntergangs. Kratos und Bia folgten ihm. Zeus hörte ihre Tritte und das Rattern des Wagens.

»Folge auch du mir, Apollon«, rief er im Weitergehen, »du wirst fortan bei allen Taten des Königs anwesend sein! Bewahre im Gedächtnis, was da geschieht! Ich will, daß in deinem Wort das Vergangene dauert.«

Ares wunderte sich, daß Apollon nicht vor Freude, der Mühsal entbunden zu werden, hoch in die Luft sprang. Doch Apollon hatte – gleich Athene – ohne Jammern das Nötige getan, ja sich oftmals die schwerste Fron aufgebürdet. Es war ihm gewesen, als ob dieser Bau ein Stück seiner selbst sei, etwas, das sein Wesen so ausdrückte, wie man es ohne diese Massen von Gold einem anderen und auch sich selbst nie hätte klarmachen können. Denn diese Burg war ja mehr als Schutz vor Wetter und Kälte; dafür hätten auch die Höhlen genügt, so wie sie Bären und Wölfen und Tigern genügten, doch erst durch die Burg, das begriff Apollon jetzt, wurde seine Sippe zu Göttern. Darum hatte er sich ohne Pause geschunden und sogar mit dem verachteten Blutsäufer Ares zusammen Goldblöcke geschleppt.

Ähnliches hatte Athene erfahren. Zuerst war die Freude, dem Vater gehorsam zu sein, ihr Antrieb gewesen, doch dann hatte sie im Wachsen der

Burg auch ihr eigenes Ich sich weiten gefühlt. Solche schönen und sinnvollen Dinge konnten ihre Hände schaffen! Es war ihr, als setzten sie mit der Burg dem Erdenrund eine Krone auf. Zugleich aber – und darin unterschied sie sich von Apollon – spürte sie immer beklemmender die Kälte dieses Metalls. Sie hatte Bedeutendes gewonnen, aber sie hatte auch eingebüßt. Statt des stinkenden Fells trug sie nun reines, strahlendes Gold auf der Haut, und um dieses Gold das der Burg, und beides war kalt. Sogar ihre Füße waren durch Gold von der Wärme der Erde getrennt. Sie sehnte sich nach etwas, das die trauliche Kuscheligkeit des Fells ohne den Gestank des Blutes besaß. Darüber grübelte sie beim Einerlei des Schindelspaltens, und so schwieg auch sie.

Apollon trat ans Ende des Zuges. Zeus schritt voran. Während des Wegs sprach er kein Wort, und der Weg war weit, er führte bis dahin, wo der Himmel auf der Erde lag, das war auf einem Bergstock im Westen Afrikas. Dort, auf der abgeplatteten braungelben Kuppe, hieß Zeus den Atlas vom Wagen binden, dann nahm er Kraft und Gestalt einer ungeheuren Schildkröte an, schob sich unter den Himmelsrand und hob ihn dem Titanen auf die Schulter.

»Hier steh«, sprach Zeus, »und trage den Himmel! Wenn du zu entkommen suchst, erschütterst du das Gewölbe und weckst mich noch aus dem tiefsten Schlaf. Dann setze ich Kronos an deine Stelle, und dich sperre ich zu den Hundertarmigen! Also sei klug und füge dich!«

»Die Kante des Himmels drückt in meine Schulter«, sprach Atlas. »Sie wird meine Knochen zerschneiden. Du bist grausam, Titanensohn.«

»Du sollst nicht leiden«, entgegnete Zeus. Und er fügte hinzu: »Es ist gut, daß du gesprochen hast. Ich will, daß du mit mir übereinstimmst.«

Atlas stöhnte und schwieg.

»Du weißt wie ich, was Ordnung bedeutet und was der tut, der sie untergräbt. Du hast gegen mich, den Hüter der Ordnung, zum Aufruhr getrieben. Du müßtest dich selbst bestrafen, Atlas!«

Da wußte Atlas, daß ihn die eigenen Söhne verraten hatten. Sie hatten nicht nur den Überläufer gespielt, sie *waren* zu Zeus übergegangen. Das Reich der Titanen war zu Ende. Nun blieb ihm nur noch eines zu tun.

»Ja, ich habe versucht, deine Macht zu brechen«, sagte er. »Deine Ordnung ist nicht die meine, aber deine Ordnung hat gesiegt. Ich will dir versprechen, mich zu fügen – unter einer Bedingung.«

»Du darfst um etwas bitten«, sprach Zeus.

Atlas glaubte, seine Schulter zerbreche. Er stemmte sich der Last entgegen, und da er den Druck mit Druck erwiderte, fühlte er eine Spur von Erleichterung. Zugleich aber begriff er, daß er das Gewölbe nicht abwerfen konnte. Er hatte nur noch die Wahl, es zu tragen oder sich zerdrücken zu lassen.

»Erkennst du, daß deine Strafe gerecht ist?«

»Ich habe erkannt, daß du die Macht hast.«

»Und damit habe ich das Recht! Was ich tue, ist gerecht. Aber leiden sollst du nicht. Zieht euer Fell aus!« schrie er Kratos und Bia an. »Seht ihr nicht, daß die Last den Fürsten drückt?«

Die beiden streiften erschrocken ihr Fell ab; Atlas aber sagte: »Sie sollen mich nicht anrühren, Zeus. Ihr Fell stinkt. Es ist nicht das Blut, nach dem es so riecht.«

Da hob Zeus wieder den Himmelsrand an, und Apollon legte sein eigenes Fellkleid dem Titanen auf die geschundene Schulter.

Der schneidende Schmerz ließ etwas nach.

»Vergiß, wer du warst«, sprach Zeus. »Du bist von nun an nur der, der den Himmel trägt. Werde Fels, und du wirst keinen Schmerz mehr spüren. Bei den Hundertarmigen littest du.«

»Kronos, mein Herrscher, leidet«, sprach Atlas. »Du hast mir eine Bitte freigestellt. Ich bitte um Gnade für meinen Fürsten. Er hat nicht verdient, Spielzeug von Ungeheuern zu sein. Vergiß nicht – er hat auch euch gerettet!«

»Das ist nicht wahr«, entgegnete Zeus scharf. »Die Götter gerettet, und euch dazu, habe ich allein. Darum bin ich der König. Doch ich werde Kronos gnädig sein. Demeter kennt ein Kraut, das vergessen macht. Hat sie wahr gesprochen, mag Kronos davon essen und sich dann zu den anderen legen. Und nun vergiß auch du, wer du warst!«

Er wandte sich um, zum Olymp zu fliegen, doch bevor er das tat, sprach er: »Ich werde dir Nachricht von deinem Fürsten geben, Atlas. Ich hoffe, ich kann es bald tun. Bis dahin wird mein Adler dir Speise und Trank bringen. Dann aber werde Stein im Stein!«

Sie stiegen ins Luftreich. Da war Prometheus mit Amalthea schon am Roten Meer angekommen und knetete mit Hermes Lehm. Die vier Fliegenden aber sahen ihn nicht.

»Was wird mit Mutter Hera geschehen?« fragte Apollon.

»Den ersten Tag hat sie mir geflucht«, erwiderte Zeus, »diesen Tag stöhnt sie, und am dritten Tag wird sie um Gnade flehen. Die Nacht darauf soll sie frei sein. Bis dahin wage auch du nicht, sie anzurühren!«

Sie flogen dahin.

»Du schweigst, mein Sohn«, sprach Zeus, als sie Kreta überquerten. »Du hast auch beim Burgbau geschwiegen. Was bedrückt dich?«

»Ich denke nach, mein Vater und König«, entgegnete Apollon.

»Worüber, mein Sohn?«

»Über uns, mein Vater.«

Sie flogen den Olymp hinan.

»Was ist dir nicht klar an unserem Geschlecht, daß du nachsinnen mußt?«

»Ich kann es schwer sagen, mein König«, erwiderte Apollon. »Es ist mir, als ob wir erst halb wären und noch nicht recht da. Das klingt lächerlich, ich weiß es. Ich suche die richtigen Worte und finde sie nicht.«

Nun landeten sie auf dem Olymp. Da stand die Burg, flimmernd und funkelnd im grünen Goldglanz, und vor ihr versammelt die Götter mit goldenen Helmen im schwarzen und hellen Haar. Auch Demeter war nun erschienen, nur Hades fehlte.

Hephaistos hinkte Zeus entgegen.

»Die Burg ist errichtet, König«, meldete er.

Zeus nickte und stand im Glanz und sah auf die Burg und sah sie doch nicht und hörte die Worte und hörte sie doch nicht. Er wandte sich zu Apollon.

»Du sagtest, es fehle uns etwas«, sagte er langsam. »Was ist es?«

»Ich weiß es nicht, Vater und König«, erwiderte Apollon. »Ich könnte nur sagen: Ein Anderes.«

Prometheus hatte sich gesputet, und er hatte auch Amalthea, die neunundzwanzigste Amalthea, nicht lange zu suchen gebraucht. Sie war ihm voll Freude entgegengesprungen und hatte ihn sofort eingeladen, mit ihren drei jüngsten Böckchen, wirklich allerallerliebsten Böckchen, zu spielen. Prometheus versuchte ihr beizubringen, was er von ihr wollte, doch das war schwierig, ja beinahe unmöglich. Wie etwa sollte man in der Ziegensprache – denn Amalthea sprach ja nicht Titanisch, sie verstand außer ihrer Muttersprache nur noch ein wenig Spätzisch, Wölfisch, Löwisch und Schäfisch – einen Ausdruck für »zu belebender Lehmgefährte« finden? »Eckermähmecker« hatte er zuerst gesagt, »so einer wie ich«, da war Amalthea an ihm hochgesprungen und hatte versucht, ihm ihren Atem in die Nase zu blasen, so daß er schließlich ein Wortungetüm wie »Mühmähstreckermähmährekkermähmähmeckermeckermäckheckmeck« – das heißt: »einer, der sich nicht strecken und nicht recken kann, wiewohl er's gern möchte« – erfinden mußte. Zwar hatte die gute Amalthea auch danach noch keine rechte Ahnung, was sie eigentlich im »Land, wo's keine Hecken gibt« sollte, aber da es Prometheus war, der sie bat, fragte sie nicht mehr lang und duldete es, auf die Schultern genommen und über die Wüste geflogen zu werden.

Es ging mühsam.

»Laß mich nicht fallen«, meckerte Amalthea, »laß mich nicht fallen! Flieg nicht so hoch!«

»Sei unbesorgt, Amalthea, halte nur still!«

»Mir wird aber schwindlig, Prometheus.«

»Denn schließ die Augen!«

»Da kann ich doch nichts sehen! Flieg niedriger!«

Prometheus gehorchte.

»Mir ist immer noch schwindlig. Bin ich ein Adler? Noch niedriger!«

»Ich streife ja fast mit den Zehen den Sand.«

»Meckmeck, eine Schlange! Kannst du nicht höher?« Und sofort danach: »Määhmääh häck! Nicht so hoch, määh määh, mir wird schwindlig!«

Aber schließlich waren sie doch wohlbehalten im Graben gelandet. Hermes erwartete sie schon. Er hatte die getrockneten Lehmfiguren zerhauen und von dem Ort, wo der Blitz eingeschlagen, neue Massen aufs Ufer geklatscht. Auch etwas Sand zur Härtung der Knochen und Zähne war beigemischt.

Die beiden walkten und kneteten.

»Und was tue ich?« fragte Amalthea.

»Ein bißchen warten und stille sein«, bat Prometheus. Er wußte, daß er um schwer zu Erfüllendes bat, und so bat er inständig.

»Das kann ja schön langweilig werden«, entrüstete sich die Neugierige. »Was für eine Öde! Nur Pampe und Sand! Und du hast recht gehabt, nicht mal eine Hecke!« Dann aber wartete sie geduldig, und Prometheus formte mit Hermes aus dem Lehm einen Mann und eine Frau.

»Vergiß nicht, die Nasenlöcher auch bis in die Rachenhöhle hinabzuführen«, mahnte Hermes, der an den Ellbogengelenken drechselte. »Bei deinen ersten Stücken hast du sie viel zu eng gemacht.«

»Werden wir durch die Nase blasen?«

»Natürlich, wodurch sonst! Jeder durch ein Nasenloch, du durchs rechte, Amalthea durchs linke. Und jetzt paß auf! Der Ton wird olivgelb! Komm, Amalthea, schnell, schnell, schnell! Holt Atem – tiefer, keucht nicht, ja, so! Warten! Wartet noch – jetzt!«

Da blies Amalthea ins linke, Prometheus ins rechte Nasenloch, und da durchlief ein Zittern den Lehmkloß, die Zehen begannen sich zur Sohle zu biegen, die Lippen zuckten, die Nüstern schnoben, der Unterkiefer ruckte nach rechts und links und oben und unten, der Brustkorb kam rasselnd in Bewegung, Atem hechelte, die Bauchdecke bebte, die Finger schnappten, Schweißtröpfchen erschienen, ins Haar trat Glanz, auf die Lippen Feuchte, und jetzt blinzelte der Lehmkloß und hob die Lider, doch schon nach dem ersten Blick schlug er entsetzt die Hand vor die Augen und zuckte wimmernd am Boden herum.

Erschrocken war Amalthea einen weiten Satz zur Seite gesprungen.

»Mäh mäh«, tadelte sie heftig, »määh määh! Schreckermäckschrecker! Mäh mähmäh, määh määh!«

»Meckre nicht, es wird schon werden mit ihm, gewiß wird es werden«, rief Prometheus, »der hat doch jetzt Angst, das ist doch klar! Der weiß doch nicht, was mit ihm los ist!« Verzückt, mit sonnenhaften Augen, beugte sich der Schöpfer über sein Werk, das vor Angst nun gequetschte, tiefkehlige Töne herausstieß, die wie japsendes Bellen klangen. Verirrte Fuchsjunge heulen so; Prometheus aber klang es süßer als Nachtigallenschlagen und erhabener als das Donnern eines entstehenden Sterns. Unendlich sanft strich er dem Wesen über die Nase; es nieste. »Es ist gelungen!« schrie Prometheus und klatschte in die Hände und begann von einem Fuß auf den andern zu springen, doch Hermes packte ihn an der Schulter und schüttelte ihn.

»Komm zu dir«, rief er, »die andre wartet! Tanz nicht herum, die Mischung verdirbt! Amalthea, hierher! Schnell, Atem holen! Schnell doch, zum Hades! Schneller! Tiefer!« Und Prometheus und Amalthea schöpften Atem, und Hermes schrie: »Jetzt! Jetzt!«, und sie bliesen, der Titanensohn rechts, die Ziege links, und das zweite Wesen wuselte auf dem Boden. Es zappelte ein wenig anmutiger und nicht ganz so ängstlich und wimmerte leiser, aber es hatte auch die Hände über die Augen geschlagen, und in seinen Zügen stand Furcht und Schauder.

»Ich grüße euch, Gefährten«, sprach Prometheus. »Nun seid ihr da!« Seine Hände zitterten, da er sie hob, um etwas ungemein Feierliches zu sagen, jedoch nach einem feierlichen Kickser setzte auch seine Stimme aus. Es war das Glück, das sie in einer jähen Umarmung erstickte.

»Na, und was nun?« fragte Hermes drängend. »Hier kriegen die ja einen Sonnenstich!«

Die Wesen lagen erschöpft und ächzten leise. Es war, als staue die Angst sich nun hinter ihren Lippen. Amalthea tripste heran. Die Neugierde war stärker als der Schrecken, und als sie die beiden winseln sah, rührte sie ihre Hilflosigkeit. Gewissermaßen waren es ja auch ihre Jungen! So zart sie nur konnte, leckte sie mit langer Zunge das Ohr dessen, der am verängstigtsten aussah. Das war der Mann, und der mußte im Wimmern nun gleichzeitig vor Kitzel lachen und vor neuem Schreck aufschrein, und all dies zusammen ergab ein fürchterliches Geheul. Darüber erschrak er nun nochmals. Außer sich vor Angst schlug und trat er um sich und hieb Amalthea auf die Nase, und da er, als die Hände die Augen verließen, ein gehörntes Gesicht über seinem erblickte, schlug er noch einmal mit letzter Kraft zu und fiel dann in Ohnmacht.

Das wäre der gutesten Ziege zuviel gewesen.

»Sie sind undankbar«, sagte sie entrüstet. »Sie haben keine Lebensart. Määh määh! Määh määh! Es wird nie etwas aus ihnen werden!«

Hermes hatte andre und noch größre Bedenken.

»Wie willst du die auf deine Südinsel bringen?« fragte er. »Beide zusammen wirst du nicht fortschaffen; ich habe ja gesehen, wie schwer du dich mit der Ziege schon tatest. Aber wenn du einen allein trägst, läuft dir der andre in die Wüste, oder ein Löwe kommt und frißt ihn.«

Daran hatte Prometheus auch gerade, und mit Schrecken, gedacht. Der Kleine hatte recht: Beide zugleich würde er, Prometheus, niemals forttragen können, und nun gar noch auf eine ferne Insel, die er zu alledem erst suchen mußte! Die Schwere der Last war nicht so sehr seine Sorge, allein er mußte ja jedes seiner Geschöpfe festhalten, und womit sollte er dann fliegen? Mit einem Arm und den Beinen ging's so zur Not, aber mit den Beinen allein konnte man sich im Luftmeer nicht halten. Hierbleiben wiederum konnte man auch nicht, es fehlte an Nahrung und Wasser und Unterkunft, und zu alledem begann Amalthea zu quengeln, daß sie endlich zu ihren Kindern zurückmüsse.

Ohne die Hilfe seines Freundes war wirklich alles umsonst gewesen!

»Lieber Hermes«, hob Prometheus zu bitten an, doch Hermes schüttelte entschieden den Kopf.

»Höchste Zeit, daß ich mich auf den Weg mache«, sprach er, »meine Leute stehn alle schon um das Goldhaus. Die Stunde ist fabelhaft günstig; ich kann mir nicht leisten, sie zu verpassen.«

»Liebster, bester, allerbester Hermes –«

»Du magst mit versprechen, was du willst, es geht einfach nicht. Meine Stunde ist da, da kann man nichts machen. Lebt alle wohl!«

Und Hermes ergriff seinen Stock, zum Olymp zu wandern. Da versagte Prometheus ein zweites Mal die Stimme, Tränen traten in seine Augen, und als Amalthea das sah und fühlte, schluchzte auch sie.

Ihre Tränen rannen dem Mann auf die Backen, und nun schien es, als weine auch er.

Da begann auch Hermes zu schlucken, aber er schüttelte dabei den Kopf. »Es geht nicht«, sagte er traurig, »es geht nicht und geht nicht!«

Voll Mitleid schaute er auf die Wesen. Der Mann, von Tränen betropft, lag reglos, und nur das leichte Heben und Senken der Brust und kleine Speichelblasen zeugten vom Leben. Die Frau lag seit dem Aufheulen ihres Gefährten wie vom Fieber geschüttelt und wimmerte offenen Munds in langgezognen, sehr hohen Tönen, und die aufgeworfenen Lippen zuckten, als wollten sie Worte bilden und könnten es vor Entsetzen nicht.

Prometheus vermochte nicht weiter zu bitten. Seine Tränen verbeißend, stand er vor dem aufbruchbereiten Kind, und seine Hand wies mit stummem Flehen auf das wehrlose Leben, das, eben geschaffen, schon wieder so grausam bedroht war.

Hermes verharrte unentschlossen, und seine Kinderstirn war von Schläfe zu Schläfe gefurcht.

»Gut«, sagte er schließlich, »die einzige Möglichkeit: Bring sie nach Kreta. Das liegt direkt auf meinem Weg.«

»Aber Artemis hat mir verbo-«

»Papperlapapp Artemis!« rief Hermes wütend. »Was bist du nur für ein rechtschaffner Tropf! Du hast von Väterchen die Erlaubnis, dir ein Land auszusuchen, also such dir Kreta aus! Bringt ein Königswort Schlechtes, so bringt es auch Gutes. Also Kreta! Vorwärts mit uns!«

Er streckte sich zum jungen Mann und legte sich das weibliche Wesen wie eine Kette um den Hals, und er schloß auch Hand und Fuß mit einem Griff wie die Spange einer Kette zusammen.

»Komm!« befahl er und setzte den Stab in den Sand.

Amalthea wurde es himmelangst. Wenn sie auch die Sprache der beiden nicht verstand, so hatte sie doch nur zu gut begriffen, daß sie – zumindest für ein paar Stunden – zurückgelassen werden sollte. In dieser Öde, und noch dazu Schlangen! Und sicher kamen auch grausliche Tiger gesprungen! Mit flehenden Augen sah sie Prometheus an.

»Das kannst du doch nicht mit mir machen«, sagten diese Augen.

Prometheus hatte tatsächlich überlegt, Amalthea später zu holen, aber nun brachte er's einfach nicht mehr übers Herz.

»Amalthea«, sprach er, »ich trage euch beide, aber ich halte euch nur mit einer Hand. Versprich mir, ganz ruhig zu liegen und nicht zu quatschen! Ich fliege so niedrig, wie ich nur kann! Und leck ihn nicht ab, ich flehe dich an! Er ist jetzt so schön ruhig. Willst du das versprechen?«

»Fliegst du denselben langweiligen Weg zurück?« fragte Amalthea, und als Prometheus nickte, versprach sie auch, die Augen zu schließen, dann werde ihr sicher nicht schwindelig sein.

»Auf denn nach Kreta!« rief Prometheus. Er ging in die Knie, nahm Amalthea auf die linke und den Lehmmann auf die rechte Schulter, und da er sich aufrichtete, schloß er die Augen: Nun wollte er die Zukunft sehen. Er hatte es schon lange nicht mehr versucht, denn er hatte begriffen, daß ihm jedesmal nur so weit zu sehen vergönnt war, bis der Fortgang der Dinge von einer Entscheidung abhing, die dann nur er und kein andrer treffen konnte. Vor dem Kampf der Götter gegen die Titanen war es die Entscheidung gewesen, auf welche Seite er treten würde; auf Kretas Strand dann die Wahl zwischen Auflehnung oder Gehorsam – was würde ihm wohl diesmal zugedacht sein? Auf alles gefaßt, schloß er die Augen, da sah er sich, ein seltsames kleines Schwert zückend, vor einer Steinplatte mit einem getöteten Stier, und links von dem Stein standen seine Geschöpfe und rechts die Götter, an der Spitze Zeus. Das Schwert blitzte, sein Glanz wurde grell und stach von innen in die geschlossenen Lider, und den Fortgang kannte Prometheus: Der Glanz würde sich ins Unerträgliche steigern und ihn zwingen, die Augen zu öffnen. Also tat er sie freiwillig auf.

Eine Steinplatte, der Stier, ein winziges Schwert – was sollte das bedeuten? Das Bild war kaum mißzuverstehen: Er würde sich entscheiden müssen, einen Stier zu zerteilen. Allein was sollte sich daraus ergeben?

»Kommst du oder nicht?« rief Hermes. »Ich warte nicht länger.«

Prometheus stieg schwer in die Luft. Er mußte die Hand nun als Flosse gebrauchen und sehr schnell mit den Beinen treten und hatte trotzdem große Mühe, mit dem Schalenschlitterer Schritt zu halten. Zum Glück lag Amalthea ruhig. Die Sonne sank, und der Schatten der drei war langgestreckt wie eine seltsam gebuckelte Schlange. Da rief Hermes hinauf: »Wie willst du sie denn nennen, deine Geschöpfe? Es ist höchste Zeit, ihnen einen Namen zu geben. Wenn die Sonnee den Horizont berührt, ist die günstigste Stunde dafür verstrichen.«

»Darüber habe ich noch nicht nachgedacht«, gestand Prometheus. »Den Namen wollte ich mir besonders gut überlegen. Es soll der schönste sein, der sich finden läßt. Kennst du das Lied des Vogels Pirol?« Er wollte es pfeifen, aber er schnaufte zu sehr, und so brach er ab und sagte verlegen: »Na, etwa so sollte er klingen, nur schöner, versteht sich, und natürlich dazu einen Sinn haben, einen tiefen Sinn.«

»Überlege dir bald was, glaube mir! Die Hauptsache ist die Bedeutung, auf den Klang kommt's überhaupt nicht an.«

Prometheus dachte so angestrengt nach, daß er langsamer trat, und sofort sackte er ab und streifte, da er sich gerade noch fing, den Scheitel seines Unterwanderers. Der wollte schimpfen, da rief Prometheus: »Ich hab's, ich hab's! Schimpf nicht, hör zu! Amalthea hat behauptet, aus denen würde nichts werden, ich aber meine das Gegenteil, und danach werde ich sie nennen! Ich heiße sie ›Määhntschen – die, aus denen was werden wird‹!«

Da rümpfte Hermes denn doch die Nase.

»Klingt das nicht wirklich ein bißchen arg?« gab er zu bedenken. »Auf den Klang allein soll's ja nicht ankommen, aber –«

Und er fügte, den Namen kopfschüttelnd wiederholend, hinzu: »Määhntschen, Määhntschen – es klingt sehr nach Matsch.«

»Sie sollen aber so heißen«, sagte Prometheus trotzig, »das ist eine Mischung aus Titanisch und Ziegisch, und etwas von der Materie unserer Urmutter Gaia ist auch drin! Määhntschen, nun grade! Der Name ist richtig!«

Er strich Amalthea mit dem Kinn über die Blesse, und sie beleckte, die Augen tapfer geschlossen, mit der Zunge seine Oberlippe.

»Nicht wahr, Amalthea, du wirst mir helfen, die beiden zu nähren und tränken und aufzuziehen«, bat er so unwiderstehlich rührend, wie er vor Urzeiten die erste Amalthea manchmal um einen Schluck Milch angebettelt hatte. »Die beiden müssen sofort was zu trinken kriegen. Nicht wahr, du gibst ihnen etwas ab?«

»Meckmäh«, versicherte Amalthea.

»Ich wußte es ja«, sprach Prometheus selig.

Das Meer erschien.

»Ach, und was nun?« fragte Prometheus bang. Noch einmal schien alles in Frage gestellt. Wie sollte der Landgänger übers Wasser kommen?

»Nun gar nichts«, erwiderte Hermes lachend, »die Schalen werden uns schon tragen, es liegen ja auch große genug herum. Ich hab doch gesagt, man kann aus dem Zeug was machen.«

Er wechselte die Schalen aus und betrat das Meer.

Die Wellen schaukelten zu ihm hoch, und er wandelte auf ihnen dahin und ruderte mit dem Eschenstab. Ein kluger Bursche, dachte Prometheus bewundernd. Diese Art, über die Wasser zu kommen, kannte er nicht, und er dachte sofort daran, sie für seine Wesen zu verwenden. Er dachte ja unablässig an sie, und nun schien ihm auch, daß Hermes mit dem Naserümpfen über den Namen ein ganz klein bißchen recht gehabt hätte.

»Es stimmt«, sagte er, »es klingt wirklich ein wenig arg. Den Sinn will ich lassen, unbedingt. Den Klang aber müßte man doch etwas mildern.«

Kreta erschien. Sie landeten gleichzeitig, und die Sonne stand noch über dem purpurnen Saum. Da bettete Hermes seine Last vor Amaltheas Höhle ins Moos, und dort, im Duft der Erdbeeren und auf der weichen Kühle der Polster, ließ die Geängstigte ab zu wimmern und schlief mit beruhigten Lippen ein.

Prometheus legte den Gefährten neben sie, und nun blickten alle drei auf ihr Werk nieder: der Titan, der Gott und die Ziegenmutter.

»Na also«, sagte Hermes zufrieden, »das Äußere scheint ja gelungen. Vergeßt nicht mein Geschenk, wenn ihr hundert seid! Lebt wohl, ihr Määhntschen, und Glück auf den Weg! Ich habe so das Gefühl, ihr könntet es brauchen.«

Er wurde ein Kind und schlurfte ins grüne Dunkel der Farne. Ehe Prometheus ihn noch umarmen konnte, war er verschwunden. Nur eine weiße Spur leuchtete im Dickicht wie frischer Schnee.

»Schlaft«, sprach Prometheus, »ruht und schlaft! Ich werde euren Schlaf behüten. Ich habe viel mit euch vor, ihr zwei!«

Der Ohnmächtige schien zu erwachen, die Schlafende lächelte. Was mochte sie träumen? Prometheus war es, als habe er sie schon einmal gesehen, in tiefer Vergangenheit, da er noch ein Kind war. Und plötzlich wußte er, welche Züge sie trug: So war ihm Gaia vorm Gang in die Unterwelt erschienen.

Amaltheas Böcklein sprangen heran.

»Das sind eure neuen Spielgefährten«, erklärte die Mutter. »Ihr werdet ihnen beibringen, was man im Wald so alles braucht. Stoßt sie nicht allzusehr, sie sind schrecklich empfindlich. Und habt viel Geduld mit ihnen, sie sind ein bißchen dumm und begreifen nur langsam.«

»So wie die Schafe?«

»Noch langsamer.«

Doch dann fügte sie, bei jedem Wort heftig nickend, hinzu: »Meckmäh! Mäh, meckmäh!«

»Hurra!« rief Prometheus, »nun sagst auch du es! Es wird schon was aus ihnen werden! Ich glaube an sie. Ach, Amalthea, ich glaube an sie, diese Lehmklöße, diese Erdklumpen, diese Schlammklopse, diese Tonkugeln, diese Pampebatzen, diese Wundergeschöpfe! Sieh, wie sie daliegen! Sieh, wie sie lächeln! Sieh, wie die Luft sie umarmt, wie das Moos sie umschmiegt, wie das Licht sie streichelt! Ach, Amalthea, wie bin ich glücklich! Unzählige Sonnen und Sterne und Monde kreisen, aber nur auf diesem einen lebt er, dem das Weltall gehören wird: Unser Mensch!«

»Na, na«, sagte Amalthea, »na, na!« Und da sie merkte, daß der Menschmann zu blinzeln begann und jeden Moment erwachen konnte, stellte sie sich über ihn, daß er ihr Euter finde und, bevor er wieder brülle, erst einmal trinke.

Zu diesem Titel erscheint eine limitierte Vorzugsausgabe in einer Auflage von 180 Exemplaren mit einem zweifarbig gedruckten Leporello von Angela Hampel.
Die Vorzugsausgabe trägt die ISBN 3-7632-5544-3

1. Auflage 2004

Lizenzausgabe für die Büchergilde Gutenberg, Frankfurt am Main, Wien und Zürich
mit freundlicher Genehmigung der Hinsdorff Verlag GmbH, Rostock.

Gestaltung und Herstellung: Katrin Jacobsen, Frankfurt am Main
Satz: Fotosatz Amann, Aichstetten
Gesetzt aus der Janson 10,5 auf 15 Pkt.
Lithoarbeiten: Schwab Scantechnik, Göttingen
Druck und Bindung: Memminger MedienCentrum, Memmingen
Printed in Germany 2004
ISBN 3-7632-5543-5

www.buechergilde.de